国家注册外包专业认证指定系列教材

U0116889

Java面向对象编程基础教程

信必优技术学院研发部 编著

清华大学出版社
北京

内 容 简 介

　　本书是全国网络与信息技术培训项目（NTC）　　注册外包专业认证（软件测试工程师初级）的指定教材，全书围绕行业需求和认证考试要求，介绍了作为一名合格的服务外包企业软件测试工程师所必须掌握的软件编程基础知识，全面指导面向对象程序开发语言 Java 的入门理论，以及应用程序的设计与开发流程，参照从业人员的经验，告诉学员如何成为一名合格的服务外包软件测试工程师。

　　本书是外包软件测试工程师认证考试的必读教材，也可作为大专院校计算机相关专业的参考用书。

图书在版编目(CIP)数据

Java 面向对象编程基础教程 / 信必优技术学院研发部编著. —北京：清华大学出版社，
2009.7
　（国家注册外包专业认证指定系列教材）
　ISBN 978-7-302-20319-3

　Ⅰ. J…　Ⅱ. 信…　Ⅲ. JAVA 语言-程序设计-工程技术人员-资格考核-教材　Ⅳ. TP312

中国版本图书馆 CIP 数据核字（2009）第 087586 号

责任编辑：柴文强　王冰飞
责任校对：徐俊伟
责任印制：李红英
出版发行：清华大学出版社　　　　　　　　　　地　　　址：北京清华大学学研大厦 A 座
　　　　　http://www.tup.com.cn　　　　　　　邮　　　编：100084
　　　　社　　总　　机：010-62770175　　　　邮　　购：010-62786544
　　　　投稿与读者服务：010-62776969,c-service@tup.tsinghua.edu.cn
　　　　质　量　反　馈：010-62772015,zhiliang@tup.tsinghua.edu.cn
印　刷　者：北京市世界知识印刷厂
装　订　者：三河市溧源装订厂
经　　销：全国新华书店
开　　本：185×230　印　张：18　防伪页：1 页　字　　数：415 千字
版　　次：2009 年 7 月第 1 版　　印　　次：2009 年 7 月第 1 次印刷
印　　数：1～4000
定　　价：33.00 元

序　言

　　根据"国务院大力发展职业教育的决定"（国发［2005］35 号）、中共中央、国务院《关于进一步加强人才工作的决定》、人事部关于国家对专业技术人员加强培训且须持证上岗等文件精神，信息产业部根据国家职业技术标准要求[①]，推出了全国网络与信息技术培训项目（NTC，www.ntc.org.cn），旨在培养国家信息化专业技术人才及管理人才，树立 IT 行业的国家标准，考核通过后颁发信息产业部技术资质证书，可作为专业技术水平的凭证及从事相关岗位的任职依据。

　　为了加大培养国内服务外包人才的力度，推进加速服务外包行业发展的理念贯彻全国，全国网络与信息技术培训项目管理中心（NTC-MC）将"注册外包专业认证"纳入现有培训认证项目之列，并审核、颁发信息产业部"全国网络与信息技术培训（NTC）——注册外包专业认证"。专项技术认证证书样本如下图所示。

证书样本图

　　NTC-MC 采取授权的方式，成立全国注册外包专业认证行业管理中心，负责提供教材、认证推广和课程培训等相关业务，美国信必优技术学院（Symbio Technology Institute，

　　[①] 本书所提到的人事部、信息产业部经 2008 年十一届全国人民代表大会更名为人力资源和社会保障部、工业和信息化部。由于本书涉及的内容属延用，故用旧名称。

简称 STI，www.outsourcing.org.cn）是 NTC-MC 授权的全国唯一一家"注册外包专业认证"行业管理中心。

目前，注册外包专业认证涵盖了信息技术外包（ITO）和业务流程外包（BPO）的各个领域，现已包括七大类专业方向。包括了软件测试工程师、Java 软件开发工程师、.Net 软件开发工程师、嵌入式软件开发工程师、企业网络与系统工程师、呼叫中心技能及国际外包项目管理等专业。

该证书拥有如下特征：

- 国家级——迄今为止，信产部有关部门唯一获批的全国性外包类认证。
- 专业性——迄今为止，国内服务外包领域唯一的专业性资质认证。
- 国际化——迄今为止，外包领域最权威的国际化外包专业认证体系。

根据授课对象，认证考试方式不同，注册外包专业认证的每类证书分为 3 个等级（初级、中级、高级），共计 21 个证书。

初级证书（Entry Level）

该级别证书面向的是面临就业压力，职业困扰，职业生涯规划问题的在校大学生。报名考试方式如下图所示。

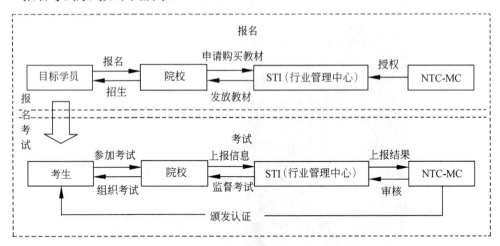

报名考试流程示意图

若希望报名参加"注册外包专业认证——初级软件测试工程师"认证考试的学生，可以通过报名和购买教材的方式，获得参加公开课及参加初级认证考试的资格。STI 行业管理中心负责协调和组织认证考试，并进行考试监督。信息产业部相关部门审核考试结果后颁发认证，考生可登录到 NTC 官方网站查询考试结果。

中级证书（Middle Level）

该级别证书面向的是大学应届毕业生和具备一定工作经验的社会在职或者求职人

员，解决学生进入服务外包企业的专业技能不足的问题。

认证培训方式如下图所示。

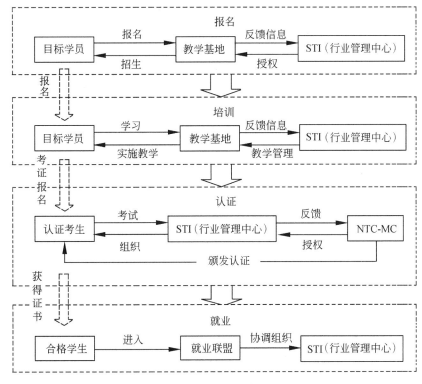

认证培训流程示意图

若希望报名参加"注册外包专业认证——初级软件测试工程师"认证考试的学生，可以通过报名和购买教材的方式，经过一定课时的专业培训，报名参加中级认证考试，考试合格者颁发中级证书并进入就业体系。STI 行业管理中心负责协调和组织认证考试，并进行考试监督。信息产业部相关部门审核考试结果后颁发认证，考生可登录到 NTC 官方网站查询考试结果。

高级证书（High Level）

该级别证书面向的是企业在职的高端服务外包人才，解决国际化服务外包市场的人才缺乏问题。通过一定课时的高端培训，并通过高级认证考试，合格者颁发高级证书，并提供厂商认证。

配合国际大厂的厂商认证培训，为国际服务外包公司直接派遣人才，建设国际服务外包人才的高端培训品牌。通过培训的学员，派遣至合作的国际服务外包公司。

认证报名联系方式：

中心：注册外包专业认证行业管理中心

地址：北京市海淀区上地五街 5 号高立二千大厦 1 层（100085）

网址：www.outsourcing.org.cn

电话：010-62968496

注册外包专业认证行业管理中心

前　言

在整个软件领域，软件服务外包行业异军突起，从业人员需求大幅度增加。国内大多数城市的软件服务外包业都出现了不同程度的"人才荒"。2008 年北京软件行业人才缺口达 5 万，上海软件人才缺口是 10 万，中国市场每年至少存在 50 万软件人才的巨大缺口，而且这个缺口还在以每年 20%的速度递增。"订单充裕，人才缺乏"。 众多软件服务外包企业表示，虽然目前很多大学生找不到就业岗位，但企业却招不到合适的人；现今的从业人员大多也不能满足软件服务外包行业的专业要求。

"注册外包专业认证体系"中软件服务外包部分，为学员提供从事软件服务外包必备知识和技能的专业培训，合格者会获得信产部"全国网络与信息技术培训（NTC）——注册外包专业认证"专项技术资质证书，为企业提供对口的服务外包人才，并为企业和专业外包人才搭建一个互信的桥梁，及时解决软件服务外包业的"人才荒"。

软件测试工程师认证项目在"注册外包专业认证"体系中占据极其重要的地位。该项目为在校大学生、应届生及相关求职人员提供软件服务外包行业所需的软件测试知识和职业素质培训、认证及就业服务等，帮助他们在理解和掌握外包领域软件测试专业知识的基础上，加强对软件服务外包企业的工作流程、项目管理方法的认识。最终目的是为软件服务外包企业提供技能和素质兼备的优秀软件测试工程师。

"全国网络与信息技术培训（NTC）——注册外包专业认证"（软件测试工程师）考试科目初级和中级的考试科目，如下表所示。

注册外包专业认证（软件测试工程师）考试科目

认　　　　证	考 试 科 目
注册外包专业认证——初级软件测试工程师	1．外包软件测试工程师基础 2．搭建 Windows 测试环境技术 3．Java 面向对象编程基础
注册外包专业认证——软件测试工程师	1．搭建 Linux 测试环境技术 2．软件测试技术详解及应用 3．软件自动化测试工具实用技术 4．软件测试与质量保证技术

《Java 面向对象编程基础》一书，是"全国网络与信息技术培训（NTC）——注册外包专业认证"（初级软件测试工程师）课程体系中的基础。软件测试作为软件研发过程中的重要环节，越来越被软件企业所重视，但是部分测试人员不懂编程技术，不了解软

件编码规范，不懂软件的实现过程，造成了与开发人员之间的沟通的困难。所以掌握一门编程语言，了解软件从设计到实现的流程，也成为了测试人员必不可少的一门技术之一。

Java 自 1996 年正式发布以来，经历了出生、成长和壮大的阶段，现在已经成为 IT 领域里的主流编程语言。面向对象的 Java 语言具备一次编程，任何地方均可运行的能力，这使其成为服务提供商和系统集成商用以支持多种操作系统和硬件平台的首选解决方案。Java 作为软件开发的一种革命性的技术，其地位已被确定。如今，Java 技术已被列为当今世界信息技术的主流之一。

本书将从 Java 开发环境，Java 程序基础，数据库基础的介绍出发，配合完整的应用程序的开发，促使学员在短期内掌握一门编程语言基础，实现技术能力的提升。

第一篇　Java 环境

本篇（理论第 1 章和第 10 章）介绍了 Java 平台的原理，以及 Java 环境的搭建和配置过程，帮助学员迅速掌握 Java 的开发环境以及配置的方式。

第二篇　Java 语言基础

本篇（理论第 2～6 章和第 11～17 章）结合大量实际案例介绍 Java 基础编程知识，帮助学员在最短时间内掌握 Java 这种面向对象的跨平台语言结构，为今后工作打好必要基础。

第三篇　数据库基础

本篇（理论第 7、8 章和第 18、19 章）介绍数据库的基础理论知识，实现数据库增删改查的方式方法，保证学员在学习了基础编程语言的同时，还能够实现数据库的操作，了解现代信息系统中的重要模块。

第四篇　Java 信息系统实战开发

本篇（理论第 9 章和 20 章）选择了一个符合本书知识结构的信息系统作为本书的重要组成部分，帮助学员在学习了 Java 语言和数据库基础知识以后，能够更好的理论联系实际。

信必优技术学院研发部
2009 年 5 月

目　　录

第一部分　理论部分

于桌面系统和低端商务应用开发的解决方案。

- J2EE（Java 2 Platform Enterprise Edition）：　Java 2 平台企业版，是 SUN 公司专门针对互联网上的企业应用而开发的 Java 编程解决方案，提供了诸如中间件、多层业务逻辑架构的新技术，专门针对企业应用而开发的。

- J2ME（Java 2 Platform Micro Edition）：　Java 2 平台微型版，是为嵌入式应用而开发的，它使用在各种各样的消费电子产品上，例如智能卡、手机、PDA、电视机顶盒等，可以在智能手机等智能化终端上提供移动商务应用。J2ME 规范包括 JVM 规范和 API 规范，其中 API 规范是基于 J2SE 上的。J2ME 定义了一套合适的类库和虚拟机技术，这些技术可以使用户、服务提供商和设备制造商通过物理（有线）连接或无线连接，按照需要随时使用丰富的应用程序。J2ME 使用了一系列更小的包，而且 Javax.microedition.io 为 J2SE 包的子集，J2ME 可以升级到 J2SE 和 J2EE。

1.2　JVM 及 Java 跨平台原理

　　Java 语言最重要的特性是它的平台无关性，而平台无关性实现的基础就是 Java 虚拟机（Java Virtual Machine，JVM），因此了解 Java 虚拟机的结构和工作方式对进一步理解 Java 概念非常有用。

　　Java 虚拟机是 Java 语言的核心，是一台抽象的计算机，它是 Java 支持平台无关性的核心内容。其规范定义了每个 Java 虚拟机都必须实现的特性，但是为每个特定的实现都留下了很多选择。举个例子，虽然每个 Java 虚拟机都能够执行 Java 字节码，但是用何种技术来执行是可以选择的，而且，它的规范本质上的灵活性保证了它能在很广泛的计算机和设备上得到实现。

　　Java 虚拟机的主要任务是装载 class 文件并且执行其中的字节码。从图 1-1 中可以看到，Java 虚拟机包含一个类装载器（class loader），它可以从程序和 API 中装载 class 文件。在 Java API 中只有程序执行时需要的那些类才会被装载，而生成的字节码最后由执行引擎来执行。

　　由于不同平台的执行引擎不同，这里执行引擎就是不同平台下的解释器，因此只要实现了不同平台下的解释器程序，Java 字节码就能通过解释器程序在该平台下运行，这是 Java 跨平台运行的根本。比如 Windows 执行 Java 字节码程序时，就是从 Java 字节码中取出一条条的字节码指令交给 Windows 平台上的 Java 解释器程序，然后由该解释器程序来执行相对应的操作。从图 1-2 中可以看到 Java 字节码文件 Hello.class 的执行过程。

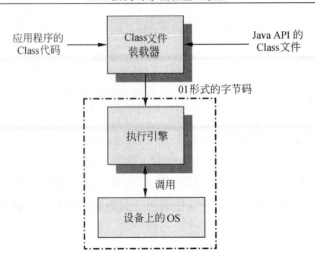

图 1-1　Java 虚拟机的基本原理

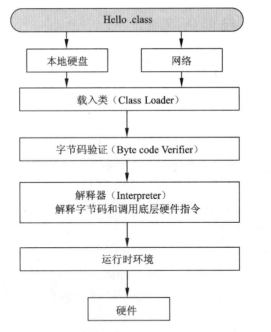

图 1-2　Hello.class 文件的执行过程

创建一个 Java 程序的方法如下：

（1）用户使用编辑器（如记事本、UltraEdit 等）编写 Java 代码。

（2）源代码程序存储在扩展名为 .java 的文件中。

（3）用编译源代码文件来创建 .class 文件，.class 文件中包含"字节码"。

（4）在目标计算机上执行字节码文件。

1.3 Java 环境搭建

为了在不同平台上运行用 Java 语言编写的程序，Sun 公司为不同的平台提供了相应的 Java 开发环境，通常称之为 Java Development Kit，JDK。在本书中我们将主要讲解在 Windows 平台上 Java 程序的开发，因此需要安装 Windows 平台下的 JDK。目前 Windows 平台下 Java 的最新版本是 JDK 1.5，在此之前，Sun 公司推出了 JDK 1.2、JDK 1.3、JDK 1.4 等不同版本，随着新技术的更新和时间的推移，JDK 的版本也在不断地变化，因此在运行一个 Java 程序时，必须先确定该程序的 JDK 版本号，才能正确地执行相应的程序。

安装 Windows 平台下的 JDK 时，首先从 Sun 公司的官方网站 Http://java.sun.com 上下载相应的 JDK 版本，然后进行安装。双击安装文件就可以开始安装，这里我们的安装目录是 C:\Program Files\Java\jdk1.5.0_06，安装完毕后打开安装目录，其中 bin 子目录中包含了所有相关的可执行文件，如图 1-3 所示。

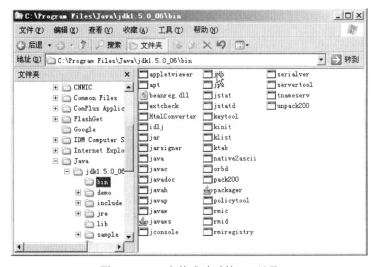

图 1-3 Java 安装成功后的 bin 目录

bin 目录中包含了在 Windows 命令行模式下（即 CMD）可以直接被执行的相关 Java 命令。

javac.exe 是 Java 源文件的编译工具，Java 源文件的扩展名为.java，如 MyProgram.java，java 源文件被编译后的 Java 字节码文件的扩展名为.class，如 MyProgram.class。

java.exe 是 Java 字节码解释程序，负责解释并执行 Java 字节码文件，就是一个 JVM。在命令行窗口下，执行 Java 命令，如果屏幕上能够打印出关于这个命令的用法，那么这时 JDK 基本上就可以使用了，如果计算机上安装了 JRE，有可能执行的是 JRE 的 Java

程序，可以使用 java –verbose 来检验，如果不是使用 JDK 安装目录中的 Java 程序，则修改环境变量，或者可以运行 javac 来查看 Java 命令，如图 1-4 所示。

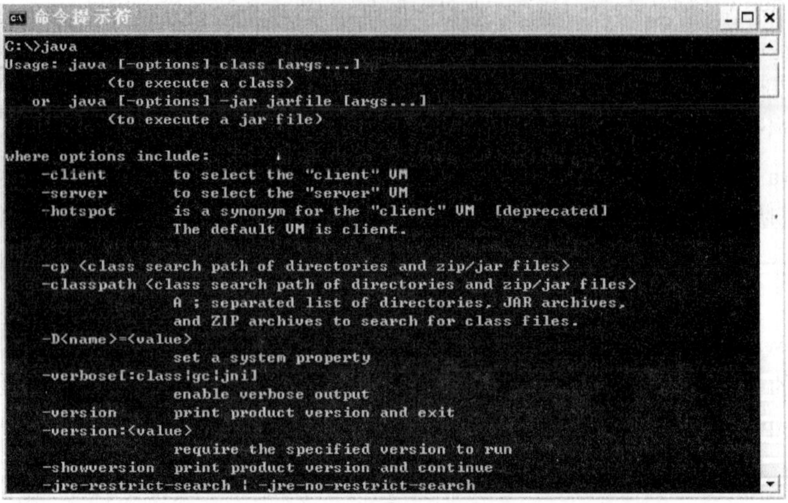

图 1-4　查看 Java 命令

如果碰到以下错误，Java 不是内部命令或外部命令，也不是一个可运行的程序，如图 1-5 所示。

图 1-5　出错提示

产生这个错误的原因是没有设置系统的环境变量 path。接下来的内容为讲解什么是环境变量。

1.3.1　环境变量的介绍

环境变量一般是指在操作系统中用来指定操作系统的运行环境的一些参数，比如临时文件夹位置和系统文件夹位置等，有点类似于 DOS 时期的默认路径。当你运行某些程序时，除了在当前文件夹中寻找外，还会到设置的默认路径中去查找。通俗地讲，环境变量就是在操作系统中定义的全局变量，可供操作系统中的所有应用程序使用。

1.3.2　查看系统环境变量

以 Windows 2000 为例，首先右键单击桌面上的【我的电脑】|【属性】|【高级】标签，然后单击"环境变量"按钮，这时在桌面上会显示上下两个列表框，背景是"系统属性"列表框，上面名为"环境变量"列表框，这个列表框的名为"Administrator 的用户变量"，下面列出了"TEMP"变量和"TMP"变量，表示当前以 Administrator 身份登录时，只有这两个变量对该用户有效。下面的列表框名为"系统变量"，其中的变量设置对所有的用户都有效，如图 1-6 所示。

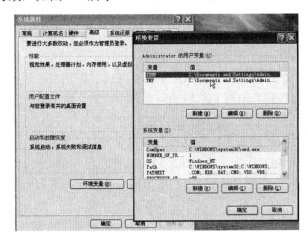

图 1-6　环境变量

另一种查看系统变量的方法是启动一个命令行窗口：【开始】|【程序】|【附件】|【命令提示符】或者【开始】|【运行】，在打开的"运行"对话框中输入 cmd，然后按 Enter 键，再在命令行窗口中执行 set 命令，结果如图 1-7 所示。

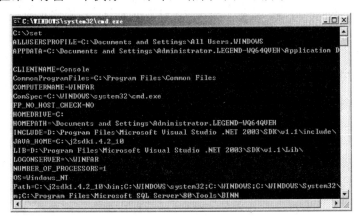

图 1-7　查看系统变量

实际上，真正起作用的就是在命令行窗口中运行 set 命令看到的所有变量和值，所以建议大家每次配置完成后，运行 set 命令查看一下。在遇到有环境变量问题时就可以使用这种途径和手段来解决问题。

1.4　Java 运行设置

1.4.1　path 的设置

在图 1-5 中提到执行 Java 命令产生"Java 不是内部命令或外部命令，也不是一个可执行的程序"的错误原因在于没有设置环境变量 path。在 Windows 操作系统中，环境变量 path 的作用是设置供操作系统去寻找和执行应用程序的路径，简单地说 path 就是一个变量，里面存储了一些常用命令（如 Dir）所存放的目录路径，也就是说，如果操作系统在当前目录下没有找到我们想要执行的程序和命令时，操作系统会自动地按照 path 环境变量指定的目录依次去查找，以最先找到的为准。

path 环境变量可以存放多个路径，路径和路径之间用分号（；）进行分隔。

我们可以在 Windows 系统环境变量窗口中设置系统变量。在如图 1-6 所示的窗口中单击名为 path 的变量，选择"编辑"。然后如图 1-8 所示，在打开的"编辑系统变量"对话框中的"变量值"输入框中加入你想设置的环境变量值（如果你想设置的环境变量选项不包括在其中，在"用户变量"或"系统变量"中单击"新建"按钮来添加）。

图 1-8　设置环境变量 Path

对于 path，可以在原有值的基础上添加新的路径。因为我们想在任意路径下运行 java.exe、javac.exe 等程序，所以应当在 path 原有值的开头加上 Java 编译器所在的路径，然后再加上分号"；"，最后单击"确定"按钮，这样设置就完成了。接下来，重新启动一个新的命令行窗口，执行 set 命令，查看刚才设置的结果。这种方法的优点是设置一次之后，系统会保存此设置，对以后在当前操作系统上运行的任何程序都有效，而且不会影响先前已经运行的程序（这里需要注意的是：如果想要使设置的值生效，必须关闭原来的命令行窗口，再重新启动一个新的命令行窗口来执行命令）。

设置环境变量有几点需要注意的地方：

（1）设置环境变量时如果有命令行窗口在运行，需要重启命令行窗口才能使设置生效。

（2）操作系统是按照 path 环境变量指定的目录依次去查找，如果在想使用的命令所在目录前找到该命令，则会执行先找到的命令。所以最好将最新的 path 变量添加到原有值的最前面，以减少出现错误的可能性。

运行 java.exe 加上 verbose 参数就可以知道使用的 Java 命令在什么位置了，格式如下：

```
java -verbose
```

Java 虚拟机启动时，就会显示其详细的加载过程信息，在显示的信息中，就能看出所运行的 Java 命令属于哪个开发工具包，如图 1-9 所示。

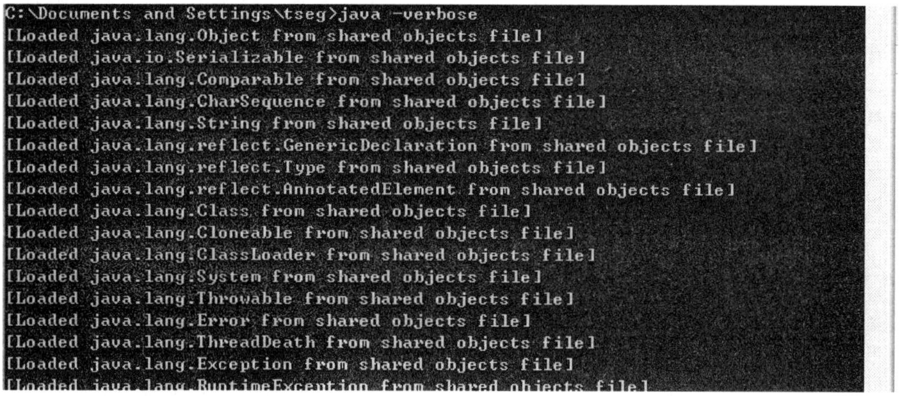

图 1-9　java –verbose 命令的使用

另外，还可以通过命令行的方式来设置环境变量，例如，设置 path 变量，可以使用如下命令：

```
set path=C:\Program Files\Java\jdk1.5.0_06\bin;%path%
```

设置 path，其中%path%是 path 当前的值。

注意：在窗口中设置的值只对当前窗口生效。

除了可以在窗口中直接设置环境变量外，还可以通过批处理文件来设置，创建一个扩展名为 bat 或 cmd 的文件，然后在 DOS 窗口中运行该文件，例如，设置 path 变量，内容如下：

```
@echo off
set path=C:\Program Files\Java\jdk1.5.0_06\bin;%path%
```

在批处理文件内可以添加多条设置命令，文件写好后，可以在命令窗口中直接运行该文件，则会设置好相关的变量，通过这种设置方式设置的变量值同样只对当前窗口生效。

现在已经有了一个基本的可实验的环境。下面就可以来编写第一个 Java 程序，体验 Java 的编程过程。

首先使用 Windows 系统自带的记事本程序建立一个名为 Hello.java 的源文件（在以后的学习中，我们会用到一些更好的工具软件，例如 UltraEdit、EditPuls 和一些集成的开发工具等，它们有很多记事本程序不能比拟的优点。例如，支持用不同的颜色来标记关键字、类名；能自动显示行号，以更加方便地查找所需要的代码；能够自动缩进，减少书写程序代码的工作量；能够同时编辑多个文件，方便在多个文件之间反复切换；为了不让工具软件的操作干扰读者的学习视线，初学者开始时还是用记事本程序作为 Java 源文件的编辑器为好，文件内容如下：

```java
public class Hello{
    public static void main(String [ ] args){
        System.out.println("Hello World");
    }
}
```

在命令行窗口中，用 cd 命令进入 Hello.java 源文件所在的目录（运行 javac Hello.java）。命令执行完毕后，能看到该目录下多了一个 Hello.class 文件，这就是编译后的 Java 字节码文件。然后在该目录下执行 java Hello，就可以看到该程序的执行过程，如图 1-10 所示。

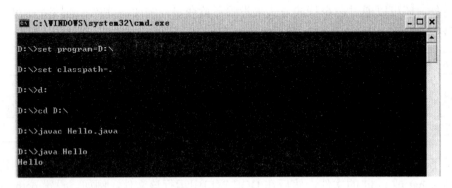

图 1-10　执行 Hello.java 文件

提示：
在编译或运行程序时，可以设置资源管理器的【工具】|【文件夹】选项，在地址栏中显示全路径，然后复制路径并粘贴到命令窗口，保证不会因为书写不对而产生错误。

1.4.2　classpath 的设置

除了环境变量 path 以外，在 Java 程序运行之前，我们还需要设置一个重要的环境变量 classpath。path 和 classpath 的区别是：

（1）path 是存放 java.exe /javac.exe/...等文件所在的路径，是执行 Java 的编译命令（Javac），执行命令（Java）和一些工具命令（Javadoc、Jdb 等）的路径，一般这些文件都在其安装路径下的 bin 目录中。因此我们应该将该路径添加到 path 变量中。

（2）classpath 是存放类库的文件的路径，即 Java 对源文件进行编译时要用的类库（所在的路径一般以.jar 为后缀名），编译或运行某个 Java 文件时，Java 命令或 Javac 命令会从 classpath 变量所存放的目录中去寻找相关的.jar 文件。通常，我们需要把 JDK 安装路径下的 jre\lib\rt.jar（Linux: jre/lib/rt.jar）包含在 classpath 中。

配置 classpath 变量时，步骤与配置 path 变量类似，

在图 1-6 所示的窗口上如果已经存在名为 classpath 的变量，则选中它后，选择"编辑"命令，"编辑"的窗口与图 1-8 类似；如果没有名为 classpath 的变量，则选择"新建"命令，在"变量名"这一文本框中输入 classpath，然后在"变量值"这一文本框中输入类库的路径值就可以了，如图 1-11 所示。

图 1-11　设置环境变量 classpath

> 提示：
> 一般在配置 classpath 环境变量时，在路径中加一个"."，从图 1-11 中可以看到，当 Java 编译命令或运行命令执行时，可以先从 Java 源文件所在的目录中查找所需要的 Java 类文件，保证程序的顺利执行。

1.4.3　如何使用 Java 的帮助文档

SUN 公司为 JDK 工具包提供了一整套文档资料，我们习惯上将其称之为 JDK 文档。在 JDK 文档中提供了 Java 中的各种技术的详细资料，以及各种类的帮助说明，介绍各种类的引用参数、返回值类型等。JDK 文档是 Java 语言的完整说明，大多数书籍中类的介绍都要参照它来完成，是编程者最经常查阅的资料。

我们可以从 SUN 公司的网站 http://java.sun.com 上下载到最新的 JDK 文档，JDK 文

档通常有两种格式，即 html 格式和 chm 格式，其中 html 格式属于官方文档，由 SUN 公司定期发布，如果想查阅 Java 各个类的最新相关信息，建议下载 html 格式的文档。目前 chm 格式的 JDK 文档是由一些 Java 爱好者自己制作并奉献出来的，时间上稍晚于 html 格式的文档，但是由于其方便的搜索功能，为大多数编程者所青睐。

　　Java 文档的安装非常简单，下载到硬盘上的 html 文档通常都是一个 zip 压缩文件，只需把它解压缩到一个目录里，然后进入目录执行 Index.html 就可以了，对于 chm 格式的文档，只要运行解压缩后的 chm 文件就可以了。

第 2 章　Java 编程基础

学习目标：
1. 编写简单的 Java 程序
2. 掌握使用 Java 中的变量和函数
3. 编写流程控制语句
4. 掌握数组的使用

2.1　引言

Java 程序是由类和对象组成的，而对象又是由方法和属性构成的，方法是由语句和表达式组成的，表达式又是由运算符组成的。Java 中的所有程序都必须存在于一个类中，用 class 关键字来定义这个类，在 class 前面可以有一些修饰符，格式如下：

```
修饰符 class 类名
{
      程序代码
}
```

2.2　Java 基本语法

2.2.1　语句和表达式

程序员想在 Java 程序中完成的所有任务都可以分解为一系列语句。

"语句"的定义：语句是编程语言书写的简单命令，它导致计算机执行某种操作。语句表示程序中发生的某个操作。下面的各行代码都是简单的 Java 语句：

```
int weight=255;
System.out.println ("Hello World!");
song.duration=230;
```

有些语句可以提供一个值，例如，在将两个数相加或比较两个变量是否相等时，这类语句一般被称为表达式。

"表达式"的定义：表达式生成一个值的语句，这个值可以被存储下来，供程序以后使用，也可以立即用于另一条语句中或被废弃，语句生成的值称为返回值。

虽然在很多 Java 程序中，每条语句占一行，但是这只是一种格式，并不能决定语句到哪里结束。Java 中的语句都是以分号（；）结尾的，编程者可以在一行中放置多条 Java 语句，并能够通过编译，比如如下语句：

```
dante.speed=2; dante.temperature=520;
```

在 Java 中，还可以使用左大括号（｛）和右大括号（｝）对语句进行分组，在这样的一对括号中间的语句称之为块（block）或块语句（block statement），表示一段基本的 Java 语句段。

除此以外，我们还需要注意的是：

（1）Java 语言是一种严格区分大小写的语言，例如，不能将 class 写成 Class。

（2）每条语句结尾的分号必须在英文输入法下输入，初学者经常会犯这样的错误，如果是在中文输入法下输入分号，编译通常会报告"illegal character"（非法字符）这样的信息。

2.2.2　Java 中的注释

程序注释是书写规范程序时很重要的一个内容，可以提高程序的代码质量。下面是关于注释的一些说明。

（1）注释的作用，方便代码的阅读和维护（修改）。

（2）注释在编译代码时会被忽略，不编译到最后的可执行文件中，所以注释不会增加可执行文件的大小。

（3）注释可以书写在代码中的任意位置，但是一般写在代码的开始或者结束位置。

（4）修改程序代码时，一定要同时修改相关的注释，保持代码和注释的同步。

（5）在实际的代码规范中，要求注释占程序代码的比例达到 20%左右，即 100 行程序中包含 20 行左右的注释。

Java 与其他高级语言如 C、C++一样，也有注释语句，Java 中的注释按照不同的用途进行分类，大致可以分为下面的 3 种注释方式：

- 单行注释。
- 多行注释。
- 文档注释。

单行注释：指的是为单行程序添加注释。书写的方法是在注释内容前面加双斜线（//），而当添加注释的这行代码被编译时，Java 的编译器会忽略注释信息，不对注释信息进行编译。我们可以看看下面的例子：

```
Float n=10.0 f; //定义一个浮点型变量
```

多行注释：就是对多行程序进行注释。具体写法是在需要注释的代码段的前面以单斜线加一个星形标记（/*）作为注释段的开头，并在注释内容末尾以一个星形标记加单斜线（*/）结束。一般程序员书写程序时，需要注释的内容如果超过了一行，常常使用多行注释方法，如：

```
/*
int x=10;
int y=5;
*/
```

文档注释：文档注释（被称为"doc comments"）是 Java 独有的，并由/**...*/界定。它以单斜线加两个星形标记（/**）开头，并以一个星形标记加单斜线（*/）结束。并且文档注释可以通过 Javadoc 工具转换成 html 文件。

需要注意的是：

/*...*/中可以嵌套"//"注释，但不能嵌套"/*...*/"，例如，下面的注释是非法的。

```
/*
  /*
    String c_char=new String("china");
  */
  int y=10;
  */
```

注释还可以在 Java 程序中起到文档标记的作用。下面是几个常用的文档标记的用法。

类文档标记：

（1）@version 版本信息。

其中，"版本信息"代表任何适合作为版本说明的资料。若在 Javadoc 命令行使用了"-version"标记，就会从生成的 html 文档里提取出版本信息。

（2）@author 作者信息。

其中，"作者信息"包括作者的姓名、电子邮件地址或者其他任何适宜的资料。若在 Javadoc 命令行使用了"-author"标记，就会专门从生成的 html 文档里提取出作者信息。

方法文档标记：

（3）@param 参数名　说明。

其中，"参数名"是指参数列表内的标识符，而"说明"代表一些可延续到后续行内的说明文字。一旦遇到一个新文档标记，就认为前一个说明结束，可以使用任意数量的说明，每个参数一个说明。

（4）@return 说明。

其中，"说明"是指返回值的含义。

（5）@exception 完整类名说明。

其中，"完整类名"明确指定了一个违例类的名字，告诉我们为什么这种特殊类型的违例会在方法调用中出现。

注释的规范性对于形成良好的程序书写风格是比较重要的，我们要从一开始就养成良好的编程风格，软件编码规范中说："可读性第一，效率第二。"在程序中必须包含适量的注释，以提高程序的可读性和易维护性，程序注释一般占程序代码总量的 20%～50%。除了增强可读性以外，在调试程序时也经常会用到注释，因此注释是比较重要的。

2.2.3　Java 中的标识符

标识符用来让编译器可以识别变量、类、方法、对象、接口、包等。在书写 Java 中的标识符时需要注意以下规则：

（1）首字符必须是字母、下划线"_"或美元符号"$"。

（2）除首字符以外的其他字符可以是字母、数字、下划线"_"或美元符号"$"。

（3）标识符对大小写敏感，如"abc"和"Abc"是两个不同的标识符。

（4）Java 中的保留关键字不能作为标识符，如 class.以下是 Java 语言中的关键字。

```
abstrac    tboolean    break    byte       case      catch    char
class      continue    default  do         double    else     extends
false      final       finally  float      for       if       implement
import     instanceof  int      interface  long      native   new
null       package     private  protected  public    return   short
tatic      strictfp    super    switch     this      throw    hrows
transient  true        try      void       volatile  while    synchronized
```

2.2.4　Java 中的常量

在程序中存在大量的数据来代表程序的状态，其中有些数据在程序的运行过程中值会发生改变，有些数据在程序运行过程中值不能发生改变，这些数据在程序中分别被叫做变量和常量。

在实际的程序中，可以根据数据在程序运行中是否发生改变来选择应该是使用变量代表还是常量代表。常量就是程序里持续不变的值，它是不能改变的数据。

我们根据数据类型对 Java 中的常量进行划分，Java 中的常量分为以下几种：

（1）整型常量。

（2）浮点数常量。

（3）布尔常量。

（4）字符常量。

（5）字符串常量等。

整形常量

整型常量可以分为十进制、十六进制和八进制。

十进制：0 1 2 3 4 5 6 7 8 9

> 注意：在 Java 中以十进制表示某个常量时，第一位数字不能是 0（数字 0 除外）。

十六进制：0 1 2 3 4 5 6 7 8 9 a b c d e f A B C D E F

> 注意：在 Java 中以十六进制表示某个常量时，需要以 0x 或 0X 开头，如 0x10 0Xee 0X2D 0x34。

八进制：0 1 2 3 4 5 6 7

> 注意：在 Java 中以八进制表示某个常量时，必须以 0 开头，如 0333 0251 0644。

浮点数常量

按照计算数据精度要求的区分，在 Java 中浮点数的常量有 float（32 位）和 double（64 位）两种类型，分别叫做单精度浮点数和双精度浮点数，表示浮点数时，要在后面加上 f（F）或者 d（D），用指数表示也可以。

> 注意：
> 由于小数常量的默认类型为 double 型，所以 float 类型的后面一定要加 f（F），用以区分。如：
> 3e4f　2.7d　Bf　0f　5.67d　4.33e+12f 都是合法的。

布尔常量

布尔常量包括 true 和 false，其数值只有两种，分别代表真和假。

字符常量

字符常量用一对单引号括起的单个字符来表示，这个字符可以直接是 Latin 字母表中的字符，如'a', 'Z', '8', '#'，也可以是转义符，还可以是要表示的字符所对应的八进制数或 Unicode 码。

转义符是一些有特殊含义、很难用一般方式表达的字符，如回车、换行等。为了表达清楚这些特殊字符，在 Java 中引入了一些特别的定义。所有的转义符都用反斜线（\）开头，后面跟着一个字符来表示某个特定的转义符。

转义符的作用很多，比如在书写程序的时候，有时无法在程序里面写一些特殊的按键和字符，比如想打印一句带有引号的字符串，或者判断用户的输入是不是一个 Enter 键号，对于这些特殊的字符需要以反斜线（\）后跟一个普通字符来表示，反斜线（\）在这里就成了一个转义字符，表 2-1 是一些常用的转义字符的意义。

表 2-1　转义字符意义

转 义 序 列	标 准 形 式	功 能 描 述
\n	NL	回车换行
\t	HT	水平制表符
\b	BS	后退一格
\r	CR	回车不换行
\f	FF	换页
\"	"	单引号
\\	\	反斜线

字符串常量

字符串常量是用双引号括起来的一串若干个字符（可以是 0 个）。字符串中可以包括转义符。标志字符串开始和结束的双引号必须在源代码的同一行上。

字符串常量和字符型常量的区别就是，前者是用双引号（""）括起来的常量，用于表示一连串的字符，而后者是用单引号（' '）括起来的，用于表示单个字符。下面是一些字符串常量："Welcome to Beijing"，"I Love You" 等。

> 提示：
> 字符串所用的双引号和字符所用的单引号（''）都是英文的，不要在中文输入法下输入所使用的单引号和双引号。

null 常量

Java 中的 null 常量只有一个值，用 null 表示，用来表示对象的引用为空。在程序中初始化定义一个对象时，如果没有生成相关的对象实例，经常将 null 值赋予给这个对象。

2.3　变量类型及变量的作用域

2.3.1　变量的概念

结合前面 2.2.4 节的介绍，我们可以知道变量是 Java 程序的一个基本存储单元。变量由一个标识符、类型及一个可选初始值的组合定义。此外，所有的变量都有一个作用域，定义变量的可见性及生存期。

2.3.2　变量的声明

在 Java 中，所有的变量必须先声明再使用。基本的变量声明方法如下：

```
type identifier [ = value][, identifier [= value] ...] ;
```

type 是 Java 的基本类型之一，或类及接口类型的名字。标识符（identifier）是变量的名字，指定一个等号和一个值来初始化变量。记住初始化表达式必须产生与指定的变量类型一样（或兼容）的变量。在声明指定类型的多个变量时，使用逗号将各变量分开。
以下是几个各种变量声明的例子。注意有一些包括了初始化。

```
int a, b, c;          //declares three ints, a, b, and c.
int d = 3, e, f = 5;//declares three more ints, initializing d and f.
byte z = 22;          //initializes z.
double pi = 3.14159;  //declares an approximation of pi.
char x = 'x';         //the variable x has the value 'x'.
```

2.3.3　Java 的变量类型

Java 中的基本变量类型分成 8 种，分类如下：

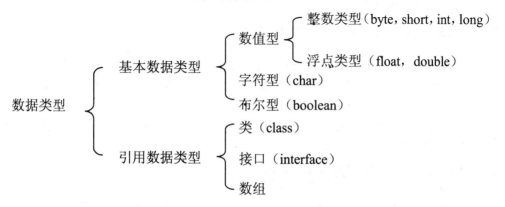

Java 的基本数据类型在任何操作系统中都具有相同的大小和属性，这是与其他编程
语言不同的，比如 C 语言，在不同的系统中变量的取值范围不一样。在所有的操作系统
中，Java 变量的取值都是一样的，如表 2-2 所示，这也是 Java 跨平台的一个特性。

有四种数据类型用来存储整数，它们具有不同的取值范围，如表 2-2 所示。

表 2-2　整数数据类型

类 型 名	大小/位	取 值 范 围
byte	8	−128～127
short	16	−32768～32767
int	32	−2147483648～2147483647
long	64	−9223372036854775808～9223372036854775807

在 Java 中，以上这些数据类型的数据是有符号的，对于整数变量而言，无法可靠地
存储其取值范围以外的数据值，因此定义数据类型时一定要谨慎。

在 Java 中，依据数据精度的不同，有两种数据类型用来存储和表示浮点数，它们是
单精度浮点型（float）和双精度浮点型（double）。单精度浮点型和双精度浮点型的取值

范围如表 2-3 所示。

表 2-3　浮点数据类型

类　型　名	大小/位	取　值　范　围
float	32	1.4E-45F～3.4E+38F，−1.4E-45F～−3.4E+38F
double	64	4.9E-324～1.7E+308，−4.9E-324～−1.7E+308

char 类型用于表示 Unicode 编码方案中的字符，Unicode 可以同时包含 65536 个字符，ASCII/ANSI 只包含 255 个字符，实际上是 Unicode 的一个子集。Unicode 字符通常用十六进制编码方案来表示，范围在'\u0000'到'\uFFFF'之间，\u0000 到\u00FF 表示 ASCII/ANSI 字符。\u 表示这是一个 Unicode 值。与 C 语言不同的是，Java 的字符占两个字节，是 Unicode 编码。

2.3.4　Java 中基本数据类型之间的转换

一些初学 Java 的朋友可能会遇到 Java 的数据类型之间转换的苦恼，例如，整数和 float、double 型之间的转换，整数和 String 类型之间的转换，以及处理、显示时间方面的问题等。由于需要将一种数据类型的值赋给另一种不同数据类型的变量，而且数据类型有差异，因此在赋值时就需要进行数据类型的转换，这里就涉及到两个关于数据转换的概念：自动类型转换和强制类型转换。

2.3.5　自动类型转换（隐式类型转换）

Java 支持自动类型转换指的是给变量赋值时，如果等式两边的数据类型彼此兼容，而且等式左边的目标类型的取值范围要大于右边的源类型的话，Java 将自动转换右边表达式的值以匹配等式左边变量的类型，但只在不丢失精度的前提下才进行这样的转换。看看下面这个例子就很容易理解这一点：

```
byte b=3;
int x=b;//程序把 b 的结果自动转换成了 int 型了
```

发生转换时，如果等式左边的变量的取值范围大于右边的变量的取值范围，转换时就不会发生精度的丢失，比如上面当 byte 型向 int 型转换时，由于 int 型取值范围大于 byte 型，就没有发生精度的丢失。所有的数字类型，包括整型、浮点型都可以进行这样的转换。

强制类型转换（显式类型转换）

显式类型转换又叫强制类型转换，指的是当两种类型彼此不兼容，或目标类型取值范围小于源类型时，会发生精度丢失，这时为了通知 Java 编译器这种精度丢失是可以接受的，必须执行显式类型转换，也就是把目标类型放在小括号中并置于将要转换的表达式之前，采用如下的格式进行：

目标类型 变量=（目标类型）值，即 type 变量=（type）值

我们来看看下面的例子：

```
int x;
double y;
y=2.7;
x=(int)y;
```

这段代码的含义就是先将 double 型的变量 y 的取值强制转换成 int 型，再将该值赋给变量 x，注意，变量 y 本身的数据类型并没有改变。由于在这类转换中，源类型的值可能大于目标类型，因此强制类型转换可能会造成数值不准确。从图 2-1 中可以看出强制类型转换时数据传递的过程。

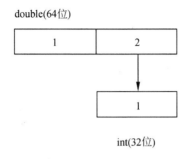

图 2-1 强制类型转换

下面的程序说明了强制类型转换：

```java
public class Conversion {
    public static void main(String args[]) {
        byte b;
        int i = 257;
        double d = 323.142;
        System.out.println("\nConversion of int to byte.");
        b = (byte) i;
        System.out.println("i and b " + i + " " + b);
        System.out.println("\nConversion of double to int.");
        i = (int) d;
        System.out.println("d and i " + d + " " + i);
        System.out.println("\nConversion of double to byte.");
        b = (byte) d;
        System.out.println("d and b " + d + " " + b);
    }
}
```

该程序的输出如下：

```
Conversion of int to byte.
i and b 257 1
Conversion of double to int.
d and i 323.142 323
Conversion of double to byte.
d and b 323.142 67
```

让我们看看每一个类型转换。当值 257 被强制转换为 byte 变量时，其结果是 257 除以 256（256 是 byte 类型的变化范围）的余数 1。当把变量 d 转换为 int 型，它的小数部分被舍弃了。当把变量 d 转换为 byte 型，它的小数部分被舍弃了，而且它的值减少为 256 的模，即 67。

2.3.6　表达式数据类型的自动提升

在 Java 运算中，除了赋值外，还有另外一种类型变换：在表达式中，对中间值的精确要求有时超过任何一个操作数的范围。例如，考虑下面的表达式：

```
byte a = 40; byte b = 50; byte c = 100; int d = a * b / c;
```

中间项结果 a*b 很容易超过它的任何一个 byte 型操作数的范围。为了处理这种问题，当分析表达式时，Java 自动提升各个 byte 型或 short 型的操作数到 int 型。这意味着子表达式 a*b 使用整数而不是字节型来执行。这样，尽管变量 a 和 b 都被指定为 byte 型，50*40 中间表达式的结果 2000 是合法的。自动类型提升有好处，但它也会引起编译错误。例如，这个看起来正确的程序却会引起问题：

```
byte b = 50; b = b * 2; // Error! Cannot assign an int to a byte!
```

该程序试图将一个完全合法的 byte 型的值 50*2 再存储给一个 byte 型的变量。但是当表达式求值的时候，操作数被自动地提升为 int 型，计算结果也被提升为 int 型。这样，表达式的结果现在是 int 型，不强制转换它就不能被赋为 byte 型。确实如此，在这个特别的情况下，被赋的值将仍然适合目标类型。在理解溢出的后果的情况下，应该使用一个显式的强制类型转换，例如：

```
byte b = 50; b = (byte)(b * 2);
```

它产生出正确的值 100。以上类型提升的约定除了将 byte 型和 shorts 型提升到 int 型以外，Java 定义了若干适用于表达式的类型提升规则（type promotion rules）。首先，如刚才描述的，所有的 byte 型和 short 型的值被提升到 int 型。其次，如果一个操作数是 long 型，整个表达式将被提升到 long 型；如果一个操作数是 float 型，整个表达式将被提升到 float 型；如果有一个操作数是 double 型，计算结果就是 double 型。

下面的程序表明，在表达式中的每个值是如何被提升以匹配各自二进制运算符的第二个参数：

```
public class Promote {
    public static void main(String [ ] args){
        byte b = 50;
        char c = 'a';
        short s= 1024;
        int i=50000;
        float f=5.67f;
        double d=.1234;
        double result=(f * b) + (i / c) - (d * s);
        System.out.println((f * b) + " + " + (i / c) + " - " + d * s);
        System.out.println("result="+result);
    }
}
```

让我们看看发生在下列程序行的类型提升：double result = (f * b) + (i / c) - (d * s)；在第一个子表达式 f*b 中，变量 b 被提升为 float 类型，该子表达式的结果为 float 类型。接下来，在子表达式 i/c 中，变量 c 被提升为 int 类型，该子表达式的结果为 int 类型。然后，子表达式 d*s 中的变量 s 被提升为 double 类型，该子表达式的结果也为 double 类型。最后，考虑 3 个中间值，即 float 类型、int 类型和 double 类型。float 类型加 int 类型的结果是 float 类型。然后该 float 类型的值减去提升为 double 类型的值，该表达式的最后结果是 double 类型。

总结一下 Java 中关于类型的自动提升的规律，存在以下若干适用于表达式的类型提升规则。

（1）所有的 byte 型、short 型和 char 型的值将被提升到 int 型。

（2）如果一个操作数是 long 型，计算结果就是 long 型。

（3）如果一个操作数是 float 型，计算结果就是 float 型。

（4）如果一个操作数是 double 型，计算结果就是 double 型。

2.3.7 变量的作用域

在 Java 中，允许变量在任何程序块内被声明，程序块被包括在一对大括号（{}）中。一个程序块定义了一个作用域（scope）。这样，每次开始一个新块，就创建了一个新的作用域，而这个作用域决定了哪些对象对程序的其他部分是可见的，它也决定了这些对象的生存期。

其他大多数计算机语言定义了两大类作用域：全局和局部。然而，这些传统型的作用域不适合 Java 严格的面向对象的模型。当然将一个变量定义为全局变量是可行的，但这是例外而不是规则。在 Java 中两个主要的作用域是通过类和方法来定义的。尽管类的作用域和方法的作用域的区别由人为划定。因为类的作用域有若干独特的特点和属性，而且这些特点和属性不能应用到方法定义的作用域，这些差别还是很有意义的。到现在为止，我们将仅仅考虑由方法或在一个方法内定义的作用域。

方法定义的作用域以它的左大括号开始。但是，如果该方法有参数，那么它们也被包括在该方法的作用域中。作为一个通用规则，在一个作用域中定义的变量对于该作用域外的程序是不可见（即访问）的。因此，当在一个作用域中定义一个变量时，就将该变量局部化并且保护它不被非授权访问和/或修改。实际上，作用域规则为封装提供了基础。

作用域可以进行嵌套。例如，每次当创建一个程序块时，就创建了一个新的嵌套的作用域。这样，外面的作用域包含内部的作用域。这意味着外部作用域定义的对象对于内部作用域中的程序是可见的，但是，反过来就是错误的，内部作用域定义的对象对于外部是不可见的。

比如在下面的例子中，x 的作用域是外面的一对大括号之间的代码，而 y 的作用域是里边的一对大括号之间的代码。

```
{
int x=0;
    {
        int y=0;
        y=y+1;
    }
    x=x+1;
}
```

另一个需要记住的重点是：变量在其作用域内被创建，离开其作用域时被撤销。

这意味着一个变量一旦离开它的作用域，将不再保存它的值了。因此，一个方法内定义的变量在几次调用该方法之间将不再保存它们的值。同样，在块内定义的变量在离开该块时也将丢弃它的值。因此，一个变量的生存期就被限定在它的作用域中。

如果一个声明定义包括一个初始化，那么每次进入声明它的程序块时，该变量都要被重新初始化。例如，思考下面这个程序。

```
public class LifeTime {
public static void main(String args[]) {
    int x;
    for(x = 0; x < 2; x++) {
    int y = -1;
```

```
            System.out.println("y is: " + y);
            System.out.println("y is now: " + y);
        }
    }
}
```

该程序运行的输出如下：

```
y is: -1
y is now: 100
y is: -1
y is now: 100
```

可以看到，每次进入内部的 for 循环，y 都要被重新初始化为–1。即使它随后被赋值为 100，该值还是会被丢弃。

尽管程序块能被嵌套，也不能将内部作用域声明的变量与其外部作用域声明的变量重名。在这一点上，Java 不同于 C 和 C++。下面的例子试图为两个独立的变量起同样的名字。在 Java 中，这是不合法的。但在 C 和 C++ 中，它将是合法的，而且两个变量 bar 是独立的。

```
public class ScopeErr {
    public static void main(String args[]) {
        int bar = 1;
        {
            // creates a new scope
         int bar = 2; // Compile-time error - bar already defined!
        }
    }
}
```

2.4　Java 运算符

2.4.1　运算符概念

Java 语言中的表达式是由运算符与操作数组合而成的。所谓的运算符就是用来做运算的符号。

Java 的大多数运算符在形式上和功能上都与 C 和 C++的运算符非常类似，熟悉 C 和 C++的读者对此不会感到陌生。Java 中的运算符一般由 1～3 个字符组成，分成以下 4 种运算符：

- 算术运算符。
- 赋值运算符。
- 比较运算符。
- 逻辑运算符。

在实际开发中，可能在一个运算符中会出现多个运算符，那么在计算时，要按照优先级别的高低进行计算，级别高的运算符先运算，级别低的运算符后计算，具体运算符的优先级见表 2-4 所示。

表 2-4   Java 运算符优先级

优 先 级	运 算 符	结 合 性
1	( ) [ ] .	从左到右
2	!（正）-（负）	从右向左
3	* / %	从左向右
4	+（加）-（减）	从左向右
5	< <= > >= instance of	从左向右
6	== !=	从左向右
7	&（按位与）	从左向右
8	^	从左向右
9	|	从左向右
10	&&	从左向右
11	||	从左向右
12	?:	从右向左
13	= += -= *= /= %=	从右向左

说明：

（1）该表中优先级按照从高到低的顺序书写，也就是优先级为 1 的优先级最高，优先级 13 的优先级最低。

（2）结合性是指运算符结合的顺序，通常都是从左到右。从右向左的运算符最典型的就是负号，例如 3 - 4，则意义为 3 加 - 4，符号首先和运算符右侧的内容结合。

（3）instance of 作用是判断对象是否为某个类或接口类型，后续有详细介绍。

其实在实际的开发中，不需要去记忆运算符的优先级别，也不要刻意的使用运算符的优先级别，对于不清楚优先级的地方使用小括号进行替代，这样书写代码，既方便编写代码，也便于代码的阅读和维护。

2.4.2　算术运算符

算术运算符用在数学表达式中，其用法和功能与代数学（或其他计算机语言）中的运算方法一样，Java 定义了下列算术运算符，如表 2-5 所示。

表 2-5　算术运算符

运　算　符	运　　　算	范　　例	结　　果
+	正号	+1	1
–	负号	a=3;–a	–3
+	加	2+2	4
–	减	5–1	4
*	乘	2*2	4
/	除	10/10	1
%	取模	5%5	0
++	自增（前）	a=3;b=++a;	a=4;b=4
++	自增（后）	a=1;b=a++;	a=2;b=1
– –	自减（前）	a=2;b= – – a;	a=1;b=1
– –	自减（后）	a=2;b=a – – ;	a=1;b=2
+	字符串相加	"we"+"come"	"Welcome"

"+"除了有字符串相加功能外，还能将字符串与其他的数据类型相连成一个新的字符串，条件是表达式中至少有一个字符串，例如，"x"+123；的结果是"x123"。

++a 是变量 a 在参与其他运算之前先将自己加 1 后，再用新的值参与运算，而 a++ 是先用原来的值参与运算后，再将自己加 1。例如，b=++a 是 a 先自增，a 自增后才赋值给 b，而 b=a++是先赋值给 b，a 后自增。

对于除号"/"，它的整数除和小数除是有区别的：整数之间做除法时，只保留整数部分而舍弃小数部分。

算术运算符的运算数必须是数字类型。算术运算符不能用在布尔类型上，但是可以用在 char 类型上，因为在 Java 中，char 类型是 int 类型的一个子集。

基本算术运算符——加、减、乘、除可以对所有的数字类型进行操作。减运算也用作表示单个操作数的负号。在对整数进行"/"除法运算时，所有的余数都要被舍去。除了基本的算术运算符以外，还有表 2-6 中的取模运算符、递增和递减运算符等。下面这个简单例子示范了算术运算符，也说明了浮点型除法和整型除法之间的差别。

表 2-6　赋值运算符

运　算　符	运　　算	范　　例	结　　果
=	赋值	x=1;y=1;	x=1;y=1
+=	加等于	x=3;y=2;x+=y	x=5;y=2

运　算　符	运　　算	范　　例	结　　果
—=	减等于	x=3;y=2;x—=y	x=1;y=2
*=	乘等于	x=3;y=2;x*=y	x=6;y=2
/=	除等于	x=3;y=2;x/=y	x=1;y=2
%=	模等于	x=3;y=2;x%=y	x=1;y=2

```java
public class BasicMath {
    public static void main(String args[]) {
        System.out.println("Integer Arithmetic");
        int a = 1 + 1;
        int b = a * 3;
        int c = b / 4;
        int d = c - a;
        int e = -d;
        System.out.println("a = " + a);
        System.out.println("b = " + b);
        System.out.println("c = " + c);
        System.out.println("d = " + d);
        System.out.println("e = " + e);
        System.out.println("\nFloating Point Arithmetic");
        double da = 1 + 1;
        double db = da * 3;
        double dc = db / 4;
        double dd = dc - a;
        double de = -dd;
        System.out.println("da = " + da);
        System.out.println("db = " + db);
        System.out.println("dc = " + dc);
        System.out.println("dd = " + dd);
        System.out.println("de = " + de);
    }
}
```

当运行这个程序，输出结果如下：

```
Integer Arithmetic
a = 2
b = 6
c = 1
d = -1
```

```
e = 1
Floating Point Arithmetic
da = 2.0
db = 6.0
dc = 1.5
dd = -0.5
de = 0.5
```

2.4.3　赋值运算符

赋值运算符是程序中最常用的运算符，只要有变量的声明，就要有赋值运算。如 a = 3；这里的 a 我们都知道是变量名，根据前面对变量的定义，我们可以知道这里的 a 实际上就是内存空间的一个名字，它对应的是一段内存空间，并要在这个空间中放入 3 这个值。这个放入的过程就实现了赋值的过程，如图表 2-5 所示。

> 注意：在 Java 里可以把赋值语句连在一起，如：
>
> x=y=z=5;

在这个语句中，所有 3 个变量都得到同样的值 5。

"+="是将变量与所赋的值相加后的结果再赋给该变量，如 x+=3 等价于 x=x+3。所有运算符都可依此类推。

2.4.4　比较运算符

Java 中比较运算符主要用来比较等式两边的操作数，比较的结果是布尔型，即要么是 true，要么是 false，具体的比较类型和结果如表 2-7 所示。

表 2-7　比较运算符

运　算　符	运　算	范　例	结　果
==	等于	1 == 2	false
!=	不等于	1 != 2	true
<	小于	1 < 2	false
>	大于	1 > 2	true
<=	小于等于	1 <= 2	false
>=	大于等于	1>= 2	true
instanceof	判断是否是类的对象	"World" instanceof String	true

> 注意：
>
> 比较运算符"=="书写时和"="一定要严格区分，不能误写成"="，这样就变成了赋值语句。

2.4.5　逻辑运算符

逻辑运算符包括逻辑与（&&）、逻辑或（||）和逻辑非（!）。前两个是二元运算符，后一个是一元运算符。逻辑运算符的运算数只能是布尔型，而且逻辑运算的结果也是布尔类型。

逻辑运算符中的"&"、"|"、"^"对布尔值的运算和它们对整数位的运算一样。

逻辑运算符"!"的结果表示布尔值的相反状态：!true == false 和!false == true。各个逻辑运算符的运算结果如表 2-8 所示。

表 2-8　逻辑运算符

运　算　符	运　　　算	范　　例	结　　果
&	AND（与）	false&true	false
|	OR（或）	false|true	true
^	XOR（异或）	false^true	true
!	NOT（非）	!true	false
&&	AND（短路）	false&&true	false
||	OR（短路）	false||true	true

"&"和"&&"存在很大的区别，如果使用"&"进行连接，无论连接前后的表达式取值如何，"&"两边的表达式都会参与计算。如果使用"&&"进行连接，当"&&"的左边为 false 时，则将不会计算其右边的表达式。

OR 运算符叫逻辑或，由"|"、"||"连接两个布尔表达式，只要运算符两边任何一个布尔表达式为真，该组合就会返回 true 值。

XOR 运算符叫做异或运算符，只有当"^"连接的两个布尔表达式的值不相同时，该组合才返回 true 值。如果两个都是 true 或都是 false，该组合将返回 false 值。

2.5　程序的流程控制

2.5.1　三种结构

从当前国内外计算机编程课程教学公认的程序结构化的角度出发，程序的结构被划分为 3 种，即顺序结构、选择结构、循环结构。

（1）任何编程语言中最常见的程序结构都是顺序结构。顺序结构就是程序从上到下一行一行地执行，中间没有任何判断和跳转。

如果 main 方法多行代码之间没有任何流程控制，则程序总是从上向下依次执行，排在前面的代码先执行，排在后面的代码后执行。这意味着：如果没有流程控制，Java 方法里的语句是一个顺序执行流，从上向下依次执行每条语句。

例如，a = 3，b = 5，现交换 ab 的值，这个问题就好像交换两个杯子里的水一样，当然要用到第三个杯子，假如第三个杯子是 c，那么正确的程序为 c = a；a = b；b = c；执行结果是 a = 5，b = c = 3，如果改变其顺序，写成 a = b；c = a；b = c；则执行结果就变成 a = b = c = 5，这是不能达到预期的目的的。

（2）选择结构又叫分支结构，是在两种以上的执行路径中选择一条来执行的控制结构，这里的执行路径是指一条语句。通常选择结构要先作一个判断，根据判断的结果来决定选择哪条执行路径。

Java 中的分支结构语句有 if 和 switch。

（3）循环结构是在一定条件下，反复执行某段程序的流程结构，被反复执行的程序成为循环体。循环结构是程序中非常重要和基本的结构，是通过循环语句来实现的。

Java 中的循环控制结构语句有 while 语句、do…while 语句和 for 语句。

2.5.2　if 条件语句

在 Java 程序中要测试条件，最基本的方法是使用 if 语句。前面介绍过，布尔型变量只能用于存储两个值：true 或 false。If 语句测试条件为 true 还是 false，并在条件为 true 时执行特定的操作。

使用 if 和条件来进行测试，格式如下面的语句所示。

第一种应用的格式为：

```
if（条件表达式）{
   功能代码块
}
```

其中条件语句可以是任何一种逻辑表达式，如果条件语句的返回结果为 true，则先执行后面大括号对（{}）中的执行语句，然后再顺序执行后面的其他程序代码，反之，程序跳过条件语句后面大括号对（{}）中的执行语句，直接去执行后面的其他程序代码。

当判断为 true 时，如果需要执行多行代码，可以在代码块内部书写任意多行的代码，而且也使整个程序的逻辑比较清楚，所以在实际的代码编写中推荐使用这种逻辑。

```
int a = 10;
   if(a >= 0){
   System.out.println("a 是正数");
}
   if( a % 2 == 0){
   System.out.println("a 是偶数");
}
```

在该示例代码中，第一个条件是判断变量 a 的值是否大于等于零，如果该条件成立则执行输出；第二个条件是判断变量 a 是否为偶数，如果成立也输出。

第二种应用的格式为：

```
if  (条件表达式){
   执行语句块 1
}else{
   执行语句块 2
}
```

这种格式在 if 从句的后面添加了一个 else 从句，从上面单一的 if 语句基础上看，在条件语句的返回结果为 false 时，执行 else 后面部分的从句，如：

```
 int y=0;
 if (y == 20){
    System.out.println("x=20 ");
   }else{
  System.out.println("x!=20 ");
}
```

如果 y 值等于 20 则打印出"y=20"，否则打印出"y!=20"。

上面程序代码的流程如图 2-2 所示。

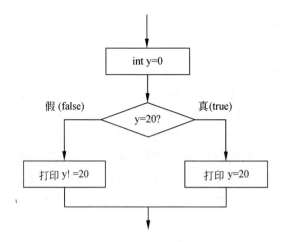

图 2-2　if 语句流程图

对于 if...else...语句，还有一种更简洁的写法：

变量 = 布尔表达式？语句 1：语句 2；

下面的代码：

```
if(x>0){
y=x;
}else{
y=-x;
}
```

可以简写成：

```
y = x>0 ? x : -x;
```

在上面的例子中，如果 x>0，就把 x 赋值给变量 y，如果 x 不大于 0，就把–x 赋值给前面的 y。也就是说，如果问号"?"前的表达式为 true，则计算问号和冒号中间的表达式，并把结果赋值给变量 y，否则将计算冒号后面的表达式，并把结果赋值给变量 y，这种写法的好处在于代码简洁，并且有一个返回值。

第三种应用的格式为：

```
if （条件表达式 1）{
    执行语句块 1
}else if（条件表达式 2）{
    执行语句块 2
}else if（条件表达式 n）{
    执行语句块 n
}else{
    执行语句块 n+1
}
```

这种格式用 else if 进行更多的条件判断，不同的条件对应不同的执行代码块，如：

```
if (y==a){
System.out.println("y=a ");
}else if(y==b){
System.out.println("y=b ");
}else if (y==c){
System.out.println("y=c ");
}else{
System.out.println("other ");
}
```

程序首先判断 y 是否等于 a，如果是，就执行并打印"y=a"，如果不是，程序将继续判断 y 是否等于 2，如果 y 等于 2，则打印"y=2"，如果也不等于 2，程序将判断 y 是否等于 3，如果是，则打印"y=3"，如果还不等于，就执行 else 后的语句。也可以不要最后的 else 语句，那就是上面的条件都不满足时，就什么也不做。

　　if 语句的嵌套：当 if 语句的分支语句又是 if 语句时，则构成了 if 语句的嵌套，如上例。其一般形式为：

```
if(条件表达式)
if 语句;
```

或者为：

```
if(条件表达式)
if 语句;
else
if 语句;
```

具体使用如下例所示：

```
if(1+1+3 > 5/2) {
//语句为控制语句
if(5>6){
System.out.println("5>6?不可能吧! ");
}
}
```

　　在使用 if 嵌套语句时，最好使用{}来确定相互的层次关系，上面的语句我们很难判断最后的 else 语句到底属于哪一层，编译器是不能根据书写格式来判定的，我们最好使用{}来明确层次。

　　与 C、C++不一样的是，在 Java 中，if()和 else if()括号中表达式的结果必须是 true 或者 false 布尔类型，需要读者特别注意。

2.5.3　switch 选择语句

　　switch 关键字的中文意思是开关、转换的意思，switch 语句在条件语句中特别适合做一组变量相等的判断，在结构上比 if 语句要清晰很多。

　　switch 语句的语法格式为：

```
switch（表达式){
case 值 1:
功能代码 1;
[break; ]
case 值 2:
功能代码 2;
[break; ]
```

```
    ...
default:
   功能代码 1；
   [break; ]
   }
```

语法说明：

（1）表达式的类型只能为 byte、short、char 和 int 这 4 种之一。

（2）值 1、值 2……值 n 只能为常数或常量，不能为变量。

（3）功能代码部分可以写任意多句。

（4）break 关键字的意思是中断，指结束 switch 语句，break 语句为可选。

（5）case 语句可以有任意多句，是标号语句。

（6）default 语句可以写在 switch 语句中的任意位置，功能类似于 if 语句中的 else。

switch 语句的执行流程：当表达式的值和对应 case 语句后的值相同时，即从该位置开始向下执行，一直执行到 switch 语句的结束，在执行中，如果遇到 break 语句，则结束 switch 语句的执行。

下面是一个根据月份获得每个月的天数（不考虑闰年）的 switch 语句示例代码：

```
int month = 10;
int days = 0;
switch(month){
 case 1:
  days = 31;
  break;
 case 2:
  days = 28;
  break;
 case 3:
  days = 31;
  break;
 case 4:
  days = 30;
  break;
 case 5:
  days = 31;
  break;
 case 6:
  days = 30;
  break;
 case 7:
  days = 31;
```

```
   break;
  case 8:
   days = 31;
   break;
  case 9:
   days = 30;
   break;
  case 10:
   days = 31;
   break;
  case 11:
   days = 30;
   break;
  case 12:
   days = 31;
   break;
  }
  System.out.println(days);
```

根据 switch 语句的语法，该代码也可以简化为如下格式：

```
int month = 10;
int days = 0;
switch(month){
  case 2:
  days = 28;
  break;
  case 4:
  case 6:
  case 9:
  case 11:
  days = 30;
  break;
  default:
  days = 31;
}
System.out.println(days);
```

代码说明：因为 switch 语句每次比较的是相等关系，所以可以把功能相同的 case 语句合并起来，而且可以把其他的条件合并到 default 语句中，这样可以简化 case 语句的书写。该代码的结构比最初的代码简洁很多。

虽然在语法上 switch 只能比较相等的结构，其实某些区间的判别也可以通过一定的变换使用 switch 语句来实现。例如，if-else if 语句示例中的分数转换的示例，则分数的区间位于 0～100 之间，如果一个一个地去比较，case 语句的数量会比较多，所以可以做一个简单的数字变换，只比较分数的十位及以上数字，这样数字的区间就缩小到 0～10，则实现的代码如下：

```
int score = 87;
switch(score / 10){
  case 10:
  case 9:
  System.out.println('A');
  break;
  case 8:
  System.out.println('B');
  break;
  case 7:
  System.out.println('C');
  break;
  case 6:
  System.out.println('D');
  break;
  default:
  System.out.println('E');
}
```

当然，switch 语句不是很适合进行区间的判别，更多的区间判别一般还是使用 if-else if 语句来进行实现。

> 提示：
> if 语句可以实现程序中所有的条件，switch 语句特别适合一系列点相等的判别，结构也比较清晰，而且执行速度比 if 语句要稍微快一些，在实际的代码中，可以根据需要使用对应的语句来实现程序要求的逻辑功能。

2.5.4 while 语句

while 语句是循环语句，也是条件判断语句，while 语句的语法结果如下所示：

```
while(条件表达式语句){
执行语句
}
```

当表达式的返回值为真时，则执行{}中的执行语句段，当执行完{}中的语句后，检测表达式的返回值，直到返回值为假时循环终止。

我们可以通讨下面的程序来具体了解 while 语句的使用，一个计算输入成绩平均的程序如下所示。

```java
import java.util.Scanner;
public class ScoreAverage {
    public static void main(String[] args) {
        Scanner scanner = new Scanner(System.in);
        int score = 0;
        int sum = 0;
        int count = -1;
        while(score != -1) {
            count++;
            sum += score;
            System.out.print("输入分数(-1 结束): ");
            score = scanner.nextInt();
        }
        System.out.println("平均: " + (double) sum/count);
    }
}
```

在这个程序中，使用者的输入次数是未知的，所以使用 while 循环来判断使用者的输入是否为–，以作为循环执行的条件。运行结果如下：

```
输入分数(-1 结束): 99
输入分数(-1 结束): 88
输入分数(-1 结束): 77
输入分数(-1 结束): -1
平均: 88.0
```

需要强调的是：while 表达式的括号一定不要加 “；”，程序将认为要执行一条空语句，而进入无限循环，永远不去执行后面的代码，Java 编译器又不会报错，这时可能要浪费许多时间来调试，但最终还是不知道是错在哪里。

2.5.5   do…while 语句

do…while 语句由关键字 do 和 while 组成，是循环语句中最典型的 “先循环再判断” 的流程控制结构，它与 while 和后面将要介绍的 for 语句不同，这意味着包含在大括号中的程序段至少要被执行一次。do…while 语句的语法结构如下所示。

```
    do{
执行语句
    }while(条件表达式语句);
```

下面是一个使用 do...while 语句的例子，实现求 5 的阶乘，在数学上 5 的阶乘是指 1×2×3×4×5，其具体代码为：

```
int i = 1;
int result = 1;
do{
    result *= i;
    i++;
}while(i <= 5);
System.out.println(result);
```

上面的程序演示了 do...while 语句 while 语句在执行流程上的区别，即如果 i 的初始值为 b，则判断条件 i≤5 开始就不成立，那么在 while 语句中，则不再执行循环语句块中的语句，而在上述的 do...while 循环语句中，循环语句块还是需要先执行一次。

2.5.6　for 循环语句

for 循环是一个功能强大且形式灵活的结构，用于实现多次循环，for 循环语句的基本使用格式如下：

```
for(初始化表达式;循环条件表达式;循环后的操作表达式) {
    执行语句
}
```

请看下面的代码：

```
// Demonstrate the for loop.
    public class ForTick {
    public static void main(String args[]) {
    int n;
    for(n=10; n>0; n--)
    System.out.println("tick " + n);
        }
    }
}
```

程序打印的结果如下：

```
tick 10
tick 9
...
tick 1
```

　　上面流程代码的流程如图 2-3 所示。

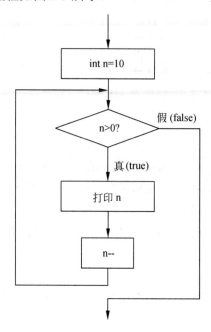

图 2-3　for 语句流程图

2.5.7　break 与 continue 循环语句

　　break 和 continue 语句是和循环语句紧密相关的两种语句。其中 break 关键字的意思是中断、打断，continue 关键字的意思是继续。使用这两个关键字可以调节循环的执行。

1．break 语句

　　break 语句在前面的 switch 语句中已经介绍过，其功能是中断 switch 语句的执行，在循环语句中，break 语句的作用也是中断循环语句，也就是结束循环语句的执行。

　　break 语句可以用在 3 种循环语句的内部，功能完全相同。下面以 while 语句为例来说明 break 语句的基本使用及其功能。

　　示例代码：

```
int i = 0;
while(i < 10){
i++;
if(i == 5){
break;
}
}
```

则该循环在变量 i 的值等于 5 时，满足条件，然后执行 break 语句，结束整个循环，接着执行循环后续的代码。

2．continue 语句

continue 语句只能使用在循环语句内部，功能是跳过该次循环，继续执行下一次循环结构。在 while 和 do...while 语句中 continue 语句跳转到循环条件处开始继续执行，而在 for 语句中 continue 语句跳转到迭代语句处开始继续执行。

下面以 while 语句为例，来说明 continue 语句的功能，示例代码如下：

```
int i = 0;
while(i < 4){
i++;
if(i == 2){
continue;
}
System.out.println(i);
}
```

则该代码的执行结果是：

```
1
3
4
```

关于定义标签原则的提示：对 Java 来说，唯一用到标签的地方是在循环语句之前。它实际需要紧靠在循环语句的前方——在标签和循环之间置入任何语句都是不明智的。而在循环之前设置标签的唯一理由是：我们希望在其中嵌套另一个循环或者一个开关。这是由于 break 和 continue 关键字通常只中断当前循环，但若随标签一起使用，它们就会中断到存在标签的地方。

2.6　Java 数组

2.6.1　概念

数组（array）是具有相同数据类型的元素的组合的集合，可以使用共同的名字来引用它。数组可被定义为任何类型，可以是一维或多维。数组中的一个特别要素是通过下标来访问它。

数组的定义形式一般如下：

```
数组元素类型 数组名[];
数组元素类型[] 数组名;
数组元素类型 []数组名;
int arr[]=new int[10];
int []arr=new int[10];
int[] arr=new int[10];
```

或者写为另一种形式：

```
int arr[]=null;
arr=new int[10];
int []arr=null;
arr=new int[10];
int[] arr=null;
arr=new int[10];
```

数组的特点如下：

（1）是相同数据类型的元素集合。

（2）数组中的元素是有先后顺序的，它们在内存中按照这个先后顺序连续存放在一起。

（3）每个数组元素用整个数组的名字和它在数组中的顺序位置来表达。

为了充分深入地了解数组，这里必须向大家讲解有关内存分配的一些知识。Java 把内存划分成两种：一种是栈内存；另一种是堆内存。

在方法中定义的一些基本类型的变量和对象的引用变量都是在方法的栈内存中分配。当一段代码块（也就是一对花括号{}之间）定义一个变量时，Java 就在栈中为这个变量分配内存空间，当超过变量的作用域后，Java 会自动释放为该变量所分配的内存空间，该内存空间可以立即另作他用。先前讲到的知识都属于栈中分配的变量。堆内存用来存放由 new 创建的对象和数组，在堆中分配的内存，由 Java 虚拟机的自动垃圾回收器来管理。在堆中产生一个数组或对象后，还可以在栈中定义一个特殊的变量，让栈中这个变量的取值等于数组或对象在堆内存中的首地址，栈中的这个变量就成了数组或对象的引用变量，以后就可以在程序中使用栈中的引用变量来访问堆中的数组和对象，引用变量就相当于是为数组或对象起的一个名称。引用变量是普通的变量，定义时在栈中分配，引用变量在程序运行到其作用域之外后被释放。而数组和对象本身在堆中分配，即使程序运行到使用 new 产生数组和对象的语句所在的代码块之外，数组和对象本身占据的内存不会被释放，数组和对象在没有引用变量指向它时，才会变为垃圾，不能再被使用，但仍然占据内存空间，在随后一个不确定的时间被垃圾回收器释放掉，这也是 Java 比较占内存的原因。

2.6.2　数组的静态初始化

数组可以在声明时被初始化，这个过程和简单类型初始化过程一样。数组的初始化（array initializer）就是包括在花括号之内用逗号分开的表达式的列表。逗号分开了数组元素的值，Java 会自动地分配一个足够大的空间来保存指定的初始化元素的个数，而不必使用运算符 new。例如，为了存储每月中的天数，下面的程序定义了一个初始化的整数数组：

```
// An improved version of the previous program.
class AutoArray {
public static void main(String args[]) {
intmonth_days[]={ 31,  28,  31,  30,  31,  30,  31,  31,  30,  31,30,  31};
System.out.println("April has " + month_days[3] + " days.");
}
}
```

Java 严格地检查以保证不会意外地存储或引用在数组范围以外的值。Java 的运行系统会检查以确保所有的数组下标都在正确的范围以内（在这方面，Java 与 C 和 C++ 在根本上不同，C 和 C++ 不提供运行边界检查）。例如，运行系统将检查数组 month_days 的每个下标的值以保证它包括在 0 和 11 之间。如果试图访问数组边界以外（负数或比数组边界大）的元素，将引起运行错误。

注意：在 Java 语言中的声明数组时，无论用何种方式定义数组，都不能指定其长度，例如，下面的定义将是非法的。

```
int ia[5];  //编译时将出错
```

2.6.3　多维数组

在 Java 中，多维数组（multidimensional arrays）实际上是数组的数组，你可能会期望，这些数组在形式上和行为上都和一般的多维数组一样。但是，你将看到，有一些微妙的差别。定义多维数组变量要将每个维数放在它们各自的方括号中。例如，下面语句定义了一个名为 twoD 的二维数组变量。

```
int twoD[][] = new int[4][5];
```

该语句分配了一个 4 行 5 列的数组并把它分配给数组 twoD 。实际上这个矩阵表示int 类型的数组被实现的过程。下列程序从左到右，从上到下为数组的每个元素赋值，然后显示数组的值：

```
// Demonstrate a two-dimensional array.
class TwoDArray {
    public static void main(String args[]) {
        int twoD[][] = new int[4][5];
        int i, j, k = 0;
        for (i = 0; i < 4; i++) {
            for (j = 0; j < 5; j++) {
                twoD[i][j] = k;
                k++;
            }
        }
        for (i = 0; i < 4; i++) {
            for (j = 0; j < 5; j++) {
                System.out.print(twoD[i][j] + " ");
            }
            System.out.println();
        }
    }
}
```

程序运行的结果如下：

```
0  1  2  3  4
5  6  7  8  9
10 11 12 13 14
15 16 17 18 19
```

2.6.4　数组操作相关的方法

下面介绍两个与数组操作相关的方法

1. 使用 System.arraycopy()方法复制数组

```
System.arraycopy(source, 0, dest, 0, x);
```

该语句的意思就是：复制源数组中从下标 0 开始的 x 个元素到目的数组，从目标数组的下标 0 所对应的位置开始存储。下面是示例程序。

```
public class TestArrayCopy {
    public static void main(String[] args) {
        int[] arrayA = new int[]{0, 1, 2, 3, 4, 5, 6, 7};
        int[] arrayB = new int[]{33, 44, 55};
```

```
            System.arraycopy(arrayA, 0, aLength, 0, 2);
    }
}
```

运行结果是:

```
arrayB: 0, 1, 55
```

注意: 复制的数组的元素的个数要小于目的数组的长度, 否则会有异常产生。

2. 使用 Arrays.sort()来给数组中的元素排序

用法: Arrays.sort（数组名称）;

下面的例子是随机生成 10 个随机数, 并且按照升序排列, 然后把排序后的数组打印出来:

```
import java.util.Arrays; //关于这条语句, 在后面的章节中会有讲解。
public class RandomNo {
    public static void main(String[] args) {
        int[] num = new int[10]; //可以根据自己的需要定义产生几个随机数
        System.out.println("产生的随机数为");
        for(int i=0;i<10;i++) {
            num[i] =(int)(Math.random()*100);
            System.out.print(num[i]+" ");
        }
        System.out.println();
        Arrays.sort(num);
        System.out.println("排序后的随机数为");
        for(int i=0;i<10;i++){
            System.out.print(num[i]+" ");
        }
    }
}
```

2.7　方法与方法的重载

2.7.1　方法的定义

在进行复杂的程序设计时, 总是根据所要完成的功能, 将程序划分为一些相对独立的部分, 每一个部分用一个方法来完成, 从而使各部分充分独立、任务单一, 并且使程序清晰、易懂和易维护。比如这里有个例子, 程序在窗口上打印出 3 个由（*）组成的矩形：

```java
public class Func1 {
    public static void main(String[] args) {
        // 下面是打印出第一个矩形的程序代码
        for (int i = 0; i < 3; i++) {
            for (int j = 0; j < 5; j++) {
                System.out.print("*");
            }
            System.out.println(); // 换行
        }
        System.out.println();
        // 下面是打印出第二个矩形的程序代码
        for (int i = 0; i < 2; i++) {
            for (int j = 0; j < 4; j++) {
                System.out.print("*");
            }
            System.out.println();
        }
        System.out.println();
        // 下面是打印出第三个矩形的程序代码
        for (int i = 0; i < 6; i++) {
            for (int j = 0; j < 10; j++) {
                System.out.print("*");
            }
            System.out.println();
        }
        System.out.println();
    }
}
```

通过观察上面的程序可以发现，在打印矩形的程序中 for 语句重复出现了好几次，比较冗余，可以进行简化，因此将其单独提出来，并用一个"标识符"来标记这段代码，程序修改如下：

```java
public class Func2{
    public static void drawRectangle(int x, int y){
        for(int i=0;i<x;i++){
            for(int j=0;j<y;j++){
                System.out.print("*");
            }
            System.out.println(); //换行
```

```
            }
            System.out.println();
        }
    public static void main(String [] args){
        drawRectangle(3, 5);
        drawRectangle(2, 4);
        drawRectangle(6, 10);
    }
}
```

在以上代码中，我们提出的这段代码就是方法体，用来标记这段代码的"标识符"（drawRectangle），就是方法名。方法名和方法体共同组成了方法。在 Java 中，我们也称之为方法。这个方法需要接受两个整数类型的参数，一个代表矩形的宽度；另一个代表这个矩形的高度。有时，方法还需要返回一个结果，一个求解矩形面积的方法就要返回一个代表面积的结果，方法的返回结果都是有类型的。所以一个方法的定义必须由三部分组成，格式如下：

```
返回值类型 方法名（参数类型 形式参数 1，参数类型 形式参数 2，...）
{
程序代码
return 返回值;
}
```

形式参数：在方法被调用时用于接收外部传入的数据的变量。

参数类型：就是该形式参数的数据类型。

返回值：方法在执行完毕后返还给调用它的程序的数据。

实参：调用方法时实际传给方法形式参数的数据。

上面定义的"参数类型 形式参数 1，参数类型 形式参数 2，……"部分，称之为参数列表。在程序中调用某个方法、执行其中的程序代码时，有时候需要为方法传递一些参数。

方法要接收调用程序传递的参数，必须为每个传递的参数定义一个变量，传递的原则是：顺序一致、类型一致。而被传递的这些变量就在方法名后面的一对小括号中进行定义，各个变量之间以逗号（,）隔开，在小括号中定义的这些变量就叫参数列表。有的方法并不需要接收任何参数，即使这样，在定义方法时，也不能省略方法名后面的那对小括号，当方法不接受参数时，保留小括号中的内容为空。

方法中的程序代码必须位于一对大括号之间，如果主程序要求方法返回一个结果值，例如，要将两个数相加的结果返回到调用程序中，就必须使 return 语句后面跟上这个要返回的结果。return 语句后面可以跟上一个表达式，返回值将是表达式的运算结果。如果一个方法不需要返回值，可以省略最后的 return 语句。如果方法里没有 return 语句，则编译时系统会自动在方法的最后添加一个"return;"。

下面是一个求两个数和的方法，可以用来了解一下具有返回值方法的定义及调用：

```java
public class Func3{
public static int getSum(int x, int y){
        return x+y;
    }
    public static void main(String [] args){
        int sum = getSum (4, 5);
      System.out.println("Add 1 = " + sum);
      System.out.println("Add 2 = "+ getSum (2, 4));
      getSum (6, 10);
    }
}
```

在上面的 getSum 方法中，用到了一个"return（返回值）"语句，用于终止方法的运行并返回该方法的结果给调用者，在上面的例子代码中，我们也看到了对方法进行调用的几种方式。

（1）如果方法没有返回值或调用程序不关心方法的返回值，可以用下面的格式调用定义的方法：

方法名（实参 1，实参 2，……）

如上面的 getSum（6，10）的语句。

（2）如调用程序需要方法的返回结果，则要用下面的格式调用定义的方法：

变量 = 方法名（实参 1，实参 2，……）

如上面 int sum=getSum（4，5）语句。

（3）对于有返回值的方法调用，也可以在程序中直接使用返回的结果。

如这一句：System.out.println（"Add 2 = " + getSum（2，4））。

我们还可以在方法的中间使用 return 语句提前返回，如打印矩形面积的方法，首先应检查传入的参数（即宽度和高度）是否为负数，为负则提前返回。其余的代码则不会被执行。修改上面的代码如下：Func4.java

```java
public class Func3{
public static int getSum (int x, int y){
        if(x<=0||y<=0){
        return -1;
}
return x+y;
    }
```

```
public static void main(String [] args){
    int sum = getSum (4, 5);
    System.out.println("Add 1 = " + sum);
    System.out.println("Add 2 = "+ getSum (2, 4));
    getSum (6, 10);
  }
}
```

　　这样的程序对传入的参数值进行了检查控制，明显要专业得多，这也是软件编码规范中的一个起码要求。很多程序错误都是由非法参数引起的，我们应该充分理解并有效地使用类似上面的方式来防止此类错误。

　　Java 中所有方法都包含在类里面，在 Java 的一个类中定义的方法也叫这个类的方法（method），方法就是方法。

2.7.2　方法的参数传递过程

　　下面的图 2-4 演示的是方法的参数传递的过程。

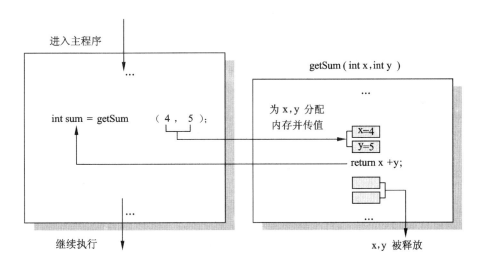

图 2-4　方法参数传递过程

　　前面讲过，Java 程序运行时虚拟机会先找到这个程序的 main 方法，接着从 main 方法里面取出一条条代码来执行，以上面的程序 Func4.java 为例，当执行到 int sum=getSum（45）；这个语句时，程序会跳转到 getSum（int x，int y）这个方法的内部去执行，先把实参（4，5）分别赋值给形式参数（int x，int y），然后返回 x+y 的结果（return x+y;），接着回到 main 里面，把结果赋值给整型变量 sum。这就是方法的参数传值的整个过程。

　　形式参数 x 和 y 就相当于方法 getSum 中定义的两个局部变量，在方法被调用时创建，并以传入的实参作为初始值，方法调用结束时也就被释放了，不会影响到主程序中其他的 x 和 y（如果有的话），因为它们属于不同作用域中的变量，是互不相干的。

2.7.3　方法的重载

在 Java 中，同一个类中的 2 个或 2 个以上的方法可以有同一个名字，只要它们的参数声明不同即可。在这种情况下，该方法就被称为重载（overloaded），这个过程称为方法重载（method overloading）。方法重载是 Java 实现多态性的一种方式。如果你以前从来没有使用过一种允许方法重载的语言，这个概念最初可能有点奇怪。但是你将看到，方法重载是 Java 最激动人心和最有用的特性之一。

下面是一个重载的例子：

```
class  MethodOverloading {
    viod receive(int i) {
System.out.println("Received one int data");
System.out.println("i="+i);
    }
    viod receive(float f) {
System.out.println("Received one float data");
System.out.println("f="+f);
    }
    viod receive(String s) {
System.out.println("Received a String");
System.out.println("s="+s);
    }
  }
```

当一个重载方法被调用时，Java 用参数的类型和（或）数量来表明实际调用的重载方法的版本。因此，每个重载方法的参数类型和（或）数量必须是不同的。虽然每个重载方法可以有不同的返回类型，但返回类型并不足以区分所使用的是哪个方法。当 Java 调用一个重载方法时，参数与调用参数匹配的方法将被执行。

第 3 章　面　向　对　象

学习目标：
1. 了解面向对象的基本概念
2. 了解 Java 语言中相关面向对象概念的实现
3. 掌握简单的 Java 程序和设置不同访问权限的变量的方法
4. 掌握使用 Java 的 Jar 文件包

3.1　基本概念

3.1.1　面向对象的基本概念

　　哲学的观点认为现实世界是由各种各样的实体（事物、对象）所组成的，每种对象都有自己的内部状态和运动规律，不同对象间的相互联系和相互作用就构成了各种不同的系统，并进而构成整个客观世界。同时人们为了更好的认识客观世界，把具有相似内部状态和运动规律的实体（事物、对象）综合在一起称为类。类是具有相似内部状态和运动规律的实体的抽象。进而人们抽象地认为客观世界是由不同类的事物间相互联系和相互作用所构成的一个整体。计算机软件的目的就是为了模拟现实世界，使各种不同的现实世界系统在计算机中得以实现，进而为我们工作、学习、生活提供帮助。

　　面向对象（object-oriented programming，OOP）至今还没有统一的概念。我们在这里把它定义为按人们认识客观世界的系统思维方式，采用基于对象（实体）的概念建立模型，模拟客观世界分析、设计、实现软件的办法。通过面向对象的理念使计算机软件系统能与现实世界中的系统一一对应。面向对象其实是现实世界模型在计算机虚拟世界的自然延伸。现实世界中的任何实体都可以看作是对象。对象之间通过消息而相互作用。另外，现实世界中任何实体都可以归属于某类事物，任何对象都是某一类事物的实例。

3.1.2　面向过程编程方法和面向对象编程方法的区别

　　如果说传统的过程式编程语言是以过程为中心、以算法为驱动的话，面向对象的编程语言则是以对象为中心，以消息为驱动。用公式表示为，

面向过程的编程语言为：程序=算法+数据；

面向对象编程语言为：程序=对象+消息。

　　Java 同其他面向对象的编程语言一样，也支持面向对象（Object Oriented Programming，OOP）的 3 个特征：

- 封装（Encapsulation）；
- 继承（Inheritance）；
- 多态（Polymorphism）。

3.2　类与对象

　　Java 编程语言中的抽象数据类型概念被认为是 class-类。类给对象的特殊类型提供定义。它规定对象内部的数据，创建该对象的特性，以及对象在其自己的数据上运行的功能，因此类就是一块模板。Objects 是在其类模块上建立起来的，很像根据建筑图纸来建楼。同样的图纸可用来建许多楼房，而每栋楼房都是它自己的一个对象。

　　应该注意，类定义了对象是什么，但它本身并不是一个对象。在程序中类定义的副本只能有一个，但可以有几个对象作为该类的实例。在 Java 编程语言中使用 new 运算符实例化一个对象。

　　在类中定义的数据类型用途不大，除非有目的地使用它们。方法定义了可以在对象上进行的操作，换言之，方法定义类来干什么。因此 Java 编程语言中的所有方法都属于一类。与 C++程序不同，Java 软件程序不可能在类之外的全局区域有方法。

　　类是描述和抽象，对象是具体和实例化。没有类就没有对象，但没有对象可以有类。有些类具有一些静态固有的属性，这种属性不依赖于实例。对象是系统中信息的抽象；包括表现的数据和相关的动作。类是有相同属性和动作的对象的集合。对象是一个抽象概念，你可以说类是对象，也可以说实例是对象。类是代码，实例是数据。代码是设计期的，数据是运行期的。而对象则贯穿整个设计阶段和运行阶段以及维护阶段。我们说面向对象（Object-Oriented），而不是面向类（Class-Oriented），也不是面向实例（Instance-Oriented），那是因为对象作为抽象概念已经包含了类和实例，而且对象不止是类和实例，还包含了它们的现实意义。任何无视现实意义、随意组装一些类的代码属于面向类（Class-Oriented），但不是面向对象。因此并不是任何用 C++和 Java 写出来的代码都是面向对象，但是所有的 C 程序也不一定都不是面向对象。

　　图 3-1 所示是一个典型的例子。

　　其中，飞机设计图是"类"，由这个图纸设计出来的若干飞机就是按照该类的模板产生的"对象"。可见，类表述了对象的属性和对象的行为，是对象的模板、图纸。对象（object）是类（class）的一个实例（instance），是一个实实在在的个体。一个类可以对应多个对象。如果将对象比作飞机，那么类就是飞机的设计图纸，所以面向对象的程序设计的重点是类的设计，而不是对象的设计。

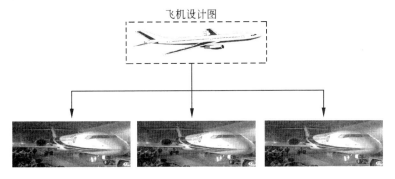

图 3-1　类和对象的关系

3.2.1　类的定义

正如前面介绍的，类可以将表示状态的数据和操作的方法封装在一起。其中数据用来表示类的属性，方法表示类的行为，那么定义一个类就是要定义类的属性和行为（方法）。下面的这段代码显示了类的相关定义：

```
public class Man{
    private String name;              //属性：姓名
    private int height;               //属性：身高
    private int weight;               //属性：体重
    public Man () {}
    public Man (String name, int height, int weight) {
        this.name = name;
        this.height = height;
        this.weight = weight;
    }
     public void doSth() {             //行为：
        Sytem.out.println("height:"+height);
    }
}
```

这段代码中定义了一个 Man 类，该类有 3 个属性 name、height、weight，1 个方法 doSth()。类的属性也叫类成员变量，类的方法也叫类的成员方法。一个类中的方法可以直接访问类中的任何成员（包括成员变量和成员方法），如 doSth 方法可以直接访问同一类中的 name、height、weight 等变量。

3.2.2　对象的产生和使用

在实际生活中，仅仅有飞机设计图是无法实现飞机的功能的，只有产生了实际的飞机才行。同样地，如果要想实现类的属性和行为，必须创建该类的具体对象。要创建新的对象，需要使用 new 关键字和提供类名，如：

```
Man p1=new Man ();
```

在上面的表达式中，等号左边以类名 Man 作为变量类型定义了一个变量 p1，来指向等号右边的通过 new 关键字创建的一个 Man 类的实例对象。变量 p1 就是对象的引用句柄。对象的引用句柄是在栈中分配的一个变量，对象本身是在堆中分配的，原理如图 3-2 所示。

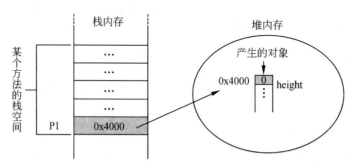

图 3-2　对象在堆内存中产生

在图 3-2 中，显示了 Man 类的对象 P1 在堆内存中产生，地址是 0x4000，该地址存放在 P1 在栈内存中的单元内。需要注意的是，在 new 语句的类名后需要跟着一对圆括号，这是初学者比较容易忽略的地方。

在 Java 语言中，变量需要先被初始化，然后才能被使用，而且当一个对象被创建时，会对其中各种类型的成员变量按照表 3-1 自动进行初始化赋值。除了基本数据类型之外的变量类型都是引用类型，如上面的 Man 类及第 2 章中讲过的数组。

各种类型的成员变量按自动进行初始化赋值，如表 3-1 所示。

表 3-1　各成员变量类型及初始值

成员变量类型	初　始　值
Byte	0
Short	0
Int	0
Long	0L
float	0.0F
double	0.0D
char	'\u0000'（表示为空）
boolean	false
all reference type	null

因此，在上面的图 3-2 中，堆内存中的 height 成员变量的初始值是 0。

创建新的对象之后，我们就可以使用"对象名.对象成员"的格式来访问对象的成员（包括属性和方法），下面的程序代码演示了 Man 类对象的产生和使用方式。

```
class TestMan{
  public static void main(String[] args){
Man p1=new Man();
    Man p2=new Man();
    p1.height=172;
p2.height=180;
    p1.doSth();
    p2.doSth();
  }
}
```

万事万物皆是对象，每一个事物都有自己的生命周期，大的如宇宙，小的如蝼蚁，那么既然我们的程序是基于对象的，每一个对象也就都有自己的生命周期。生命周期就是一个对象从诞生到灭亡的过程，接下来我们就看看 Java 中一个对象是如何消亡的，在 Java 中一个对象的消亡代表的是再也没有一个引用句柄也就是变量指向这个对象的地址，那么这个对象就会变成垃圾，

第一种情况的程序代码：

```
{
Man p1=new Man();
...
}
```

当程序执行完这个代码块（这对花括号中的所有代码）后，通过 new 产生的 Man 对象就会变成垃圾。因为引用这个对象的句柄 p1 在这对大括号结束以后，就已经被编译器标记为超出作用区域，这时 Man 对象就不能再被任何句柄引用了，如图 3-3 所示。

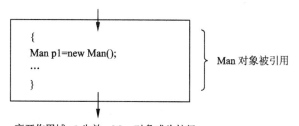

离开作用域 p1 失效，Man 对象成为垃圾

图 3-3　对象成为垃圾

第二种情况的程序代码：

```
{
Man p1=new Man();
p1=null;
...
}
```

在第二种情况中，在执行完 p1=null;后，虽然对象的引用句柄 p1 还没有超出其作用域，仍然有效，但它已经被赋值为空，也就是说 p1 不再指向任何对象。当然前面生成的这个 Man 对象也就不再被任何句柄引用，变成了垃圾，如图 3-4 所示。

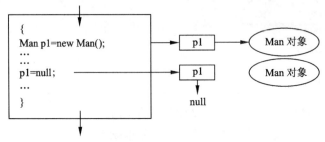

图 3-4　第二种情况

第三种情况的程序代码：

```
{
Man p1=new Man ();
Man p2=p1;
p1=null;
...
}
```

执行完 p1=null;后，产生的 Man 对象不会变成垃圾。因为这个对象将被句柄 p2 所引用，直到 p2 超出其作用域而无效，产生的 Man 对象才会变成垃圾，如图 3-5 所示。

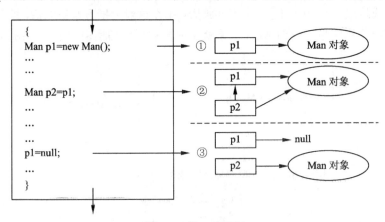

图 3-5　第三种情况

3.2.3　对象的比较

简单类型比较

Java 中，比较简单类型变量用"=="，只要两个简单类型值相等即返回 true，否则返回 false。

引用类型比较

如果一个变量是用作指向一个数组或一个对象的句柄，那么这个变量的类型就是引用数据类型，"=="操作符用于比较两个引用数据类型变量的情况。对初学者来说，很容易造成一些混淆。

在用"=="比较引用类型时，仅当两个应用变量的对象指向同一个对象时，才返回 true。言外之意就是要求两个变量所指内存地址相等的时候，才能返回 true，每个对象都有自己的一块内存，因此必须指向同一个对象才返回 true。

在用 equals()比较引用类型时，情况就比较复杂，一般情况下 equals()方法判断对象（在对内存中的实体）的值是否相等。如果相等则返回 true，不相等则返回 false。

在 Java API 中，有些类重写了 equals()方法，它们的比较规则是当且仅当该 equals 方法参数不是 null，两个变量的类型、内容都相同，则比较结果为 true。这些类包括 String、Double、Float、Long、Integer、Short、Byte、Boolean、BigDecimal、BigInteger 等，常见的就是这些类，不清楚的地方可以查看 Java API 手册中类的 equals()方法。

举例

我们可以通过下面的程序代码看出"=="操作符和 equal()方法的区别：

```java
class TestCompare{
    public static void main(String[] args) {
            String str1 = new String("123");
            String str2 = new String("123");
            String str3 = str1;
            if(str1 == str2){
                System.out.println("str1 == str2");
            }else{
                System.out.println("str1!= str2");
            }
            if(str1 == str3){
                System.out.println("str1 == str3");
            }else{
                System.out.println("str1 != str3");
            }
        }
    }
}
```

程序运行结果是:

```
str1!=str2
str1= =str3
```

在上面的例子中，创建了两个不同的 String 类对象，然后分别用 str1 和 str2 进行指向，尽管创建的两个 String 实例对象看上去一模一样，但它们是两个彼此独立的对象，是两个占据不同内存空间地址的对象。str1 和 str2 分别是这两个对象的句柄，即 str1 和 str2 的值分别是这两个对象的内存地址，显然它们的值是不相等的。将 str1 中的值直接赋给了 str3，str1 和 str3 的值当然是相等的。

程序具体执行的过程如图 3-6 所示。

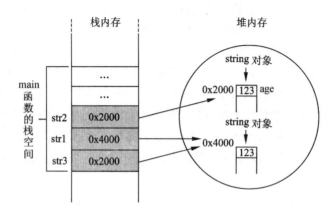

图 3-6　判断对象是否相等

在理解这个问题的时候，建议读者想想各个变量在内存当中的情况以及栈内存和堆内存的细节，就比较容易理解这个问题。下面我们看看使用 equals()方法时的情况:

```
class Compare{
    public static void main(String[] args){
        String str1 = new String("123");
        String str2 = new String("123");
        String str3 = str1;
        if(str1.equals(str2))
            System.out.println("str1 equal str2");
        else
            System.out.println("str1 not equal str2");
        if(str1.equals(str3))
            System.out.println("str1 equal str3");
        else
```

```
            System.out.println("str1 not equal str3");
      }
   }
```

程序运行结果是:

```
str1 equal str2
str1 equal str3
```

equals()方法是 String 类的一个成员方法,用于比较两个引用变量所指向的对象内容是否相等。在这里,虽然 str1 和 str2 不是同一个对象,但是由于两个对象的内容相等,所以 equals()方法判断的结果是相等。

重写 equal()方法

在定义一个类的时候,如果涉及到对象的比较,应该重写 equals()方法。重写的一般规则是:

(1)先用"=="判断对象是否相等。

(2)判断 equals()方法的参数是否为 null,如果为 null,则返回 false。因为当前对象不可能为 null。如果为 null,则不能调用其 equals()方法,否则抛出 java.lang.NullPointer-Exception 异常。

(3)当参数不为 null,则当两个对象的运行时类(通过 getClass()获取)不相等,返回 false,否则继续判断。

(4)判断类的成员是否对应相等。

总结

总结一下对象的比较,有以下几点经验可以参考:

(1)"=="比较对象是否引用了同一个对象,或者比较简单类型变量值是否相等。

(2)Object 类的 equals()方法用来比较是否一个对象(内存地址比较)可以重写。

(3)JDK 中有些类重写了 equals()方法,只要类型、内容都相同,就认为相等。

(4)对于 Boolean 类需要特别注意一下。

(5)一般来说,一个类如果涉及到比较,应该重写 equals()方法,因为内存地址比较没有意义。

3.2.4 匿名对象的使用

匿名对象指的是没有指定名字的对象,程序运行时没有定义该对象的句柄而是直接调用这个对象的方法。我们可以参考下面的代码来理解匿名对象。

```
Cylinder volu=new Cylinder();
volu.SetCylinder(2.5, 5, 3.14);
```

　　在这个对象 volu 创建之后，调用对象的方法时可以不定义对象的引用变量，而直接调用这个对象的方法，上面的例子就可以改写为：

```
new Cylinder().SetCylinder(2.5, 5, 3.14);
```

这两种方式执行完的结果是一样的。

一般来说匿名对象的使用在以下两种情况。

（1）如果对一个对象只需要进行一次方法调用，那么就可以使用匿名对象。如：

```
class Fruit{
    String name;
     String color;
    String exterior;
    int year, month, day;
    public void DATE(int y, int m, int d){
        this.year=y;
        this.month=m;
        this.day=d;
        System.out.println("生产日期："+y+"年"+m+"月"+d+"日");
    }
    public Fruit(){}
    public Fruit(String name){
        this.name=name;
        System.out.println(name);
    }
}
class Apple extends Fruit{
    private String producingArea="中国陕西";
    public Apple(){
        System.out.println("产地:"+this.producingArea);
    }
    public void show(){
        color="红色";
        exterior="椭圆形";
        System.out.println("颜色："+color+" "+"外形："+exterior);
    }
}
class Banana extends Fruit{
    private String season="一年四季";
    public Banana(){
        System.out.println("产出季节:"+this.season);
```

```
    }
    public void show(){
        color="黄色";
        exterior="长条形";
        System.out.println("颜色: "+color+" "+"外形: "+exterior);
    }
}
public class Main {
    public static void main(String[] args) {
        Fruit F1=new Fruit("苹果");
        Apple a=new Apple();
        a.show();
        new Fruit().DATE(2007, 5, 6);
        Fruit F2=new Fruit("香蕉");
        Banana b=new Banana();
        b.show();
        new Fruit().DATE(2008, 9, 10);
    }
}
```

（2）将匿名对象作为实参传递给一个方法调用。例如，一个程序中有一个 getSomeOne 方法要接收一个 Myclass 类对象作为参数，方法如下：

```
public static void main(String args[ ])
{...}
```

可以用下面的语句调用这个方法。

```
getSomeOne(new MyClass());
```

3.2.5 实现类的封装性

在程序运行时，如果外面的程序可以随意修改一个类的成员变量，会造成不可预料的程序错误。那么怎样对一个类的成员实现这种保护呢？只需要在定义一个类的成员（包括变量和方法）时，使用 private 关键字来说明这个成员的访问权限，这个成员成了类的私有成员，只能被这个类的其他成员方法调用，而不能被其他的类中的方法所调用。

同时在程序的实现中，为了实现良好的封装性，通常将类的成员变量声明为 private，再通过 public 的方法来对这个变量进行访问。

我们可以通过修改 Man 类的代码来实现良好的封装性，代码如下：

```java
class Person {
    private int age;
    public Person() {
        setAge(18);
    }
    public Person(int a) {
        setAge(a);
    }
    public void eat() {
        System.out.println("Eating...");
    }
    public void sleep() {
        System.out.println("Sleeping...");
    }
    public void setAge(int a) {
        if (a < 0 || a > 130) {
            System.out.println("Wrong number");
            return;
        }
        age = a;
    }
    public int getAge() {
        return age;
    }
}
public class Earth2 {
    public static void main(String[] argv) {
        Person person1 = new Person();
        Person person2 = new Person(20);
        System.out.println("person1:" + person1.getAge());
        // System.out.println("person2:" + person2.age);编译错误
        System.out.println("person2:" + person2.getAge());
        // person1.age=25;编译错误
        person1.setAge(25);
        person2.setAge(30);
        System.out.println("person1:" + person1.getAge());
        System.out.println("person2:" + person2.getAge());
        person1.eat();
        person2.sleep();
    }
}
```

上面这段程序里，成员变量 age 被定义为私有（private），这样就只有该类中的其他成员可以访问它。然后在该类中定义两个公有（public）的方法 setAge()和 getAge()供外部调用者访问。setAge()方法可以接受一个外部调用者传入的值，当值超出 0～130 的范围时就被视为非法，不再继续对 age 变量进行赋值操作，如果传入的值没有超出氛围，就赋值给成员变量 age。通过将类的成员变量声明为私有的（private），再提供一个或多个公有（public）的方法实现对该成员变量的访问或修改，这种方法就被称为封装。

封装是面向对象程序设计中非常重要的一个特征。它除了信息隐藏作用以外，还有如下几个重要特点：

（1）隐藏类的实现细节。对于用户来说，他不关心也不需要知道类的内部是如何运作的，只要让他知道有方法能访问这些数据就可以了。

（2）强制用户使用统一的借口访问数据。这样可以方便地加入控制逻辑，限制对属性的不合理操作。

（3）便于修改，增强代码的可维护性。

3.3　构造方法

3.3.1　构造方法的定义和作用

从 3.2 节可以看出，在多数情况下，初始化一个对象的最终步骤是去调用这个对象的构造方法。构造方法负责对象的初始化工作，为实例变量赋予合适的初始值。构造方法必须满足以下语法规则：

（1）方法名必须与类名相同。

（2）不要声明返回类型。

（3）它不能在方法中用 return 语句返回一个值。

我们可以参考下面的代码来理解构造方法，在以下 Sample 类中，具有 int 返回类型的 Sample（int x）方法只是个普通的实例方法，不能作为构造方法。

```
public class Sample {
private int x;
public Sample() { // 不带参数的构造方法
    this(1);
}
public Sample(int x) { //带参数的构造方法
    this.x=x;
}
public int Sample(int x) { //不是构造方法
    return x++;
```

```
        }
    }
```

　　以上例子尽管能编译通过，但是使实例方法和构造方法同名，不是好的编程习惯，容易引起混淆。例如以下 Mystery 类的 Mystery()方法有 void 返回类型，因此是普通的实例方法。

```
public class Mystery {
    private String s;
    public void Mystery() { //不是构造方法
        s = "constructor";
    }
    void go() {
        System.out.println(s);
    }
    public static void main(String[] args) {
        Mystery m = new Mystery();
        m.go();
    }
}
```

　　以上程序的打印结果为 null。因为用 new 语句创建 Mystery 实例时，调用的是 Mystery 类的默认构造方法，而不是以上有 void 返回类型的 Mystery()方法。

3.3.2　构造方法的重载

　　当通过 new 语句创建一个对象时，在不同的条件下，对象可能会有不同的初始化行为。例如，对于公司新来的一个雇员，在一开始的时候，有可能他的姓名和年龄是未知的，也有可能仅仅他的姓名是已知的，还有可能姓名和年龄都是已知的。如果姓名是未知的，就暂且把姓名设为"无名氏"，如果年龄是未知的，就暂且把年龄设为–1。

　　可通过重载构造方法来表达对象的多种初始化行为。例如，在下面的 Employee 类中，构造方法有 3 种重载形式。

> 注意：
> 在一个类的多个构造方法中，可能会出现一些重复操作。为了提高代码的可重用性，Java 语言允许在一个构造方法中，用 this 语句来调用另一个构造方法。

```
public class Employee {
    private String name;
    private int age;
    /** 当雇员的姓名和年龄都已知，就调用此构造方法 */
    public Employee(String name, int age) {
```

```
        this.name = name;
        this.age=age;
    }
    /** 当雇员的姓名已知而年龄未知，就调用此构造方法 */
    public Employee(String name) {
        this(name, -1);
    }
    /** 当雇员的姓名和年龄都未知，就调用此构造方法 */
    public Employee() {
        this( "无名氏" );
    }
    public void setName(String name){this.name=name; }
    public String getName(){return name; }
    public void setAge(int age){this.age=age;}
    public int getAge(){return age;}
}
```

以下程序分别通过 3 个构造方法创建了 3 个 Employee 对象。

```
Employee zhangsan=new Employee("张三", 25);
Employee lisi=new Employee("李四");
Employee someone=new Employee();
```

在 Employee（String name）构造方法中，this（name，–1）语句用于调用 Employee（String name，int age）构造方法。在 Employee()构造方法中，this（"无名氏"）语句用于调用 Employee（String name）构造方法。

在使用 this 语句来调用其他构造方法时，必须遵守如下语法规则。

（1）假如在一个构造方法中使用了 this 语句，那么它必须作为构造方法的第一条语句（不考虑注释语句）。以下构造方法是非法的：

```
public Employee(){
    String name="无名氏";
    this(name); //编译错误，this 语句必须作为第一条语句
}
```

（2）只能在一个构造方法中用 this 语句来调用类的其他构造方法，而不能在实例方法中用 this 语句来调用类的其他构造方法。

（3）只能用 this 语句来调用其他构造方法，而不能通过方法名来直接调用构造方法。以下对构造方法的调用方式是非法的：

```
public Employee() {                     .
    String name= "无名氏";
```

```
    Employee(name); //编译错误，不能通过方法名来直接调用构造方法
}
```

3.3.3　构造方法中需要注意的地方

（1）在 Java 程序开发中，每个类中都至少会有一个构造方法。如果程序的书写者没有在一个类里定义其构造方法，那么系统会自动为这个类产生一个默认的构造方法，这个默认的构造方法没有参数，其方法体中也没有任何代码，即什么也不做。

下面程序的 ClassConstruct 类两种写法完全是一样的效果。

```
class ClassConstruct{
}
class ClassConstruct{
public ClassConstruct(){}
}
```

在第一种写法中，类虽然没有声明构造方法，但是可以用 new Construct()语句来创建 Construct 类的实例对象。

（2）构造方法一般都是 public 的。因为它们在对象产生时，会被系统自动调用。如果构造方法是私有（private）的，不可以被外部调用。

3.4　This 引用句柄

Java 关键字 this 只能用于方法方法体内。当一个对象创建后，Java 虚拟机（JVM）就会给这个对象分配一个引用自身的指针，这个指针的名字就是 this。因此，this 只能在类中的非静态方法中使用，静态方法和静态的代码块中绝对不能出现 this。并且 this 只和特定的对象关联，而不和类关联，同一个类的不同对象有不同的 this。下面给出一个使用 this 的综合实例，以便说明问题：

```
public class Test6 {
    private int number;
    private String username;
    private String password;
    private int x = 100;
    public Test6(int n) {
        number = n; // 这个还可以写为: this.number=n;
    }
    public Test6(int i, String username, String password) {
        //成员变量和参数同名，成员变量被屏蔽，用"this.成员变量"的方式访问成员变量.
        this.username = username;
```

```
        this.password = password;
    }
    // 默认不带参数的构造方法
    public Test6() {
        this(0, "未知", "空"); // 通过 this 调用另一个构造方法
    }
    public Test6(String name) {
        this(1, name, "空"); // 通过 this 调用另一个构造方法
    }
    public static void main(String args[]) {
        Test6 t1 = new Test6();
        Test6 t2 = new Test6("游客");
        t1.outinfo(t1);
        t2.outinfo(t2);
    }
    private void outinfo(Test6 t) {
        System.out.println("-----------");
        System.out.println(t.number);
        System.out.println(t.username);
        System.out.println(t.password);
        f(); // 这个可以写为: this.f();
    }
    private void f() {
    //局部变量与成员变量同名，成员变量被屏蔽，用“this.成员变量”的方式访问成员变量
        int x;
        x = this.x++;
        System.out.println(x);
        System.out.println(this.x);
    }
    // 返回当前实例的引用
    private Test6 getSelf() {
        return this;
    }
}
```

运行结果如下所示:

```
-----------
0
未知
空
100
101
```

```
-----------
0
游客
空
100
101
```

通过上面的例子，我们可以总结一下在什么情况下需要用到 this：

（1）通过 this 调用另一个构造方法时，用法是 this（参数列表），这个仅仅在类的构造方法中使用，别的地方不能这么用。

（2）在方法的参数或者方法中的局部变量和成员变量同名的情况下，成员变量被屏蔽，此时要访问成员变量则需要用"this.成员变量名"的方式来引用成员变量。当然，在没有同名的情况下，可以直接用成员变量的名字，而不用 this，用了也不为错。

（3）在方法中，需要引用该方法所属类的当前对象时，直接用 this。

其实这些用法总结都是从对"this 是指向对象本身的一个指针"这句话的更深入的理解而来的。建议编程时多想想内存当中的堆内存和占内存的情况，而不是仅仅看代码来思考问题。

3.5　方法的参数传递

在实际的开发过程中，方法调用是一种很常见的操作。在方法调用中，对于参数的处理可能很多进行实际开发的程序员都不一定理解得很清楚。下面系统的介绍 Java 语言中参数传递的规则，以及和参数传递相关的一些问题。

和其他程序设计语言类似，Java 语言的参数传递也分为两种：

（1）基本数据类型的参数传递。

（2）引用类型的参数传递。

3.5.1　基本数据类型的参数传递

适用范围：8 种基本数据类型、String 对象。

特点：在内存中复制一份数据，把复制后的数据传递到方法内部。

作用：在方法内部改变参数的值，外部数据不会跟着发生改变。

示例代码如下：

```
public class Test1{
  public static void t1(int n){
      n = 10;
```

```
    }
    public static void t2(String s){
            s = "123";
    }
    public static void t3(int[] array){
        array[0] = 2;
    }
    public static void main(String[] args){
        int m = 5;
        t1(m);
        System.out.println(m);
        String s1 = "abc";
        t2(s1);
        System.out.println(s1);
        int[] arr = {1, 2, 3, 4};
        t3(arr);
        System.out.println(arr[0]);
    }
}
```

按照上面的参数传递规则，该代码的输出结果应该是：5 abc 2。因为 int 类型是按值传递，所以把参数 m 传递到方法 t1 时，相当于又复制了一份 m 的值，在方法 t1 内部修改的是复制后的值，所以 m 的值不变，s1 的输出和 m 类似。而 arr 是数组，属于按址传递，也就是把 arr 的地址传递到了方法 t3 内部，在方法 t3 内部修改数组中的值时，原来的内容也发生改变。

3.5.2 引用类型的参数传递

适用范围：数组、除 String 以外的其他所有类型的对象。

特点：将对象的地址传递到方法内部。

作用：在方法内部修改对象的内容，达到修改对象内容的目的。

示例代码如下：

```
class PassRef{
    int x ;
    public static void main(String [] args) {
        PassRef obj = new PassRef();
        obj.x = 5;
        change(obj);
        System.out.println(obj.x);
    }
```

```
public static void change(PassRef obj) {
    obj.x=3;
}
}
```

上面的程序运行以后，x 的数值得到了修改，打印的结果是 3。我们来分析一下程序运行的过程：Main 方法中的 obj 值没有改变，但是当程序把 obj 对象传递给 change 方法以后，指向对象的内存在 change 方法中被改变，所以最终打印的结果是 3。

这里 change 方法中的 obj（这里用 A 标记）就好比 main 方法中的 obj（这里用 B 标记）的别名，对 A 所引用的对象的任何操作就是对 B 所引用的对象的操作。

3.6 垃圾回收机制

Java 的一个重要特点就是具有一个垃圾回收器，能够自动回收垃圾。这也是 Java 相对于其他语言有优势的地方。

Java 类的实例对象和数组所需的存储空间是在堆上分配的。解释器具体承担为类实例分配空间的工作。解释器在为一个实例对象分配完存储空间后，便开始记录对该实例对象所占用的内存区域的使用。一旦对象使用完毕，便对其进行垃圾回收。

在 Java 语言中，除了 new 语句外没有其他方法能为一个对象申请内存。对内存进行释放及回收的工作是由 Java 运行系统承担的。

Java 的自动垃圾回收功能解决了两个最常见的应用程序错误：内存泄露和无效内存的引用。

在 Java 程序运行过程中，一个垃圾回收器会不定时地被唤起来检查是否有不再被使用的对象或引用，并释放它们占用的内存空间。垃圾回收器的启用不由程序员控制，也无规律可循，而不是一产生垃圾，它就被唤起，甚至有可能到程序终止，它都没有启动的机会，因此这并不是一个很可靠的机制。但这或许不是件坏事，因为垃圾回收器会给系统资源带来额外负担。它被启用的几率越小，带来额外负担的几率也就越小。当然，如果它永远都不被启动，也就永远不必付出额外的代价了。不同的 Java 虚拟机会采用不同的回收策略，一般有两种比较常用，一种叫做复制式回收策略。这种策略的执行模式是先将正在运行中的程序暂停，然后把正在被使用的所有对象从它们所在的堆内存里复制到另一块堆内存，那些不再被使用的对象所占据内存空间就被释放掉。这种机制需要一块新的堆内存对原内存内容进行复制，这就意味着需要维护所需内存数量的两倍的内存空间。更麻烦的是即使程序只产生了少量垃圾甚至没有垃圾，回收器仍然会把堆内存里的内容复制到另一块堆内存中，这就使得这种策略效率低下。为解决这个问题，另一种叫做自省式的策略出现了。

自省式回收器会检测所有正在使用的对象，并为它们标注。完成这项工作后，再将所有不再被使用的对象所占据内存空间一次释放。可想而知，这种方式的速度仍然很慢。不过如果程序只产生少量垃圾甚至不产生垃圾时，这种策略就极具优势了。

这两种方式具有互补性，因此在一些 JVM 里两种方式被有机地结合运用。在实际应用中，JVM 会监督这两种模式的运作效率。如果程序中的对象长期被使用，JVM 就转换至自省式回收模式；而当产生大量垃圾或对象所占内存不连续情况严重时，又会转换至复制式模式。如此循环，实现两种机制的交互。

3.7　Static 关键字

Java 中声明类的成员变量和成员方法时，可以使用 static 关键字把成员声明为静态成员。静态变量也叫类变量，非静态变量叫实例变量。相应地，静态方法也叫类方法，非静态方法叫实例方法。

3.7.1　静态变量

Java 中的静态变量是属于类的变量，而不是属于具体实例的变量，也就是说在同一个类的不同实例中对同一个静态变量做变更的话，所有该类的实例中该变量的值都会被改变。同时无论是否产生了对象或无论产生了多少对象，静态类型的数据在内存空间里只有一份，例如所有的美国人都有国家名称，每一个美国人都共享这个国家名称，不必在每一个美国人的实例对象中都单独分配一个用于代表国家名称的变量，如图 3-7 所示：

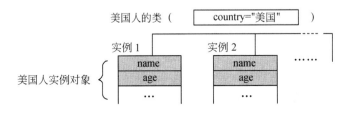

图 3-7　静态变量实例

虽然，在各实例对象中没有分配 country 这个变量，但我们可以在程序中通过美国人的实例对象来访问这个变量。要实现这个效果，我们只需要在类中定义的 country 变量前面加上 static 关键字即可，我们称这种变量为静态成员变量。我们也可以直接使用类名来访问这个 country 变量，还可以在类的非静态的成员方法中像访问其他非静态成员变量一样去访问这个静态成员变量。静态变量在某种程度上与其他语言的全局变量相类似，如果不是私有的就可以在类的外部进行访问。此时不需要产生类的实例对象，只需要类名就可以引用。

```
class American{
  static String country="美国";
  String name;
  int age;
  void singOurCountry(){
    System.out.println("my country is:"+country);
    //类中的成员方法也可以直接访问静态成员变量
  }
}
class TestAmerican{
  public static void main(String [] args)  {
    System.out.println("American country is" + American.country);
    //上面的程序代码直接使用了"类名.成员"的格式
    American a1=new American ();
    System.out.println("American country is" + a1.country);
    //上面的程序代码直接使用了"对象.成员"的格式
    a1.singOurCountry();
  }
}
```

注意：不能把任何方法体内的变量声明为静态，如下面这样是不行的：

```
fun(){
  static int i=0;
}
```

3.7.2　静态代码块

静态代码块的定义：不包含在任何方法体中的，当类被载入时，自动执行静态代码块，且只被执行一次经常用于类属性的初始化。

在 Java 中，类装载器把一个类装入 Java 虚拟机中，要经过 3 个步骤来完成：装载、链接和初始化。其中链接又可以分成校验、准备和解析 3 步，除了解析外，其他步骤是严格按照顺序完成的，各个步骤的主要工作如下。

装载：查找和导入类或接口的二进制数据。

链接：执行下面的校验、准备和解析步骤，其中解析步骤是可以选择的。

校验：检查导入类或接口的二进制数据的正确性。

准备：给类的静态变量分配并初始化存储空间。

解析：将符号引用转成直接引用。

初始化：激活类的静态变量的初始化 Java 代码和静态 Java 代码块。

初始化类中属性是静态代码块的常用用途，但只能使用一次。

我们来看看下面的代码理解静态代码块：

```java
class HibernateUtil {
    // 静态代码块，在类被载入时执行
    static {
        System.out.println("in static code!");
    }
    // 静态函数。在被调用时执行，构造函数在实例化一个对象时自动调用
    public HibernateUtil() {
        System.out.println("in construct method");
    }
    // 由类的一个实例调用
    public void p() {
        // TODO Auto-generated method stub
        System.out.println("in method p");
    }
}
// Main.java
public class Main {
    public static void main(String[] args) {
        System.out.println("main method!");
        // 首先装载类，然后调用构造函数实例化一个对象，最后调用这个对象的方法
        new HibernateUtil().p();
    }
}
```

编译运行上面的程序，结果如下：

```
main method!
in static code!
in construct method
in method p
```

类 Static Code 中的静态代码块被自动执行，尽管可能产生多个实例对象，但是其中的静态代码块只被执行了一次。

3.7.3　静态方法

我们有时也希望不必创建对象就可以调用某个方法，换句话说也就是使该方法不必和对象绑在一起。要实现这样的效果，只需要在类中定义的方法前加上 static 关键字即可。静态方法是不需要生成对象的实例就可以调用的方法。以下是使用静态方法的两种

情况：

（1）当一个方法不需要访问对象状态，起所需参数都是通过显示参数提供的。

（2）当一个方法只需要访问类的静态代码块时。

同静态成员变量一样，可以用类名直接访问静态成员方法，也可以用类的实例对象来访问静态成员方法，还可以在类的非静态的成员方法中像访问其他非静态方法一样来访问这个静态方法。下面我们通过程序代码来看看静态方法的使用：

```java
class UseStatic {
static int a = 3;
static int b;
static void meth(int x) {
System.out.println(\"x = \" + x);
System.out.println(\"a = \" + a);
System.out.println(\"b = \" + b);
}
static {
System.out.println(\"Static block initialized.\");
b = a * 4;
}
public static void main(String args[]) {
meth(42);
}
}
```

编译运行上面的程序，结果如下：

```
Static block initialized.
x = 42
a = 3
b = 12
```

一旦 UseStatic 类被装载，所有的 static 语句将被运行。首先，a 被设置为 3，接着 static 块执行（打印一条消息），最后，b 被初始化为 a*4 或 12。然后调用 main()，main() 调用 meth()，把值 42 传递给 x。3 个 println()语句引用两个 static 变量 a 和 b，以及局部变量 x。

注意：在一个 static 方法中引用任何实例变量都是非法的。

最后总结一下，使用类的静态方法需要关心的注意事项：

（1）在静态方法里只能直接调用同类中其他的静态成员（包括变量和方法），而不能直接访问类中的非静态成员。这是因为，对于非静态的方法和变量，需要先创建类的实例对象后才叫使用，而静态方法在使用前不用创建任何对象就可以使用。

（2）静态方法不能以任何方式引用 this 和 super 关键字（super 关键字在后续讲解）。与上面的道理一样，因为静态方法在使用前不用创建任何实例对象，当静态方法被调用时，this 所引用的对象根本就没有产生。

（3）main()方法是静态的，因此 JVM 在执行 main 方法时不创建 main 方法所在的类的实例对象，因而在 main()方法中，不能直接访问该类中的非静态成员。必须在创建该类的一个实例对象后，才能通过访问这个对象去访问类中的非静态成员。

3.8　类的继承

继承在面向对象开发思想中是一个非常重要的概念，它使整个程序架构具有一定的弹性。在程序中复用一些已经定义完善的类不仅可以节省软件开发周期，还可以提高软件的可维护性、可扩展性。本节将详细讲解类的继承。

3.8.1　继承概述

Java 中关于继承的描述如下：

（1）Java 有父类（superclass）和继承父类的子类（subclass）。

（2）父类拥有各个子类的共同特征，而子类继承父类的特征，在父类的基础上进行拓展。

（3）子类包含于父类，子类与父类的关系是树形的关系，父类为最顶层。从父类角度来看，父类是一对多的关系，而从子类的角度来看，子类对应的父类是一对一的关系。这是 Java 程序所特有的，其他程序语言有从子类角度来看是一对多父类的关系的。

（4）在建立子类的时候有时候会用到了引用其他类的方法，这时要区分好引用reference 和继承的区别。继承是包含关系，而引用只是部分功能交叉关系。

（5）子类构造的时候，需要在构造函数中用 super（参数）构造父类。在子类有方法或变量名与父类有冲突时，可以用 super.来加以区别。

我们将通过一个实际的例子来向大家介绍"继承"的定义，我们首先看下面的例子。这个例子是我们在开发过程中会经常遇到的情况：

```java
class SuperClass extends Object {
    SuperClass() {
        System.out.println("I'm SuperClass...");
    }
}

class ChildClass1 extends SuperClass {
    ChildClass1() {
        System.out.println("I'm ChildClass1...");
    }
```

```
    }
class ChildClass2 extends ChildClass1 { // 不指定创建方法
    }
public class Constructor {
    public static void main(String args[]) {
        new ChildClass2();
    }
}
```

　　SuperClass 正像它的名字一样，是一个超类，也就是像 Java 中的 object 类一样，是所有类的根本，在类层次的最上面。ChildClass1 是从 SuperClass 派生的一个新的类。而 ChildClass2 派生自 ChildClass1，其中的每一个类中都有一个构造函数，并标示出哪个类的构造函数在使用。我们说类层结构中，在另一个类的上层的类被叫做父类，它下层的类叫做子类。如在上面代码中，SuperClass 是 ChildClass1 的父类，ChildClass1 是 SuperClass 的子类。

　　下面是在类的继承当中需要注意的一些细节问题。

　　（1）通过继承可以简化类的定义，我们已经在上面的例子中了解到了。

　　（2）Java 只支持单继承，不允许多重继承。在 Java 中，一个子类只能有一个父类，不允许一个类直接继承多个类。但是一个类可以被多个类继承，如类 X 不可能既继承类 Y 又继承类 Z。

　　（3）可以有多层继承，即一个类可以继承某一个类的子类，如类 B 继承了类 A，类 C 又可以继承类 B，那么类 C 也间接继承了类 A。这种应用如下所示：

```
class A
{}
class B extends A
{}
class C extends B
{}
```

　　（4）子类继承父类所有的成员变量和成员方法，但不继承父类的构造方法。在子类的构造方法中可使用语句 super（参数列表）调用父类的构造方法。例如，我们为 Student 类加一个构造方法，在这个构造方法中用 super 明确指定调用父类的某个构造方法。

```
class Student extends Person{
  public Student (String name, int age, String school) {
    super(name, age);
    this.school=school;
  }
}
```

（5）如果子类的构造方法中没有显式地调用父类构造方法，也没有使用 this 关键字调用重载的其他构造方法，则在产生子类的实例对象时，系统默认调用父类无参数的构造方法。也就是说，在下面的类 B 中定义的构造方法中，写不写 super()语句效果是一样的。

```
public class B extends A{
  public B(){
    super(); //有没有这一句，效果都是一样的
  }
}
```

如果子类构造方法中没有显式地调用父类构造方法，而父类中又没有无参数的构造方法（需要再次说明的是，如果父类没有显式地定义任何构造方法，系统将会自动提供一个默认的没有参数的构造方法，这还是等于父类中的无参数的构造方法），则编译出错。读者将前面的 Person 类中无参数的构造方法注释去掉，重新编译 Student 类，就能够看到这个错误效果了。所以，我们在定义类时，只定义有参数的构造方法还不够，通常都还需要定义一个无参数的构造方法。

（6）子类中可以根据需要对从父类中继承来的方法进行改造——方法的覆盖（也叫重写）。覆盖方法必须和被覆盖方法具有相同的方法名称、参数列表和返回值类型。覆盖方法时，不能使用比父类中被覆盖的方法更严格的访问权限，例如，父类中的方法是 public 的，子类的方法就不能是 private 的。

3.8.2　子类对象实例化

下面我们将介绍一下子类对象的实例化过程，对象中的成员变量的初始化是按下述步骤进行的，具体细节参见图 3-8 所示。

（1）首先为成员变量分配存储空间并进行默认的初始化，也就是用 new 关键字产生对象后，对类中的成员变量按第 3 章中的对应关系对对象中的成员变量进行初始化赋值。

（2）然后绑定构造方法的参数，就是 new Person（实际参数列表）中所传递进的参数赋值给构造方法中的形式参数变量。

（3）如果有 this()调用，则调用相应的重载构造方法（被调用的重载构造方法又从步骤（2）开始执行这些流程）。被调用的重载构造方法的执行流程结束后，回到当前构造方法。当前构造方法直接跳转到步骤（6）执行。

（4）子类对象显式或隐式追溯调用父类的构造方法（一直到 Object 类为止，Object 是所有 Java 类的最顶层父类，在本章后面部分有详细讲解），父类的构造方法又从步骤（2）开始对父类执行这些流程。父类的构造方法的执行流程结束后，回到当前构造方法，当前构造方法继续往下执行。

（5）进行实例变量的显式初始化操作，也就是执行在定义成员变量时就对其进行赋

值的语句，如：

```
public class PHDStudent extends Student{
  String PHDschool="Bupt";//显示初始化
  ...
}
```

将"Bupt"赋值给 school 成员变量。

（6）执行当前构造方法的方法体中的程序代码，如：

```
public class PHDStudent extends Student {
public PHDStudent (String name, int age, String school)  {
    super(name, age);
    this.PHDschool=school;
    }
}
```

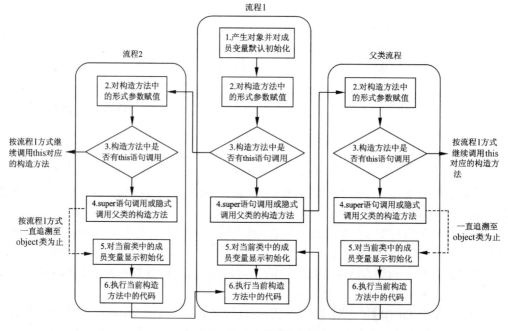

图 3-8　子对象实例化过程

3.9　抽象类与接口

3.9.1　抽象类

Java 编程思想中说"万物皆对象"，我们知道所有的对象都是通过类来描绘的，但是反过来却不一定成立。并不是所有的类都是用来描绘对象的，如果一个类中没有包含足够的信息来描绘一个具体的对象，这样的类就是抽象类。抽象类表示我们在对问题领域进行分析、设计中得出的抽象概念，是对一系列看上去不同、但是本质上相同的具体概念的抽象。

（1）抽象类的定义规则如下。

- 必须用 abstract 关键字来修饰抽象类；抽象方法也必须用 abstract 来修饰。
- 抽象类只能被继承，而不能被实例化，也就是说不能用 new 关键字去产生对象。
- 在抽象类中定义抽象方法时，方法前面需要加上 abstract 关键字，只需要声明这个抽象方法就可以了，而不需实现。

含有抽象方法的类必须被声明为抽象类，抽象类的子类必须覆盖所有的抽象方法后才能被实例化，否则这个子类还是个抽象类。

（2）抽象方法的写法。

abstract 返回值类型抽象方法（参数列表）。

（3）抽象类和抽象方法的例子。

```
abstract class DemoAbstract{
  abstract int abstractMethod(int a, int b);
}
```

注意：

含抽象方法的类肯定是抽象类，但是抽象类中也可以含有实体方法，即方法体不为空的方法。

3.9.2 接口

如果一个抽象类中的所有方法都是抽象的，那这个类就被 Java 定义为"接口"。接口是抽象方法和常量值的定义的集合，从本质上讲，接口是一种特殊的抽象类。这种抽象类中只包含常量和方法的定义，而没有变量和方法的实现。

接口定义例子：

```
public interface Runner{
  int Identifiers=1;
  void run();
}
```

在接口 Runner 的定义中，即使没有显式地将其中的成员用 public 关键字标识，这些成员也是 public 访问类型的。接口里的变量默认是用 public static final 标识的，因此，接口中定义的变量就是全局静态常量。

接口有几种使用方式：

可以定义一个新的接口，用 extends 关键字去继承一个已有的接口；也可以定义一个类，用 implements 关键字去实现一个接口中的所有方法；还可以去定义一个抽象类，用 implements 关键字去实现一个接口中定义的部分方法。

具体形式如下面代码：

```java
interface Animal extends Runner{
    void breathe();
}
class Fish implements Animal{
    public void run()   {
      System.out.println("fish is swimming");
    }
    public void breathe()   {
      System.out.println("fish is bubbling");
    }
}
abstract LandAnimal implements Animal{
    public void breathe(){
      System.out.println("LandAnimal is breathing");
    }
}
```

Java 语言设计接口的目的是为了让类达到多重继承的目的，不必受限于单一继承的关系，这是 Java 针对 C++可以做多重继承而做的改进，但是多重继承也有一定的风险性，这在于一个类有可能继承了同一个方法的不同实现，对接口来讲绝不会发生这种情况，因为接口没有任何实现。

下面是关于接口的实现及特点的小结：

- 一个类可以在继承一个父类的同时实现一个或多个接口。extends 关键必须位于 implements 关键字之前。
- 实现一个接口就是要实现该接口的所有方法（抽象类除外）。
- 接口中的方法都是抽象的。
- 多个无关的类可以实现同一个接口。一个类可以实现多个无关的接口。

3.10 对象的多态性

3.10.1 Object 类

在开始学习使用 class 关键字定义类时，就应用到了继承原理。因为在 Java 中，所有的类都直接或间接地继承了 java.lang.Object 类。Object 类是比较特殊的类。它是所有类的父类，是 Java 类层中最高层类，实质上 Java 中任何一个类都是它的子类。当创建一个类时，总是在继承它，除非某个类已经指定要从其他类继承，否则它就是从 java.lang.Object 类继承而来的。可见 Java 中的每个类都源于 java.lang.Object 类，如 String、Integer 等类都是继承于 Object 类。除此之外自定义的类也都继承于 Object 类。由于所有类都是 Object 子类，所以在定义类时，省略了 extends Object 关键字。

在 Object 类中主要包括 clone()、finalize()、euqals()、toString()等方法。其中常用的两个方法为 equals()和 toString()方法。由于所有的类都是 Object 类的子类，所以任何类都可以重写 Object 类中的方法。

> 注意：
> Object 类中的 getClass()、notify()、notifyAll()、wait()等方法不能被重写，因为这些方法被定义为 final 类型。

下面详细讲述 Object 类中的几个重要方法。

1. getClass()方法

getClass()方法是 Object 类的定义的方法，它会返回对象执行时的 Class 实例，然后使用此实例调用 getName()方法可以取得类的名称。

语法如下：

```
getClass().getname();
```

> 提示：可以将 getClass()方法与 toString()方法联合使用。

2. toString()方法

Object 类中 toString()方法的功能是将一个对象返回为字符串形式，它会返回一个 String 实例。在实际的应用中通常重写 toString()方法，为对象提供一个特定的输出模式。当这个类转换为字符串或与字符串连接时，将自动调用重写的 toString()方法。

下面是在类 ObjectInstance 类中重写 Object 类的 toString()方法，并在主方法中输出该类的实例对象的参考代码：

```java
public class ObjectInstance {
 public String toString(){
    //重写 toString()方法
    return "在"+getClass().getName()+"类中重写 toString()方法";
 }
 public static void main(String[] args) {
    System.out.println(new ObjectInstance());    //打印本类对象
  }
}
```

在本实例中重写父类 Object 类的 toString()方法，在子类 toString()方法中使用 Object 类中的 getClass()方法获取当前运行的类名。定义一段输出字符串，当用户打印 ObjectInstance 类对象时，将会自动调用 toString()方法。

3．equals()方法

前面曾经讲解过 equals()方法，当时是比较"=="运算符与 equals()方法，说明"=="比较的是两个对象的引用是否相等，而 equals()方法比较的是两个对象的实际内容。带着这样一个理论，我们来看下面的实例。

```
class V{              //自定义类 V
}
public class OverWriteEquals {
    public static void main(String[] args) {
    String s1="123";
    //实例化两个对象，内容相同
    String s2="123";System.out.println(s1.equals(s2));
    //使用 equals()方法调用 V
    v1=new V();
    //实例化两个 V 类对象
    V v2=new V();
    System.out.println(v1.equals(v2));
    /使用 equals()方法比较 v1 与 v2 对象
    }
  }
```

从本实例结果可以看出，在自定义的类中使用 equals()方法进行比较时，将返回 false。因为 equals()方法的默认实现是使用"=="运算符比较两个对象的引用地址，而不是比较对象的内容，所以要想真正做到比较两个对象的内容，需要在自定义类中重写 equals()方法。

3.10.2　面向对象的多态性

多态性有如下特点：

（1）应用程序不必为每一个派生类（子类）编写功能调用，只需要对抽象基类进行处理即可。这一招叫"以不变应万变"，可以大大提高程序的可复用性。

（2）派生类的功能可以被基类的方法或引用变量调用，这叫向后兼容，可以提高程序的可扩充性和可维护性。

（3）多态性还可以是指在程序中需要使用父类对象的地方，都可以用子类对象来代替。例如：

```
public class Employee extends Object
{...}
public class Manager extends Employee
{...}
```

则：

```
Employee e = new Manager();    //合法语句
```

我们可以通过 instanceof 判断父类引用所引用的对象实例的实际类型。

3.11　异常

3.11.1　异常的含义

异常定义了程序中遇到的非致命的错误，而不是编译时的语法错误，如程序要打开一个不存在的文件、网络连接中断、操作数越界、装载一个不存在的类等。

我们运行一下下面的程序代码：

```
public class TestException{
    public static void main(String [] args){
        int reslut = new Test().devide( 3,  0 );
        System.out.println("the result is" + reslut );
    }
class Test{
    public int devide(int x,  int y){
        int result = x/y;
        int result = x/y;
        return x/y;
    }
}
}
```

编译运行上面的程序，将出现如下错误：

```
Exception in thread "main" java.lang.ArithmeticException:/by zero at
Test.devide(TestException.java:14)
   at TestException.main(TestException.java:5)
```

上面程序运行的结果报告发生了算术异常（ArithmeticException），系统不再执行下去，提前结束，这种情况就是我们所说的异常。

3.11.2　Java 中异常的分类

Java 提供了两类主要的异常，即 runtime exception 和 checked exception。所有的 checked exception 都是从 java.lang.Exception 类衍生出来的，而 runtime exception 则是从 java.lang.RuntimeException 或 java.lang.Error 类衍生出来的。

它们的不同之处表现在两方面，机制上和逻辑上。

1．机制上

它们在机制上的不同表现在两点：① 如何定义方法；② 如何处理抛出的异常。请看下面 CheckedException 的定义：

```java
public class CheckedException extends Exception{
  public CheckedException() {}
  public CheckedException( String message )  {
    super( message );
  }
}
```

以及一个使用 exception 的例子：

```java
public class ExceptionalClass{
  public void method1()throws CheckedException  {
      // ... throw new CheckedException( "...出错了" );
  }
  public void method2( String arg ){
      if( arg == null ){
        throw new NullPointerException( "method2 的参数 arg 是 null!" );
      }
  }
  public void method3() throws CheckedException{
      method1();
  }
}
```

你可能已经注意到了，两个方法 method1()和 method2()都会抛出 exception，可是只有 method1()做了声明。另外，method3()本身并不会抛出 exception，可是它却声明会抛出 CheckedException。在向你解释之前，让我们先来看看这个类的 main()方法：

```java
public static void main( String[] args ){
  ExceptionalClass example = new ExceptionalClass();
```

```
  try{
    example.method1();
    example.method3();
  }catch( CheckedException ex ) {
}
example.method2( null );
  }
```

在 main()方法中，如果要调用 method1()，你必须把这个调用放在 try/catch 程序块当中，因为它会抛出 Checked exception。

相比较之下，当调用 method2()时，则不需要把它放在 try/catch 程序块当中，因为它所抛出的 exception 不是 checked exception，而是 runtime exception。会抛出 runtime exception 的方法在定义时不必声明它会抛出 exception。

现在，让我们再来看看 method3()。它调用了 method1()却没有把这个调用放在 try/catch 程序块当中。它是通过声明它会抛出 method1()所抛出的 exception 来避免使用 try/catch 程序块的。它没有捕获这个 exception，而是把它传递下去。实际上 main()方法也可以这样做，通过声明它会抛出 Checked exception 来避免使用 try/catch 程序块（当然我们反对这种做法）。

2．小结

• Runtime exceptions：

在定义方法时不需要声明会抛出 runtime exception。

在调用这个方法时不需要捕获这个 runtime exception。

runtime exception 是从 java.lang.RuntimeException 或 java.lang.Error 类衍生出来的。

• Checked exceptions：

定义方法时必须声明所有可能会抛出的 checked exception。

在调用这个方法时，必须捕获它的 checked exception，不然就得把它的 exception 传递下去。

checked exception 是从 java.lang.Exception 类衍生出来的。

3．逻辑上

从逻辑的角度来说，checked exceptions 和 runtime exception 有不同的使用目的。checked exception 用来指示一种调用方能够直接处理的异常情况，而 runtime exception 则用来指示一种调用方本身无法处理或恢复的程序错误。

checked exception 迫使你捕获它并处理这种异常情况。以 java.net.URL 类的构建器（constructor）为例，它的每一个构建器都会抛出 MalformedURLException。Malformed-URLException 就是一种 checked exception。设想一下，有一个简单的程序，用来提示用户输入一个 URL，然后通过这个 URL 去下载一个网页。如果用户输入的 URL 有错误，构建器就会抛出一个 exception。既然这个 exception 是 checked exception，那么这个程序就可以捕获它并做出正确处理，比如说提示用户重新输入。看看下面这个例子：

```
public void method(){
 int [] numbers = { 1, 2, 3 };
 int sum = numbers[0] numbers[3];
}
```

在运行方法 method()时会遇到 ArrayIndexOutOfBoundsException（因为数组 numbers 的成员是从 0 到 2）。对于这个异常，调用方无法处理/纠正。这个方法 method()和上面的 method2()一样，都是 runtime exception 的情形。上面已经提到，runtime exception 用来指示一种调用方本身无法处理/恢复的程序错误。而程序错误通常是无法在运行过程中处理的，必须改正程序代码。

总而言之，在程序的运行过程中当一个 checked exception 被抛出的时候，只有能够适当处理这个异常的调用方才应该用 try/catch 来捕获它。而对于 runtime exception，则不应当在程序中捕获它。如果要捕获它的话，就会冒风险，程序代码的错误（bug）被掩盖在运行当中无法被察觉。因为在程序测试过程中，系统打印出来的调用堆栈路径（StackTrace）往往使你更快找到并修改代码中的错误。有些程序员建议捕获 runtime exception 并记录在 log 中，我们反对这样做。这样做的坏处是必须通过浏览 log 来找出问题，而用来测试程序的测试系统（比如 Unit Test）却无法直接捕获问题并报告出来。

3.11.3　异常使用的注意点

（1）一个方法被覆盖时，覆盖它的方法必须抛出相同的异常或异常的子类。

（2）如果父类抛出多个异常，那么重写（或覆盖）方法必须抛出那些异常的一个子集。也就是说，不能抛出新的异常。

3.12　包

"包"机制是 Java 中特有的，也是 Java 中最基础的知识。Java 中"包"的引入主要原因是 Java 本身跨平台特性的需求。因为 Java 中所有的资源也是以文件方式组织，这其中主要包含大量的类文件需要组织管理。Java 中同样采用了目录树形结构。虽然各种常见操作系统平台对文件的管理都是以目录树的形式来组织，但是它们对目录的分隔表达方式不同，为了区别于各种平台，Java 中采用了"."来分隔目录。

3.12.1　package 语句的使用

当一个大型程序交由数个不同的程序人员开发时，用到相同的类名和变量名是很有可能的，那么如果发生了这样的事件我们该怎么办？在 Java 程序开发中为了避免上述事件，提供了一个包的概念（package）。既然有了这样一种方法能避免上述事件的发生，那么我们怎样使用 package 打包呢？使用方法很简单，我们只需要在我们写的程序第一行使用 package 关键字来声明一个包就行了。下面我们用一个例子来解释这个问题。

> 注意：
> 所有 Java 文件均位于 C:\javatest 文件夹下，在系统环境变量的 classpath 的值后添加 "c:\javatest"。

```java
package ocean.javatest;
public class Person{
    public String Name;
//属性必须要设为 public，否则导入该类时不能访问。
    public int age;
    public Person(String str，int age1){
        Name=str;
        age=age1;
    }
public static void main(String [] args){
    Person person1=new Person("TOM", 35);
    System.out.println("人员信息如下:");
    System.out.println("姓名:"+ person1.Name);
    System.out.println("年龄:"+ person1.age);
    }
}
```

控制台 cmd 将当前目录转到 C:\javatest 目录下，用 Javac 编译 Person.java 时，输入 javac Person.java 运行，编译正常但系统不会创建 ocean\javatest 目录。编译后的 Person.class 存在当前目录下，用 java 命令执行也会报错。要得到正常结果，编译时需输入以下命令：javac –d C:\javatest Person.java（系统将在 C:\javatest 目录下创建 ocean\javatest 目录，编译后的 class 文件将位于该目录下）。在系统环境变量 classpath 中设置了 C:\javatest 后，即可输入 java ocean.javatest.Person 运行程序。

Hello.java 代码如下：

```java
package ocean.javatest;
import ocean.javatest.Person;
public class Hello {
    public static void main(String[] args) {
    Person Aliy=new Person("Aliy", 25);
    System.out.println("人员信息如下:");
    System.out.println("姓名:"+ Aliy.Name);
    }
}
```

正常编译 Hello.java 就可看到 Hello 类调用 Person 类并输出结果。

3.12.2 import 语句的使用

有了包的基本知识，再使用 import 语句就比较简单了。在使用某个包里的类时，就不用写上一长串包名，如：

```
package cn.symbio;
    import cn.symbio.example.*;
    public class TestPackage{
      public static void main(String [] args){
        new Test().print(); //标记 1
      }
    }
```

其中 Test 类位于 cn.symbio.example 包内。

如果两个包中都含有同样的类名，如 java.util 和 java.sql 包中都有 Date 类，程序又同时导入了这两个包中的所有类，如：

```
import java.util.*;
import java.sql.*;
```

这时候程序就不知道该用哪个包里面的 Date 类，编译器在碰到使用 Date 类的地方就会报错。对于这种情况，我们就需要在用到这个特殊的类的地方写上完整的包名。

> 注意：
> 父包和子包在使用上没有任何关系。如果父包中的类调用子包中的类，必须引用子包的全名，而不能省略父包名部分。

3.13 访问控制

Java 程序中，需要对不同的变量和类采取不同的访问策略，以达到封装的目的。

3.13.1 类成员的访问控制的使用

1. private 访问控制

在前面关于类的封装性当中，已经介绍了 private 访问控制符的作用。如果一个成员方法或成员变量名前使用了 private 访问控制符，那么这个成员只能在这个类的内部使用。但是不能在方法体内声明的变量前加 private 修饰符。

2. 默认访问控制

在 Java 当中，有些成员方法或成员变量名前没有使用任何访问控制符，这个成员就被称为是默认的（default），或是友元的（friendly），或是包类型的（package）。对于默认访问控制成员，可以被这个包中的其他类访问。如果一个子类与父类位于不同的包中，子类也不能访问父类中的默认访问控制成员。

3．protected 访问控制

如果一个成员方法或成员变量名前使用了 protected 访问控制符，那么这个成员既可以被同一个包中的其他类访问，也可以被不同包中的子类访问。

4．public 访问控制

如果一个成员方法或成员变量名前使用了 public 访问控制符，那么这个成员即可以被所有的类访问，不管访问类与被访问类是否在同一个包中。

总结的结果如表 3-2 所示。

表 3-2　类成员访问权限

	private	default	protected	public
同一类	√	√	√	√
同一包中的类		√	√	√
子类			√	√
其他包中的类				√

3.13.2　Java 类的访问控制

（1）类本身只有两种访问控制，即 public 和默认。父类不能是 private 和 protected，否则子类无法继承。public 修饰的类能被所有的类访问，默认修饰（即 class 关键字前没有访问控制符）的类，只能被同一包中的所有类访问。

（2）带有 public 修饰符的类的类名必须与源文件名相同。只要在 class 之前，没有使用 public 修饰符，源文件的名称就可以是一切合法的名称。

3.13.3　Java 命名习惯

命名习惯：

- 包名中的字母一律小写，例如，aaabbbccc。
- 类名、接口名应当使用名词，每个单词的首字母大写，例如，AaaBbbCcc。
- 方法名，第一个单词小写，后面每个单词的首字母大写，例如，aaaBbbCcc。
- 变量名，第一个单词小写，后面每个单词的首字母大写，例如，aaaBbbCcc。
- 常量名中的每个字母一律大写，例如，AAABBBCCC。

3.14　Jar 文件的使用

3.14.1　jar 文件包

jar 文件就是 Java Archive File，指的是某个 Java 应用所需的 class 文件和其他文件的

压缩包，与我们常见的 ZIP 压缩文件格式兼容，习惯上称之为 jar 包。

3.14.2　jar 命令解释

　　JDK 安装时，jar 命令会随着 Javac 和 Java 等命令一起安装，存放在 JDK 安装目录下的 bin 目录中。Windows 下的文件名为 jar.exe，Linux 下的文件名为 jaf。jar 命令是 Java 中提供的一个非常有用的命令，可以用来对大量的类（.class 文件）进行压缩，然后存为.jar 文件。通过 jar 命令所生成的.jar 压缩文件，一方面可以方便我们管理大量的类文件，另一方面进行压缩也减少了文件所占的空间。这里我们使用的是 C 盘根目录下的一个 test 子目录。

　　（1）jar cf test.jar test。

　　该命令没有执行过程的显示，执行结果是在当前目录生成了 test.jar 文件。如果当前目录已经存在 test.jar，那么该文件将被覆盖。

　　（2）jar cvf test.jar test。

　　该命令与上例中的结果相同，但是由于 v 参数的作用，显示出打包过程的详细信息。

　　（3）jar tf test.jar。

　　该命令显示出 jar 文件中包含的所有目录和文件名列表。

　　（4）jar tvf test.jar。

　　该命令除显示图目录和文件名外，还显示各目录和文件的大小、创建时间等详细信息。

　　（5）jar xf test.jar。

　　解压 test.jar 到当前目录，不显示任何信息。

　　（6）jar xvf test.jar。

　　解压 test.jar 到当前目录，显示出解压过程的详细信息。

　　（7）使用重定向。

　　使用 dos 命令的重定向功能，将显示到屏幕上的内容定向到一个文件中。

　　提示：
　　可以使用 WinRAR 或者 WinZIP 来解压 jar 文件。

第4章　Java API

学习目标：
1. 掌握 JavaAPI 的使用
2. 了解 String 与 StringBuffer 类的区别
3. 掌握集合类的用法
4. 掌握日期类的用法

4.1　如何使用 Java API

4.1.1　API 的概念

Java API（Java Application Interface）是 Java 的应用编程接口。作为 Sun 开发的 Java 程序，被用于 Java 编程人员使用的程序接口，并不是说使用 Java 和接口有关，而是表示 Java 所提供的现成的类库，可供编程人员使用。这与 Win32 中的 dll 文件有点像，封装了好多函数，只暴露出函数名、参数等信息，不提供具体实体，暴露出来的这些就称为 API 了。也就是说 Java 也是封装了好多的方法，提供了一些方法名和参数等信息，同时为了便于别人使用，还提供了相关的 API 手册，详细介绍了 Java 每一个类的相关信息，包括类中的属性，方法如何调用，以及方法的参数、返回值等相关信息。

4.1.2　Java 工具软件的使用

好的开发工具可以有效的提高程序开发的效率，因此开发工具的选择越来越重要。在现在的软件开发过程中，编码所占的比重越来越少，之所以会出现这种情况，一是经过多年的积累，可复用的资源越来越多；二是开发工具的功能、易用等方面发展很快，使得编码速度产生了飞跃。

Java 的开发工具分成 3 大类，分别为：

1. 用文本编辑器

这类工具只提供了文本编辑功能，它只是一种类似记事本的工具。这类工具进行多种编程语言的开发，如，C、C++、Java 等。在这个大类中，主流的是 UltraEdit 和 EditPlus 两个编辑器软件。

2. Web 开发工具

这类工具提供了 Web 页面的编辑功能，具体到 Java 主要就是 JSP 页面的开发。至于只涉及到 HTML 网页编辑的开发工具我在这里就不介绍了。在这个大类中，主流工具主要有 HomeSite 等。

3．集成开发工具

这类工具提供了 Java 的集成开发环境，为那些需要集成 Java 与 J2EE 的开发者、开发团队提供对 Web applications、servlets、JSPs、EJBs、数据访问和企业应用的强大支持。现在的很多工具属于这种类型，也是 Java 开发工具的发展趋势。在这大类中，主流工具是 Jbuilder、WebGain、WebSphere Studio、VisualAge for Java 和 Eclipse。

4.2　String 与 StringBuffer

Java 定义了 String 和 StringBuffer 两个类来封装对字符串的各种操作。它们都被放到了 java.lang 包中，不需要用 import java.lang 这个语句导入该包就可以直接使用它们。

String 和 StringBuffer 都是处理字符串的一类，但是它们有一个最大的区别，那就是：String 类对象是存储你不能改动的文本字符；而 StringBuffer 类用于内容可以改变的字符串，可以将其他各种类型的数据增加、插入到字符串中，也可以翻转字符串中原来的内容。

当我们进行大规模的字符拼接时，请使用 StringBuffer 类而非 String 类，因为前者将比后者快上百倍。

下面我们通过一个程序来了解 String 类和 StringBuffer 类的区别。

```java
public class Test1 {
    public static void operateString(String s) {
        s.replace("j", "i");
    }
    public static void operateStringBuffer(StringBuffer sb) {
        sb.append("C");
    }
    public static void main(String args[]) {
        String sa = new String("java");
        StringBuffer sba = new StringBuffer("java");
        operateString(sa);
        operateStringBuffer(sba);
        System.out.println(sa);
        System.out.println(sba);
    }
}
```

运行结果是：

```
java
javaC
```

原因是：String 是不可变对象（public final class String extends Object），而在上面的 operateString 方法中，是无返回值的。新产生的 String 对象被丢弃了，而 sa 仍然指向最初的那个 String 对象。

下面我们再通过另外一个程序来了解 String 类和 StringBuffer 类的区别。

```java
public class Test2 {
    public static void operate(StringBuffer x, StringBuffer y) {
        x.append(y);
        y = x;
    }

    public static void main(String args[]) {
        StringBuffer buffA = new StringBuffer("a");
        StringBuffer buffB = new StringBuffer("b");
        operate(buffA, buffB);
        System.out.println(buffA + ", " + buffB);
    }
}
```

运行结果是：

```
ab, b
```

具体的执行过程是：开始时 x 指向同一个 StringBuffer 对象（这里称它为对象 1），它的值是 "a"；y 指向同一个 StringBuffer 对象，它的值是 "b"。执行 x.append(y)时，对象 1 的值被改变，变为 "ab"；而执行 y=x 时，变量 y 指向被改变，指向了和 x 同一个 StringBuffer 对象。但是变量 b 的指向还是没有改变，所以仍然为 "b"。

4.3　基本数据类型的包装类

Java 除了提供基本数据的简单类型，如整形等。也提供了这些基本数据类型的所对应的包装类。使用基本的简单数据类型，可以改善系统的性能，也能满足大多数应用需求。但是基本简单类型不具有对象的特性，不能满足某些特殊的需求。

在 Java 中，8 种基本数据类型都有其对应的包装类。表 4-1 是它们与其相应包装类的对照：

表 4-1　基本数据类对应的包装类

Ar	Boolean	Byte	char	short	int	long	float	Double
包装类	Boolean	byte	Char	Short	Integer	Long	Float	Double

下面介绍一些包装类常用的方法，常见格式为：

Xxx 包装类、.parseXxx 方法及 Xxx 包装类对象、.xxxValue 方法等。

下面通过实例来具体说明相关方法的使用：

```java
class TestWrapper{
    public static void main(String[] args){
        // float
        System.out.println("基本类型: float 二进制位数: " + Float.SIZE);
        System.out.println("包装类: java.lang.Float");
        System.out.println("最小值: Float.MIN_VALUE="+Float.MIN_VALUE);
        System.out.println("最大值: Float.MAX_VALUE="+Float.MAX_VALUE);
        System.out.println();
        // double
        System.out.println("基本类型: double 二进制位数: " + Double.SIZE);
        System.out.println("包装类: java.lang.Double");
        System.out.println("最小值: Double.MIN_VALUE=" + Double.MIN_VALUE);
        System.out.println("最大值: Double.MAX_VALUE=" + Double.MAX_VALUE);
        System.out.println();
        // char
        System.out.println("基本类型: char 二进制位数: " + Character.SIZE);
        System.out.println("包装类: java.lang.Character");
        // 以数值形式而不是字符形式将 Character.MIN_VALUE 输出到控制台
        System.out.println("最小值: Character.MIN_VALUE="
                + (int) Character.MIN_VALUE);
        // 以数值形式而不是字符形式将 Character.MAX_VALUE 输出到控制台
        System.out.println("最大值: Character.MAX_VALUE="
                + (int) Character.MAX_VALUE);

        }
    }
}
```

运行结果是：

```
基本类型: float 二进制位数: 32
包装类: java.lang.Float
最小值: Float.MIN_VALUE=1.4E-45
最大值: Float.MAX_VALUE=3.4028235E38

基本类型: double 二进制位数: 64
```

```
包装类: java.lang.Double
最小值: Double.MIN_VALUE=4.9E-324
最大值: Double.MAX_VALUE=1.7976931348623157E308

基本类型: char 二进制位数: 16
包装类: java.lang.Character
最小值: Character.MIN_VALUE=0
最大值: Character.MAX_VALUE=65535
```

4.4　集合类

在 Java 编程中，为了完成对集合类型的基本数据、对象数据的操作和遍历，提供了 Vector、Enumeration、ArrayList、Collection、Iterator、Set、 List 等集合类和接口来完成相关操作。

4.4.1　Vector 类与 Enumeration 接口

Vector 类被称为向量，是 Java 语言提供的一种高级数据结构，为我们提供了可以动态增加的存储空间，可以用于保存一系列对象，提供了一种与"动态数组"相近的功能。但是其和数组的一个明显区别是：数组中的元素只能是同一类型，而向量中可以存入任意类型。

下面我们通过实例来演示 Vector 类和 Enumeration 接口：

```java
public class VectorTest {
    public static void main(String[] args) {
        Vector v = new Vector();
        System.out.println("enter your number:");
        int a = 0;
        while (true) {
            try {
                a = System.in.read();

} catch (IOException e) {
            }
            if (a == '\n' || a == '\r') {
                break;
            } else {
                {
```

```
                    int num = a - '0';
                    v.addElement(new Integer(num));
                }
            }
        }
        Enumeration en = v.elements();
        int sum = 0;
        int c = 0;
        while (en.hasMoreElements()) {
            Integer b = (Integer) en.nextElement();
            c = b.intValue();
            System.out.println(c);
        }
        sum = sum + c;
        System.out.println("他们的和为: " + sum);
        Enumeration e = v.elements();
        while (e.hasMoreElements()) {
            Integer intObj = (Integer) e.nextElement();
            sum += intObj.intValue();
        }
        System.out.println(sum);
    }
}
```

此代码完成一个运算：从命令行获取所输入的数字，并计算其和，再输出到命令行上。

在上面的例子中，因为不能预先确定输入数字序列的位数，所以不能使用数组来存储每一个数值。正因为如此，选择 Vector 类来保存数据。Vector.addElements 只能接受对象类型的数据，先用 Integer 类包装了整数后，再用 Vector.addElements 方法向 Vector 对象中加入这个整数对象。

要取出保存在 Vector 对象中的所有整数进行相加，首先必须通过 Vector.elements 方法返回一个 Enumeration 接口对象；再用 Enumeration.nextElement 方法逐一取出保存的每个整数对象。Enumeration 对象内部有一个指示器，指向调用 nextElement 方法时要返回的对象的位置。

Enumeration 是一个接口类，提供了一种访问各种数据结构（Vector 类只是众多数据结构中的一种）中的所有数据的抽象机制。我们要访问各种数据结构对象中的所有元素时，都可以使用同样的方式，调用同样的方法。

4.4.2　Collection 接口与 Iterator 接口

Collection 接口可以用于表示任何对象或元素组。想要尽可能以常规方式处理一组元素时，就可以使用这一接口。下面是该接口中的一些基本操作所对应的方法。

（1）单元素添加、删除操作

boolean add（Object o）：将对象添加给集合

boolean remove（Object o）：如果集合中有与 o 相匹配的对象，则删除对象 o

（2）查询操作

int size()：返回当前集合中元素的数量

boolean isEmpty()：判断集合中是否有任何元素

boolean contains（Object o）：查找集合中是否含有对象 o

Iterator iterator()：返回一个迭代器，用来访问集合中的各个元素

（3）组操作：作用于元素组或整个集合

boolean containsAll（Collection c）：查找集合中是否含有集合 c 中所有元素

boolean addAll（Collection c）：将集合 c 中所有元素添加给该集合

void clear()：删除集合中所有元素

void removeAll（Collection c）：从集合中删除集合 c 中的所有元素

void retainAll（Collection c）：从集合中删除集合 c 中不包含的元素

（4）Collection 转换为 Object 数组

Object[] toArray()：返回一个内含集合所有元素的 array

Object[] toArray（Object[] a）：返回一个内含集合所有元素的 array。运行期返回的 array 和参数 a 的型别相同，需要转换为正确型别。

此外，还可以把集合转换成任何其他的对象数组。但是，不能直接把集合转换成基本数据类型的数组，因为集合必须持有对象。

Collection 不提供 get()方法。如果要遍历 Collectin 中的元素，就必须用 Iterator。下面通过实例说明用法：

```
import java.util.*;  //ArrayList 类和 Iterator 接口都在此包中
    public class TestCollection{
    public static void main(String [] args){
        int b=0;
        ArrayList al=new ArrayList();
        System.out.println("Please Enter Number: ");
        while(true){
            try{
               b= System.in.read();
            }catch(Exception e){
```

```
                System.out.println(e.getMessage());
            }
            if(b=='\r' || b== '\n'){
                break;
            }else{
                int num=b-'0';
                al.add(new Integer(num));
            }
        }
        int sum=0;
        Iterator itr=al.iterator();
        while(itr.hasNext()){
    Integer intObj=(Integer)itr.next();
            sum += intObj.intValue();
        }
        System.out.println(sum);
    }
}
```

运行结果：

输入 32	打印 5
输入 1234	打印 10

4.4.3　集合类接口的比较

另外还有几个集合类接口 Set、List。下面是 Collection 和它们的比较：

- Collection——对象之间没有指定的顺序，允许重复元素。
- Set——对象之间没有指定的顺序，不允许重复元素。
- List——对象之间有指定的顺序，允许重复元素。

这 3 个接口的继承关系如图 4-1 所示。

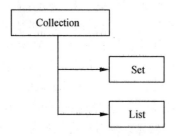

图 4-1　集合类接口比较

由于在 List 接口中，对象之间有指定的顺序。因此我们可以对 List 接口的对象进行排序。下面通过程序来说明：

```
import java.util.*;
public class TestListArraySort{
    public static void main(String[] args){
        ArrayList al=new ArrayList();
        al.add(new Integer(1));
        al.add(new Integer(3));
        al.add(new Integer(2));
        System.out.println(al.toString()); //排序前
        Collections.sort(al);
        System.out.println(al.toString()); //排序后
    }
}
```

运行结果：

```
[1,   3,   2]
[1,   2,   3]
```

具体运行过程中，ArrayList 类对象实现了 List 接口，然后我们向 ArrayList 类对象中添加了 3 个成员，最后用 Collections 类的 sort 静态方法对其进行排序。

4.5　Hashtable 与 Properities 类

Hashtable 是 Java 2 集合框架推出之前的一个老的工具类。在新的 Java 2 集合框架下，Hashtable 已经被 HashMap 取代。Hashtable 和 HashMap 的区别主要是前者是同步的，后者是由快速失败机制保证不会出现多线程并发错误（Fast-Fail）。在初始化一个 Hashtable 时，可以指定两个参数：初始容量和负荷。这两个参数严重地影响着 Hashtable 的性能。容量是指对象的个数，负荷是指散列表中的实际存储的对象个数和容量的比率。如果初始容量太小，那么 Hashtable 需要不断的扩容并 rehash()，而这是很耗时的；如果初始容量太大，又会造成空间的浪费。负荷则相反，负荷太小会造成空间浪费，负荷太大又会耗时（因为这会造成较多的关键字的散列码重复，Hashtable 使用一个链接表来存储这些重复散列码的对象）。容量的默认值是 11，负荷的默认值是 0.75，一般情况下你都可以使用默认值来生成一个 Hashtable。另外，在 Hashtable 中的大部分方法都是同步的。

虽然 Hashtable 已经被取代，但是仍然能够快速地检索数据。Hashtable 不仅可以像 Vector 一样动态存储一系列的对象，而且对存储的每一个对象（称为值）都要安排另一个对象（称为关键字）与之相关联。向 Hashtable 对象中存储数据，使用的是 Hashtable.put

（Object key，Object value）方法，从 Hashtable 中检索数据，使用 Hashtable.get（Object key）方法。值和关键字都可以是任何类型的非空对象。

下面的代码产生一个存储数字的 Hashtable，用英文数字作为关键字。

```
Hashtable numbers = new Hashtable();
numbers.put("one", new Integer(1));
numbers.put("two", new Integer(2));
numbers.put("three", new Integer(3));
```

要检索其中"two"关键字所对应的数据，只需提供关键字就可以获得所需要的对象。

```
Integer n = (Integer)numbers.get("two");
if (n !=null){
    System.out.println("two="+n);
}
```

要想成功地从 Hashtable 中检索数据，用做关键字的对象必须正确覆盖 Obiect.hashCode()方法和 Obiect.equals()方法。

String 类已按关键字类的要求覆盖了这两个方法，如果两个 String 对象的内容不相等，它们的 hashCode 的返回值也不相等；如果两个 String 对象的内容相等，它们的 hashCode 的返回值也相等。所以，我们在实现自己编写的关键字类的 hashCode 方法时，可以调用这个关键字类的 String 类型成员变量的 hashCode 方法来计算关键字类的 hashCode 返回值。

> 注意：
> StringBuffer 类没有按照关键字类的要求覆盖 hashCode 方法，即使两个 StringBuffer 类对象的内容相等，这两个对象的 hashCode 方法的返回值却不相等。所以，我们不能用 StringBuffer 作为关键字类。

Properties 是 Hashtable 的子类，它增加了将 Hashtable 对象中的关键字、值对保存到文件和从文件中读取关键字/值对到 Hashtable 对象中的方法。

Properties 类已不是新东西了，它在 Java 编程的早期就有，并且几乎没有什么变化。J2SE 的 Tiger 版本增强了这个类，不仅可以用它在单独一行中指定用等号分隔的多个键-值对，还可以用 XML 文件装载和保存这些键-值对。

J2SE 1.5 以前的版本要求直接使用 XML 解析器来装载配置文件并存储设置。虽然这并非是一件困难的事情，并且解析器是平台的标准部分，但是额外的工作总是有点让人心烦。现在最近更新的 java.util.Properties 类提供了一种为程序装载和存储设置的更容易的方法，即 loadFromXML（InputStream is）和 storeToXML（OutputStream os，String comment）方法。

下面展示如何使用 Properties 类。

清单 1：一组属性示例

```
foo=bar
fu=baz
```

将清单 1 装载到 Properties 对象中后，就可以找到两个键（foo 和 fu）和两个值（foo 的 bar 和 fu 的 baz）了。这个类支持带\u 的嵌入 Unicode 字符串，但是这里每一项内容都当作 String。

清单 2 显示了如何装载属性文件并列出它当前的一组键和值。只需将这个文件的 InputStream 给 load()方法，就会将每一个键-值对添加到 Properties 实例中。然后用 list() 列出所有属性或者用 getProperty()获取单独的属性。

清单 2：

```
import java.util.*;
import java.io.*;
public class LoadSample {
    public static void main(String args[]) throws Exception {
      Properties prop = new Properties();
      FileInputStream fis =
      new FileInputStream("sample.properties");
      prop.load(fis);
      prop.list(System.out);
      System.out.println("\nThe foo property: " +
          prop.getProperty("foo"));
    }
}
```

4.6　System 与 Runtime 类

4.6.1　System 类

Java 不支持全局函数和变量，所以 Java 设计者将一些与系统相关的重要函数和变量都收集到了一个统一的类中，这就是 System 类。System 类中的所有成员都是静态的，所以当我们要引用这些变量和方法时，就直接使用 System 类名作前缀。我们前面已经使用过了标准输入和输出的 in 和 out 变量。

System 类是一个抽象类，所有的字段和方法都是静态的。其中包含一些有用的类字段和方法，这些都不能被实例化。

在 System 类提供的设施中，有 3 个静态的变量，即 in、out 和 err，分别对应标准输入、标准输出和错误输出流；有对外部定义的属性和环境变量的访问方法；加载文件和库的方法；还有快速复制一部分数组的实用方法。

因此，System.in、System.out、System.err 实际上表示 3 个对象，这也就是为什么可以用 System.out.println（"Hello World!"）的原因。

System 类相关简单应用

（1）使用 currentTimeMillis()记录程序执行的时间。

（2）arraycopy()复制数组。

（3）使用 getProperties()确定当前的系统属性。

（4）getenv()获取系统环境变量。

（5）exit()终止当前正在运行的 Java 虚拟机。

（6）gc()运行垃圾回收器。

4.6.2 Runtime 类

Runtime 类封装了运行时的环境。每个 Java 应用程序都有一个 Runtime 类实例，使得应用程序能够与其运行的环境相连接。

一般应用程序不能实例化一个 Runtime 对象，也不能创建自己的 Runtime 类实例，但可以通过 getRuntime 方法获取当前 Runtime 运行时对象的引用。

一旦得到了一个当前的 Runtime 对象的引用，就可以通过调用 Runtime 对象的方法去控制 Java 虚拟机的状态和行为。

当用 Applet 和其他不被信任的代码调用任何 Runtime 方法时，常常会引起 Security-Exception 异常。

Java 会周期性地回收垃圾对象（未使用的对象），以便释放内存空间。如果想先收集器的下一次指定周期来收集废弃的对象，可以通过调用 Runtime 类中的 gc()方法来根据需要运行无用单元收集器。一个很好的试验方法是先调用 gc()方法，然后调用 free-Memory()方法来查看基本的内存使用情况，接着执行代码，最后再次调用 freeMemory()方法来查看分配了多少内存。下面的程序演示了这个构想。

```
class MemoryDemo{
    public static void main(String args[]){
        Runtime r = Runtime.getRuntime();
        long mem1, mem2;
        Integer someints[] = new Integer[1000];
        System.out.println("Total memory is : " + r.totalMemory());
        mem1 = r.freeMemory();
        System.out.println("Initial free is : " + mem1);
        r.gc();
        mem1 = r.freeMemory();
        System.out.println("Free memory after garbage collection : " + mem1);
```

```
        //allocate integers
        for(int i=0; i<1000; i++){
someints[i] = new Integer(i);
        }
        mem2 = r.freeMemory();
        System.out.println("Free memory after allocation : " + mem2);
        System.out.println("Memory used by allocation : " +(mem1-mem2));
        //discard Intergers
        for(int i=0; i<1000; i++) {
someints[i] = null;
        }
r.gc(); //request garbage collection
        mem2 = r.freeMemory();
        System.out.println("Free memory after collecting " + "discarded
        integers : " + mem2);
    }
}
```

运行结果：

```
Total memory is : 2031616
Initial free is : 1818488
Free memory after garbage collection : 1888808
Free memory after allocation : 1872224
Memory used by allocation : 16584
Free memory after collecting discarded integers : 1888808
```

4.7　Date、Calendar 与 DateFormat 类

　　Java 语言的 Calendar（日历）、Date（日期）和 DateFormat（日期格式）组成了 Java 标准的一个基本，但是非常重要的部分。日期是商业逻辑计算一个关键的部分。所有的开发者都应该能够计算未来的日期，定制日期的显示格式，并将文本数据解析成日期对象。

4.7.1　创建一个日期对象

　　让我们看一个例子，这个例子使用系统的当前日期和时间创建一个日期对象并返回一个长整数。这个时间通常被称为 Java 虚拟机（JVM）主机环境的系统时间。

```
import java.util.Date;
    public class DateExample1 {
    public static void main(String[] args) {
        // Get the system date/time
    Date date = new Date();
        System.out.println(date.getTime());
    }
}
```

上例中我们使用了 Date 构造函数创建一个日期对象，这个构造函数没有接受任何参数，而这个构造函数在内部使用了 System.currentTimeMillis() 方法来从系统获取日期。现在我们已经知道了如何获取从 1970 年 1 月 1 日开始经历的毫秒数了。我们如何才能以一种用户明白的格式来显示这个日期呢？在这里类 java.text.SimpleDateFormat 和它的抽象基类 java.text.DateFormat 就派上用场了。

4.7.2　日期数据的定制格式

假如我们希望定制日期数据的格式，如星期六-9 月-29 日-2001 年。下面的例子展示了如何完成这个工作：

```
import java.text.SimpleDateFormat;
import java.util.Date;
public class DateExample2 {
public static void main(String[] args) {
SimpleDateFormat bartDateFormat =
    new SimpleDateFormat("EEEE-MMMM-dd-yyyy");
Date date = new Date();
System.out.println(bartDateFormat.format(date));
}
}
```

只要通过向 SimpleDateFormat 的构造函数传递格式字符串"EEE-MMMM-dd-yyyy"，我们就能够指明想要的格式。格式字符串中的 ASCII 字符会告诉格式化函数下面显示日期数据的哪一个部分。EEEE 是星期，MMMM 是月，dd 是日，yyyy 是年。字符的个数决定了日期是如何格式化的，如：传递"EE-MM-dd-yy"会显示 Sat-09-29-01。

4.7.3　将文本数据解析成日期对象

假设我们有一个文本字符串包含了一个格式化了的日期对象，而我们希望解析这个字符串并从文本日期数据创建由一个日期对象。我们将再次以格式化字符串"MM-dd-yyyy"调用 SimpleDateFormat 类。但是这一次，我们使用格式化解析而不是生

成一个文本日期数据。示例如下所示,将解析文本字符串"9-29-2001"并创建一个值为
001736000000 的日期对象。

```
import java.text.DateFormat;
import java.util.Date;
public class DateExample4 {
public static void main(String[] args) {
    Date date = new Date();
    DateFormat shortDateFormat = DateFormat.getDateTimeInstance(
    DateFormat.SHORT, DateFormat.SHORT);
    DateFormat mediumDateFormat = DateFormat.getDateTimeInstance(
    DateFormat.MEDIUM, DateFormat.MEDIUM);
    DateFormat longDateFormat = DateFormat.getDateTimeInstance(
    DateFormat.LONG, DateFormat.LONG);
    DateFormat fullDateFormat = DateFormat.getDateTimeInstance(
    DateFormat.FULL, DateFormat.FULL);
      System.out.println(shortDateFormat.format(date));
      System.out.println(mediumDateFormat.format(date));
      System.out.println(longDateFormat.format(date));
      System.out.println(fullDateFormat.format(date));
    }
}
```

注意:在对 getDateTimeInstance 的每次调用中都传递了两个值:第一个参数是日
期风格,而第二个参数是时间风格。它们都是基本数据类型 int(整型)。考虑到可读
性,使用了 DateFormat 类提供的常量:SHORT、MEDIUM、LONG 和 FULL。

在运行例子程序时,它将向标准输出设备输出下面的内容:

```
9/29/01 8: 44 PM
Sep 29, 2001 8: 44: 45 PM
September 29, 2001 8: 44: 45 PM EDT
Saturday, September 29, 2001 8: 44: 45 PM EDT
```

4.7.4 Calendar 类

我们现在已经能够格式化并创建一个日期对象了,但是我们如何才能设置和获取日
期数据的特定部分呢?比如说小时,日或者分钟?我们又如何在日期的这些部分加上或
者减去值呢?答案是使用 Calendar 类。

假设想要设置、获取和操纵一个日期对象的各个部分,比如一个月的一天或者一个
星期的一天,为了演示这个过程,我们将使用具体的子类 java.util.GregorianCalendar。
考虑下面的例子,计算得到下面的第 10 个星期五是 13 号。

```
import java.util.GregorianCalendar;
import java.util.Date;
import java.text.DateFormat;
public class DateExample5 {
    public static void main(String[] args) {
        DateFormat dateFormat = DateFormat.getDateInstance(DateFormat.
        FULL);
        GregorianCalendar cal = new GregorianCalendar();
        cal.setTime(new Date());
        System.out.println("System Date: " +
 dateFormat.format(cal.getTime()));
        cal.set(GregorianCalendar.DAY_OF_WEEK, GregorianCalendar.FRIDAY);
        System.out.println("After Setting Day of Week to Friday: "
                + dateFormat.format(cal.getTime()));
        int friday13Counter = 0;
        while (friday13Counter <= 10) {
            cal.add(GregorianCalendar.DAY_OF_MONTH, 7);
            if (cal.get(GregorianCalendar.DAY_OF_MONTH) == 13) {
                friday13Counter++;
                System.out.println(dateFormat.format(cal.getTime()));
            }
        }
    }
}
```

在这个例子中我们做了有趣的函数调用：

cal.set（GregorianCalendar.DAY_OF_WEEK，GregorianCalendar.FRIDAY）；和 cal.add（GregorianCalendar.DAY_OF_MONTH，7）；

set 方法能够让我们通过，简单的设置一星期中的哪一天这个域，将我们的时间调整为星期五。注意到这里我们使用了常量 DAY_OF_WEEK 和 FRIDAY 来增强代码的可读性。add 方法让我们能够在日期上加上数值，闰年的所有复杂计算都由这个方法自动处理。

这个例子的输出结果如下：

```
System Date: Saturday, September 29, 2001
```

将它设置成星期五以后就成了：

```
Friday, September 28, 2001
Friday, September 13, 2002
```

```
Friday, December 13, 2002
Friday, June 13, 2003
Friday, February 13, 2004
Friday, August 13, 2004
Friday, May 13, 2005
Friday, January 13, 2006
Friday, October 13, 2006
Friday, April 13, 2007
Friday, July 13, 2007
Friday, June 13, 2008
```

有了这些 Date 和 Calendar 类的例子，你应该能够使用 java.util.Date、java.text.Simple-DateFormat 和 java.util.GregorianCalendar 来创建了。

4.8　Math 与 Random 类

Math 数学类包含了许多数学函数，如 sin、cos、exp、abs 等。Math 类是一个工具类，它在解决与数学有关的一些问题时有着非常重要的作用。

这个类有两个静态属性：E 和 PI。E 代表数学中的 e（e=2.7182818），而 PI 代表 π（pi=3.1415926）。在引用时，用法如：Math.E 和 Math.Pi

Java 实用工具类库中的类 java.util.Random 提供了产生各种类型随机数的方法。它可以产生 int、long、float、double 以及 Goussian 等类型的随机数。这也是它与 java.lang.Math 中的方法 Random()最大的不同之处，后者只产生 double 型的随机数。

类 Random 中的方法十分简单，它只有两个构造方法和 6 个普通方法。

构造方法：

（1）public Random()

（2）public Random（long seed）

Java 产生随机数需要有一个基值 seed，在第一种方法中基值默认，则将系统时间作为 seed。

普通方法：

（1）public synonronized void setSeed（long seed）

该方法设定基值 seed。

（2）public int nextInt()

该方法产生一个整型随机数。

（3）public long nextLong()

该方法产生一个 long 型随机数。

（4）public float nextFloat()

该方法产生一个 Float 型随机数。

（5）public double nextDouble()

该方法产生一个 Double 型随机数。

（6）public synchronized double nextGoussian()

该方法产生一个 double 型的 Goussian 随机数。

示例代码如下：

```java
import java.util.Random;

public class RandomApp {
    public static void main(String args[]) {
        Random ran1 = new Random();
        Random ran2 = new Random(12345);
        // 创建了两个类 Random 的对象。
        System.out.println("The 1st set of random numbers:");
        System.out.println(" Integer:" + ran1.nextInt());
        System.out.println(" Long:" + ran1.nextLong());
        System.out.println(" Float:" + ran1.nextFloat());
        System.out.println(" Double:" + ran1.nextDouble());
        System.out.println(" Gaussian:" + ran1.nextGaussian());
        // 产生各种类型的随机数
        System.out.print("The 2nd set of random numbers:");
        for (int i = 0; i < 5; i++) {
            System.out.println(ran2.nextInt() + " ");
            if (i == 2)
                System.out.println();
            // 产生同种类型的不同的随机数。
            System.out.println();
        }
    }
}
```

第 5 章　I/O 输入与输出

学习目标：

1. 熟悉使用 File 类编写相关文件操作程序
2. 理解和掌握节点流
3. 理解和掌握字符流
4. 了解 I/O 中的高级应用

5.1　引言

Java 中的 I/O 包是最基础的包之一，里面包括了很多程序与外部设备进行数据交换而使用的类。I/O 操作指的就是应用程序对这些设备的数据输入与输出。

5.2　File 类

无论学习哪种语言都难免要接触到文件系统。Java 当然也不例外，在介绍 Java I/O 之前首先介绍非常重要的一个类 File。 在看到这个类的名字后一定认为它代表一个文件，事实上这样认为并不准确，因为 Java 中的 File 类可以代表文件也可以代表目录。在 API doc 中说明了这一点，同时把 File 用 abstract pathname 来代表。

> 注意：目录也是一个特殊的文件。

File 的使用非常的简单，它有 4 个构造函数：

- File（String parent，String child）
- File（File parent，String child）
- File（URI uri）
- File（String pathname）

其中前面两个可以让我们在某个已知的目录下新建文件或者目录，后面两个我们可以通过 pathname 或者 URI 新建文件或者目录。有一点需要注意，File 虽然是一个与系统无关的代表，但是 pathname 的表示是和系统相关的。比如 UNIX 下"/"表示 root 目录，而 windows 下通常用盘符来表示。比如绝对路径 C:\helloworld\mingjava，如果是相对路径则不以 "/" 开头，一般相对路径是相对当前目录的。当我们创建一个 File 时可以通过 exists()方法来判断它是否存在,如果不存在我们可以选择是创建为文件还是创建为目录。

例如：

```
File file = new File("hehe");
  if(!file.exists())
{

    file.mkdir();
  }
  for(int i=0;i <5;i++)
{
File listFile = new File(nextFile, "ming"+i+".txt");
    if(!listFile.exists())
{

        listFile.createNewFile();
}
}
```

如果我们已经知道一个 File 对象，希望在它的目录之下新建文件，那么就可以使用第一个构造器了。例如：

```
File nextFile = new File(file, "ming\hehe");
    if(!nextFile.exists()){
        nextFile.mkdirs();

}
```

注意：delete 方法删除由 File 对象的路径所表示的磁盘文件或目录。如果删除的对象是目录，该目录中的内容必须为空。

5.3　Random Access File 类

RandomAccessFile 类是一个功能丰富的文件访问类，下面将先简单地通过使用 java.io.RandomAccessFile 来存取文件，来介绍一些文件存取时所必须注意的概念与事项。文件存取通常是循序的：每在文件中存取一次，文件的读取位置就会相对于目前的位置前进一次。然而有时必须指定文件的某个区段进行读取或写入的动作，也就是进行随机存取（Random Access），即要能在文件中随意地移动存取位置，这时可以使用 Random AccessFile，使用它的 seek()方法来指定文件存取的位置，指定的单位是字节。

为了移动存取位置时的方便，通常在随机存取文件中会固定每一个数据的长度。例如长度固定为每一个学生个人数据。Java 中并没有直接的方法可以写入一个固定长度数

据（如 C/C++中的 structure），所以在固定每一个长度方面必须自行设计。下面的例子是
通过对一个学生数据的类的操作来演示 RandomAccessFile 类的用法。

```java
public class Student {
    private String name;
    private int score;
    public Student() {
        setName("noname");
    }
    public Student(String name, int score) {
        setName(name);
        this.score = score;
    }
    public void setName(String name) {
        StringBuilder builder = null;
        if (name != null) {
            builder = new StringBuilder(name);
        } else {
            builder = new StringBuilder(15);
        }
        builder.setLength(15);
        this.name = builder.toString();
    }
    public void setScore(int score) {
        this.score = score;
    }
    public String getName() {
        return name;
    }

    public int getScore() {
        return score;
    }
    public static int size() {
        return 34; // 34 = 15*2 + 4(int 类型的长度)
    }
}
```

对于每一个学生数据的实例，在写入文件时，会固定以 34 字节的长度写入，也就是
15 个字符（30 字节）再加上一个 int 整数的长度（4 字节）。

```java
import java.io.*;
import java.util.*;
```

```java
public class RandomAccessFileTest {

    public static void main(String[] args) {
        Student[] students = { new Student("Larry", 99),
                new Student("Bill", 92), new Student("Scott", 87) };
        try {
            File file = new File("D:/student.txt");
            //在 D 盘下如果存在 student.txt 则覆盖，不存在则创建
            RandomAccessFile randomAccessFile = new RandomAccessFile
            (file, "rw");
            for (int i = 0; i < students.length; i++) {
                randomAccessFile.writeChars(students[i].getName());
                randomAccessFile.writeInt(students[i].getScore());
            }
            Scanner scanner = new Scanner(System.in);
            System.out.print("要读取第几笔数据？输入:");
            int num = scanner.nextInt();
            // 使用 seek 方法将"文件指针"移动到（从文件开头算起的）指定字节处
            randomAccessFile.seek((num - 1) * Student.size());
            Student student = new Student();
            student.setName(readName(randomAccessFile));
            student.setScore(randomAccessFile.readInt());
            System.out.println("姓名: " + student.getName());
            System.out.println("分数: " + student.getScore());
            randomAccessFile.close();
        } catch (ArrayIndexOutOfBoundsException e) {
            System.out.println("请指定文件名称");
        } catch (IOException e) {
            e.printStackTrace();
        }
    }
    private static String readName(RandomAccessFile randomAccessfile)
            throws IOException {
        char[] name = new char[15];
        for (int i = 0; i < name.length; i++) {
            name[i] = randomAccessfile.readChar();
        }
        // 返回前将用于"占位"的"空字符"替换成空格（否则可能影响显示效果）
        return new String(name).replace('\u0000', ' ');
    }
}
```

运行结果：

```
要读取第几笔数据？输入:3
姓名：Scott
分数：87
```

5.4　流

Java 中的 I/O 包还包含了一个非常重要的类集——流。许多 Java 的初学者常常会对流的复杂结构感到头痛，而且遇到实际问题时不知该如何选择适当的 I/O 工具来解决问题。本节将从构造流的深层机理来剖析 I/O 包中流类的结构，理清 Java 流的逻辑关系，并且能够在必要时正确地使用 Java 流。可以结合 Java API 手册中 java.io 包的树型结构来理解本章的内容。

5.4.1　流的结构的分析

所有承载数据的实体（如文件、Socket、控制台等）和 Java 程序（表现为程序中的字节、字符等基本数据类型或对象等）之间通过流来传输。根据数据传输的方向可以把数据载体分为数据源和数据终点。以程序为中心（事实上就是西方人的思维方式，以自己为中心），从数据源中取数据到程序称为 in 或 read；反之，从程序中写数据到数据终点就称之为 out 或 write。在 I/O 包中用来连接实际承载数据实体的流类，文中称之为实体流。这种实体流在 I/O 包中只提供了 3 种，一种是文件（File）；第 2 种是字节数组（ByteArray 或字符数组 CharArray）；还有一种是字符串实体流（String）。但是由于在实体流中只提供了最简单的读写方法，对于程序（或者说是编程的人）的使用界面不够丰富，因此在 I/O 包中还提供了最重要的功能流，主要包括缓冲流（Buffer）和过滤流（Filter）。它们的关系如图 5-1 所示。

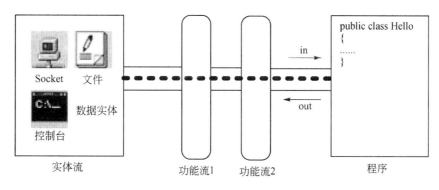

图 5-1　流的结构分析

5.4.2　字节流和字符流

因为数据都是由二进制的字节组成，所以所有的数据载体应该都可以用字节实体流来连接。在字节流中，数据可以看作是一个一个字节来传输的。在 I/O 包中用两个抽象类来表达字节流，即 InputStream 和 OutputStream（后面不混淆的情况下统一用 XputStream 表示）。在这两个抽象类中分别提供了 3 个最基本的读写方法，如图 5-1 所示。

表 5-1　字节流和字符流相关方法

InputStream	OutputStream
int read();//读取一个 byte，并在其前面加 3 个 byte 的 0，组成一个 int 型返回	void write（int b）；//将参数 b 的最后一个 byte 写入流
int read（byte[] b）；//数据读入 b 缓冲	void write（byte[] b）
int read（byte[] b，int off，int len）	void write（byte[] b，int off，int len）

不同的数据载体得到实体流的方法大不相同。如文件，直接在 I/O 包中定义了 XputStream 的子类——FileXputStream。而 Socket 的实体流则是由 Socket 类中提供了两个方法，由这两个方法的返回值来得到实体流，即：

　　　　InputStream getInputStream() 和 OutputStream getOutputStream()。而控制台对应的实体流则是在 System 类中定义了两个域 in 和 out，它们分别为 InputStream 和 Output Stream 类型。得到这些实体流的对象都实现了前述的 3 个基本读写方法。

以文件为例，我们通常会遇到一类纯文本方式的文件。这类文件的特征是主要由可视的字符组成。这类文件如果用字符流来处理会更加方便直观。在字符流中可以看作数据是一个一个字符传输的。但是在字符流中有一点要注意，在 Java 中所有的字符使用的都是 Unicode 编码，而各种数据载体用的编码则是依据本地平台所不同的，如 Windows 中使用 ASCII 码。因此数据载体在连接字符实体流时会使用默认的方式进行编码的转换（经常遇到的中文显示问题就是因为平台使用的字符集和默认字符集不匹配）。有的实体流也可在构造函数中通过参数来指定字符转换的字符集。

同样在 I/O 包中也定义了两个抽象类 Reader 和 Writer（后面不混淆的情况下统一用 Xer 表示）。在这两个抽象类中分别提供了 3 个最基本的读写方法：

在 I/O 包中，针对字节流提供了 2 个实体流，3 个功能流。

实体流：

ByteArrayXputStream　　　　　　面向内存中的字节数组

FileXputStream　　　　　　　　　面向文件

功能流：

FilterXputStream　　　　　　　　过滤功能

PipedXputStream　　　　　　　　管道流

ObjectXputStream　　　　　　　主要提供了对象的输入输出方法

（其中在 FilterXputStream 中含两个重要的子类 BufferedXputStream 和 DataXput Stream）

针对字符流同样提供了 3 个实体流，4 个功能流。

实体流：

CharArrayXer　　　　　　　　面向内存中的字符数组

FileXer　　　　　　　　　　　面向文件

StringXer　　　　　　　　　　面向内存中的字符串

XputStreamXer　　　　　　　　有些数据载体不能直接和字符流连接，便可以通过它连
　　　　　　　　　　　　　　　接的字节流再连接到字符流上

功能流：

BufferedXer　　　　　　　　　缓冲流

FilterXer　　　　　　　　　　过滤流

PipedXer　　　　　　　　　　管道流

5.4.3　流的使用方法

首先是在涉及到数据的 I/O 时才会使用到流，具体使用的步骤如下：

Step1 将数据载体和实体流连接。

Step2 根据需要将实体流连接到功能流。

Step3 对于功能不冲突的功能流可以连接多个。

Step4 通过功能流提供的方法对流进行操作。

Step5 使用完毕逐个关闭流。

下面通过举例来说明如何通过流实现文件的复制。

```java
import java.io.*;
class CopyFile {
public static void main(String[] args) {
    try {
    //创建输入流
        FileInputStream fi = new FileInputStream("source.txt"); //step1
        BufferedInputStream bufi = new BufferedInputStream(fi); //step2
        DataInputStream datai = new DataInputStream(bufi);  //step3
        //创建输出流
        FileOutputStream fo = new FileOutputStream("dest.txt");
        BufferedOutputStream bufo = new BufferedOutputStream(fo);
        DataOutputStream datao = new DataOutputStream(bufo);
        //从输入流中取出，然后放入到输出流
        int c;
```

```
        while((c=datai.read())!=-1){                    //step4
            datao.write(c);
        }
        //关闭输入流
        datai.close();                                   //step5
        bufi.close();
        fi.close();
        //关闭输出流
        datao.close();
        bufo.close();
        fo.close();
    } catch (Exception e) {
    }
}
}
```

在上面的程序中标注了输入流的每个操作步骤。可以发现输出流也是在用同样的步骤进行操作（在本例中两个功能流都并没有发挥作用，只是为了说明其用法）。

5.4.4　重要的功能流介绍

功能流为流操作提供了丰富的方法。一般对流操作都会根据需要对实体流连接上适当的功能流，并且只要功能不冲突，就可以连接多个功能流。在 I/O 包中主要功能流见表 5-2 所示。

表 5-2　主要功能流

名　　　称	类	功　　　能
缓冲	BufferedReader BufferedWriter BufferedInputStream BufferedOutputStream	用来在读写时缓冲数据，以减少读写操作对原始实体流的操作次数，缓冲流比无缓冲的流的效率要高。因此对于实体流一般都要连接缓冲流，并且可以在构造函数的参数中加上缓冲区的大小
过滤	FilterReader FilterWriter FilterInputStream FilterOutputStream	过滤流主要是用作功能流的基类，在字节流中直接子类就包含最重要的 BufferedXputStream，和 DataXputStream。在字符流中则是抽象类。过滤流可以用来继承创建自己的格式化输入输出类
管道	PipedReader PipedWriter PipedInputStream PipedOutputStream	如果需要输入流和输出流直接连接就要通过管道流来进行
连接	无字符流 SequenceInputStream	只在字节流中，用于将多个输入流进行连接。比如将多个文件连接起来，然后写入到一个文件中

续表

名　称	类	功　能
对象串行化	无字符流 ObjectInputStream ObjectOutputStream	只在字节流中，主要提供了对象的读写操作（多用于计算机之间传数据）
数据转换	无字符流 DataInputStream DataOutputStream	以 Java 的数据类型来读写字节流数据
行操作	LineNumberReader	是 BufferedReader 的子类提供了 String readLine()方法
回溯操作	PushbackReader PushbackInputStream	因为流在操作过后，当前位置会随之后移，回溯操作可以退回到刚刚操作过的位置
打印	PrintWriter PrintStream	跟打印机无关，打印操作最关键的功能是都默认地完成了 Java 字符到本地系统字符的转换，以及丰富的字符操作方法。如 System.out
字节流向字符流的转换	InputStreamReader OutputStreamWriter	当有的原始数据载体只能和字节流相连接，但是它却适合使用字符操作，那么就只能用这两个类来操作。因为它们可以字节流作为参数输入来转换为字符流。在转换过程中可以选择映射的字符集

5.5　I/O 包中的类层次关系图

（1）字节输入流类如图 5-2 所示。

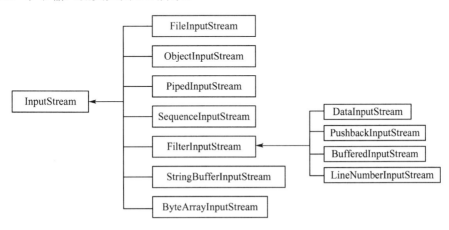

图 5-2　字节输入流分类

（2）字节输出流类如图 5-3 所示。

（3）字符输入流类如图 5-4 所示。

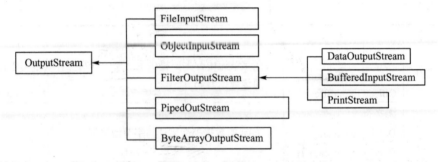

图 5-3　字节输出流分类

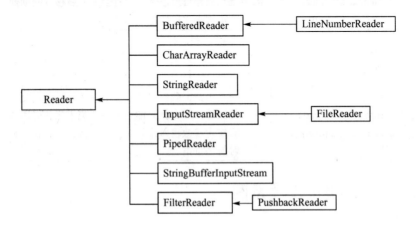

图 5-4　字符输入流分类

（4）字符输出流类如图 5-5 所示。

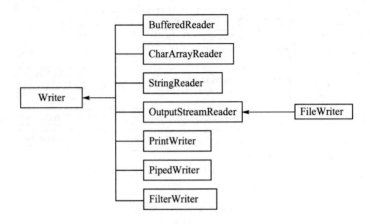

图 5-5　字符输出流分类

第 6 章   Java 图形编程基础

学习目标:

1. 掌握使用组件编写 GUI 程序
2. 掌握布局管理器的使用方法
3. 了解 swing

6.1   引言

GUI 是 Graphical User Interface 的简称,即图形用户接口,指的是人机交互的图形化用户界面,是目前程序发展的方向和主流。自从 Java 语言出现的早期到现在,图形和用户界面功能已取得了飞跃式的发展。Java2 平台包含一个复杂的跨平台的用户界面体系结构,它的组成包括众多的高级组件,一个先进的、功能丰富的、独立于设备的图形系统和许多的多媒体扩展。

6.2   AWT 概念

AWT 是 Java 抽象窗口工具,通过这组类只需进行一次代码开发,就可以移植到许多平台。要想使用 AWT,必须在工程的开头使用 import java.awt.*语句将其导入,才允许使用 TextComponent 组件,例如,Buttons、Scrollbars、Canvas、CheckBoxes、Lists 和 Label 等常用的界面元素。下面我们通过这个简单的示例程序来感受一下 Java 图形界面编程。

```
import java.awt.*;
public class TestFrame{
  public static void main(String [] args){
    Frame f=new Frame("标题");
    f.add(new Button("ok"));
    f.setSize(300, 300);
    f.setVisible(true);
  }
}
```

在 Java 图形编程中,图形界面程序可以使用各种各样的图形界面元素,我们将其称之为 GUI 组件。这些组件对应的类是 java.awt.Component 的直接或间接子类。根据作用不同 GUI 组件可分为基本组件和容器。

　　组件又称构件，例如按钮、文本框之类的图形界面元素。

　　容器其实是一种比较特殊的组件，可以容纳其他组件，如窗口、对话框等所有的容器类都是 java.awt.Container 的直接或间接子类。

　　在上面的例子中，Frame 类用于产生一个具有标题栏的框架窗口，Frame1 类属于容器，它容纳了一个 Button 组件。

　　上面的程序运行结果如图 6-1 所示。

图 6-1　运行结果

6.3　AWT 事件处理

6.3.1　事件处理机制

　　上面演示的这个程序展示了最基本的图形界面程序，但是却存在一个明显的问题：当用鼠标单击窗口标题栏上的关闭按钮时，按钮并不能使窗口关闭或者程序结束，我们只能通过 Windows 任务管理器或其他方式来终止这个程序。但是在实际的 Java 图形程序运行时，是可以通过关闭按钮来实现程序的结束或窗口的关闭的，那么这是如何实现的呢？在上面的程序中，只有负责显示效果的 GUI 组件，如果需要对鼠标点击按钮这样的事件执行某种功能，则必须为之编写相应的程序处理代码。

　　因此，为了处理 GUI 程序与用户的交互操作，在 Java 中专门定义了一种自己的处理方式，称之为事件处理机制。在事件处理机制中，需要理解 3 个重要的概念。

　　（1）事件：用户对组件的一个操作，称之为一个事件。

　　（2）事件源：发生事件的组件就是事件源。

　　（3）事件处理器：负责处理事件的方法。

三者之间的关系如图 6-2 所示。

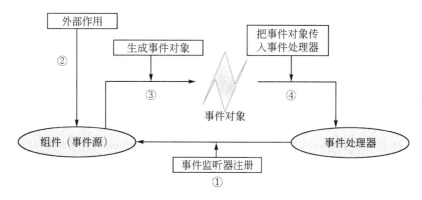

图 6-2　事件处理机制

在 Java 程序开发中，所有对事件处理的方法都放在一个类对象中，这个类对象就是事件监听器。

事件处理器（事件监听器）首先与组件（事件源）建立关联。组件接受外部作用（事件）时，产生相应的事件对象，并传给与之关联的事件处理器，事件处理器就会被启动并执行相关的代码来处理该事件。

表 6-1 是几个比较具有代表意义的事件：

表 6-1　事件监听类

类	对应事件	说　　明
MouseEvent	鼠标事件	鼠标按下，鼠标释放，鼠标点击等
WindowEvent	窗口事件	点击关闭按钮，窗口得到与失去焦点，窗口最小化等
ActionEvent	动作事件	不代表具体的动作，是一种语义，如按钮或菜单被鼠标单击，在单行文本框中按下回车键等都可以看作是 ActionEvent 事件 可以这么理解，如果用户的一个动作导致了某个组件本身最基本的动作发生了，这就是 ActionEvent 事件

关于其他的组件及其相对应的事件的处理方法，大家可以参阅一下 Java API 文档中 AWT 的相关内容。

6.3.2　用事件监听器处理事件

下面我们来看一下如何为图 6-1 中所示的程序添加窗口关闭的代码，从而学习时间处理的具体编码实现过程。

```
import java.awt.*;
```

```
import java.awt.event.*;
public class TestFrame{
    public static void main(String [] args){
Frame f=new Frame("Symbio");
        f.setSize(300,300);
        f.setVisible(true);
        f.addWindowListener(new MyWindowListener());
    }
}
class MyWindowListener implements WindowListener{
    public void windowClosing(WindowEvent e){
        e.getWindow().setVisible(false);
        ((Window)e.getComponent()).dispose();
        System.exit(0);
    }
    public void windowActivated(WindowEvent e){}
    public void windowClosed(WindowEvent e){}
    public void windowDeactivated(WindowEvent e){}
    public void windowDeiconified(WindowEvent e){}
    public void windowIconified(WindowEvent e){}
    public void windowOpened(WindowEvent e){}
}
```

在上面的程序中，由于 AWT 中的事件类和监听器接口类都位于 java.awt.event 包中，所以在程序的开始处添加了 import java.awt.event.* 来初始化。

然后我们编写一个新类 MyWindowListener 来实现窗口事件监听器对象，并调用 Window.addWindowListener 方法将事件监听器对象注册到 Frame 类所创建的框架窗口上。在 WindowListener 接口里面有 7 个这样的方法，正好对应窗口事件的 7 种情况。因为我们只想处理鼠标点击窗口标题栏上的关闭按钮这一事件，对其他窗口事件我们并不关心，所以其他方法都没有做具体的实现，只做了简单的补充。同时我们需要注意一下 windowsClosing 方法与 windowsClosed 方法的区别：前者对应用户想关闭窗口的情况，后者对应于窗口已经关闭时的情况。

6.3.3　事件适配器

在 Java 编程中，为了对事件监听器接口实现相应的操作，需要定义相应的实现类。该实现类我们称之为事件适配器（Adapter）类。

在适配器类中，实现了相应监听器接口中所有的方法，但不做任何事情。子类只要继承适配器类，就等于实现了相应的监听器接口。如果要对某类事件的某种情况进行处理，只要覆盖相应的方法就可以了。如果想用作事件监听器的类已经继承了别的类，就不能再继承适配器类，只能去实现事件监听器接口了。

下面可以通过修改 MyWindowListener 程序来演示如何使用事件适配器。

```
class MyWindowListener extends WindowAdapter{
    public void windowClosing(WindowEvent e){
        e.getWindow().setVisible(false);
        ((Window)e.getComponent()).dispose();
        System.exit(0);
    }
}
```

在这里，MyWindowListener.WindowClosing 方法通过覆盖 WindowAdapter 的 WindowClosing 方法达到添加自己的方法用来处理代码的作用。在上面的例子中，事件监听器类 MyWindowListener 和产生 GUI 组件的类 TestFrame 是两个完全分开的类。事件监听器类中的代码所访问到的对象也正好是事件源。

6.3.4 事件监听器的匿名内置类实现方式

如果一个事件监听器类只用于在一个组件上注册监听器事件对象，那么为了让程序代码更加紧凑，我们可以用匿名内置类的语法来产生这个事件监听器对象，这也是一种经常使用的方法。

示例程序如下：

```
import java.awt.* ;
import java.awt.event.*;
public class AnonymousClass{
    private Frame f;
    private TextField tf;
    public AnonymousClass(){
        f=new Frame("Inner classes example");
        tf=new TextField(30);
    }
    public void launchFrame(){
        Label label=new Label("Click and drag the mouse");
        f.add(label, BorderLayout.NORTH);
        f.add(tf, BorderLayout.SOUTH);
        f.addMouseMotionListener(new MouseMotionAdapter(){
        //匿名类开始
            public void mouseDragged(MouseEvent e){
                String s="Mouse dragging: x="+e.getX()+"Y="+e.getY();
                tf.setText(s); }
```

```
        } ); //匿名类结束
        f.setSize(300, 200);
        f.setVisible(true);
    }
    public static void main(String args[]) {
        AnonymousClass obj=new AnonymousClass();
        obj.launchFrame();
    }
}
```

6.3.5　事件处理的多重运用

事件处理的多重运用是指：

（1）一个组件上的某一个动作可以产生多种不同类型的事件，因而可以在同一个事件源上注册多种不同类型的监听器；

（2）一个事件监听器对象可以注册到多个事件源上，即多个事件源的同一事件都由一个对象统一来处理；

（3）在一个事件源上也可以注册对同一事件进行处理的多个事件监听器对象，当这一事件发生时，各事件监听器对象会依次被调用。

在实际的 GUI 组件开发中，我们可以让一个事件源注册到多个事件监听器对象上，让多个事件监听器对象对操作做出反应，从而提高程序的灵活性。

6.4　GUI 组件上的图形操作

6.4.1　Graphics 类

图形环境的概念和在 GUI 的平台上开发应用程序是紧密相关的。虽然通常将窗口和组件本身作为对象来表达，但是仍然需要另一个接口来执行实际的绘制、着色以及文本输出操作。Java 语言中提供这些功能的基类称作 java.awt.Graphics。从 java.awt.Component 类（所有窗口对象的基类）继承的类提供了一个名为 paint()的方法，在需要重新绘制组件时，可以调用该方法。

paint()方法只有一个参数，该参数是 Graphics 类的实例。

Graphics 类支持几种确定图形环境状态的特性。以下列出了部分特性。

（1）Color：当前绘制颜色，它属于 java.awt.Color 类型。所有的绘制、着色和纯文本输出都将以指定的颜色显示。

（2）Font：当前字体，它属于 java.awt.Font 类型。它是将用于所有纯文本输出的字体。

（3）Clip：java.awt.Shape 类型的对象，它可以充当用来定义几何形状的接口。该特性包含的形状定义了图形环境的区域，而绘制将作用于该区域。通常情况下，这一形状与整个图形环境相同，但有时也并非一定如此。

（4）ClipBounds：java.awt.Rectangle 对象，它表示将由 Clip 特性定义的 Shape 包围的最小矩形。它具有只读特性。

（5）FontMetrics：java.awt.FontMetrics 类型的只读特性。该对象含有关于图形环境中当前起作用的 Font 的信息。

（6）Paint Mode：该特性控制环境使用当前颜色的方式。如果调用了 setPaintMode() 方法，那么所有绘制操作都将使用当前颜色。如果调用了 setXORMode()方法（该方法获取一个 Color 类型的参数），那么就用指定的颜色对像素作"XOR"操作。XOR 具有在重新绘制时恢复初始位模式的特性，因此它被用作橡皮擦除和动画操作。

Graphics 类方法：

可以将 java.awt.Graphics 支持的非特性方法划分为 3 个常规类别之下。

（1）跟踪形状轮廓的绘制方法：

draw3DRect() drawArc() drawBytes() drawChars()

drawImage() drawLine() drawOval() drawPolygon()

drawPolyline() drawRect() drawRoundRect() drawString()

（2）填充形状轮廓的绘制方法：

fill3DRect() fillArc() fillOval()

fillPolygon() fillRect() fillRoundRect()

（3）诸如 translate()之类的杂项方法，可以将图形环境的起点从其缺省值（0，0）变成其他值。

请注意，没有对任意形状进行操作的操作。直到 Java 2D 出现以前，图形操作一直都是很有局限性的。还需注意的是，对于渲染具有属性的文本也没有直接支持；显示格式化文本是一项费事的任务，需要手工完成。

可以通过下面的程序来讲解：

```java
import java.awt.*;
import java.awt.event.*;
public class DrawLine{
    Frame f= new Frame("Symbio");
    public static void main(String [] args){
        new DrawLine().init();
    }
    public void init(){
```

```
        f.setSize(300, 300);
        f.setVisible(true);
        f.addMouseListener(new MouseAdapter(){
            int orgX;
            int orgY;
        public void mousePressed(MouseEvent e){
                orgX=e.getX();
                orgY=e.getY();
        }
        public void mouseReleased(MouseEvent e){
                f.getGraphics().setColor(Color.red);
//设置绘图颜色为红色
                f.getGraphics().drawLine(orgX, orgY, e.getX(), e.getY());
            }
        });
    }
}
```

在上面的程序代码运行时，线条被画出来了，但是颜色却不是红色，这是一个非常隐蔽的问题，程序中的两处都用了 f.getGraphics() 返回 Graphics 对象引用，但是返回的两个引用对象却不是同一个 Graphics 对象。设置一个 Graphics 对象对象上的绘图颜色，不会影响另一个 Graphics 对象上的绘图输出。

我们可以为这个程序添加文本打印功能，来修正刚才的问题。

```
import java.awt.*;
import java.awt.event.*;
public class DrawLine{
    Frame f= new Frame("Symbio");
    public static void main(String [] args){
        new DrawLine().init();
    }
    public void init(){
        f.setSize(300, 300);
        f.setVisible(true);
        f.addMouseListener(new MouseAdapter(){
            int orgX;
            int orgY;
        public void mousePressed(MouseEvent e){
                orgX=e.getX();
                orgY=e.getY();
```

```
            }
        public void mouseReleased(MouseEvent e){
            Graphics g=f.getGraphics();
g.setColor(Color.red); //设置绘图颜色为红色
g.setFont(new Font("隶书", Font.ITALIC|Font.BOLD, 30)); //设置文本字体
g.drawString(new String(e.getX()+", "+ e.getY()), e.getX(), e.getY());
//打印鼠标按下时的坐标
g.drawString(new String(orgX +", "+ orgY), orgX, orgY);
//打印鼠标释放时的坐标
g.drawLine (orgX, orgY, e.getX(), e.getY());
            }
        });
    }
}
```

6.4.2　组件重绘

组件的重绘是指当 GUI 组件所在的容器被最小化以后再重新最大化时，在最小化以前绘制的组件可以重新自动地显示出来。一般 AWT 线程在重新绘制组件后，会立即调用组件的 paint 方法，所以我们的图形重绘代码应该在 paint 方法中编写。

```
paint 方法定义: public void paint(Graphics g)
```

由于我们不可能直接修改某个组件的 paint 方法，所以需要定义一个继承了该组件的子类，在子类中覆盖 paint 方法。因此我们在上面的程序基础上编写重绘图形程序的代码如下。

```
import java.awt.*;
import java.awt.event.*;
public class DrawLine{
    Frame f= new Frame("Symbio");
    public static void main(String [] args){
            new DrawLine().init();
    }
    public void init(){
        f.setSize(300, 300);
        f.setVisible(true);
        f.addMouseListener(new MouseAdapter(){
            int orgX;
            int orgY;
        public void mousePressed(MouseEvent e){
```

```
                    orgX=e.getX();
                    orgY=e.getY();
                }
            public void mouseReleased(MouseEvent e){
                endX=e.getX();
                endY=e.getY();
                Graphics g=f.getGraphics();
                g.setColor(Color.RED);
                g.setFont(new Font("隶书", Font.ITALIC|Font.BOLD, 30));
                g.drawString(new String(orgX+", "+orgY), orgX, orgY);
                //打印鼠标释放时的坐标
                g.drawLine(orgX, orgY, endX, endY);
                }
            });
        }
    }
```

由于在 paint 方法中重绘直线时，需要两个确定点的坐标，所以在上面的程序，我们又增加了两个成员变量 endX 和 endY 用于保存鼠标释放时的坐标。上面的程序可以显示重绘之后的那条直线，读者可以自己实验一下。

6.4.3　图像操作

在 Java 编程中，可以使用 Graphics.drawImage（Image img，int x，int y，int width，int height，ImageObserver observer）方法在组件上显示图像，其中 img 参数是要显示的图像对象，x，y 是图像显示的左上角坐标，observer 是用于监视图像创建进度的一个对象。drawImage 是一个异步方法，即使 img 对应的图像还没有被完全装载时，drawImage 也会立即返回。下面是一个显示图像的例子程序。

```
import java.awt.*;
import java.awt.event.*;
public class DrawImage extends Frame{
    Image img=null;
    public static void main(String [] args){
        DrawImage f= new DrawImage();
        f.init();
    }
    public void init(){
        img=this.getToolkit().getImage("c:\\test.gif");
        setSize(300, 300);
        setVisible(true);
```

```
        this.addWindowListener(new WindowAdapter(){
            public void windowClosing(WindowEvent e){
                System.exit(0);
            }
        });
    }
}
```

6.4.4　双缓冲技术

在前面的画线重绘程序中，窗口重画时，如果原来的图形非常多，速度就会比较慢；如果想窗口重画比较快的话，可以调用 Component.createImage 方法，它在内存中创建了一个 Image 对象。当在组件上绘图时，也在这个 Image 对象上执行同样的绘制，即 Image 对象中的图像是组件表面内容的复制。组件重画时，只须将内存中的这个 Image 对象在组件上画出来，在重绘时整个只是一幅图像而已，重绘速度明显提高，这就是一种被称为双缓冲的技术。

6.5　常用的 AWT 组件

在 AWT 中有很多用于 GUI 设计的组件。下面我们将分别进行介绍。

6.5.1　Component 类

抽象类 Component 是所有 Java GUI 组件的共同父类。

规定了所有 GUI 组件的基本特性，该类中定义的方法实现了作为一个 GUI 组件所应具备的基本功能。

Java 程序要显示的 GUI 组件必须是抽象类 Component 或 MenuComponent 的子类。

6.5.2　Canvas

在 Java 编程中，Canvas 代表屏幕上的一块空白的矩形区域，程序能够在这个组件表面绘图，也能够捕获用户的操作，产生相应的事件。Canvas 是具有最基本和最简单的 GUI 功能的组件。当我们要设计一个自己定制的具有 GUI 功能的组件类，就可以继承 Canvas，这个组件类也就完成了 GUI 的基本功能。如果我们想要绘制子类组件的外观，必须覆盖 Canvas 的 paint 方法。

下面的例子设计了一个计时器组件。如当鼠标在组件上按下时，计时器开始计时，并在组件上显示计时时间；鼠标释放时，计时器停止计时。

```
import java.awt.*;
```

```java
import java.awt.event.*;
import java.util.*;
public class TestStopWatchFrame extends Frame {
public TestStopWatchFrame() //构造方法开始 {
add(new StopWatch());
addWindowListener( //窗口关闭监听器开始
new WindowAdapter()
public void windowClosing(WindowEvent e) {
dispose();
System.exit(0);
}
}
); //窗口关闭监听器结束
} //构造方法结束
public static void main(String[] args){
System.out.println("Hello World!");
TestStopWatchFrame mainFrame=new TestStopWatchFrame();
mainFrame.setSize(400，300);
mainFrame.setTitle("test watch");
mainFrame.setVisible(true);
}
}

import java.awt.Canvas;
import java.util.*;

import java.text.SimpleDateFormat;
import java.awt.*;
import java.awt.event.*;

public class StopWatch extends Canvas implements Runnable {
    boolean bStart = false;
    long startTime = 0;
    long endTime = 0;
    public StopWatch() {
        enableEvents(AWTEvent.MOUSE_EVENT_MASK);
    }
    protected void processMouseEvent(MouseEvent e) {
        System.out.println("hello");
        if (e.getID() == MouseEvent.MOUSE_PRESSED) {
            startTime = endTime = System.currentTimeMillis();
            repaint();
```

```
            bStart = true;
            new Thread(this).start();
        } else if (e.getID() == MouseEvent.MOUSE_RELEASED) {
            endTime = System.currentTimeMillis();
            repaint();
            bStart = false;
        }
    }
    public void paint(Graphics g) {
        Date elapsedTime = null;
        SimpleDateFormat sdf = new SimpleDateFormat("HH:mm:ss");
        try {
            elapsedTime = sdf.parse("00:00:00");
        } catch (Exception ex) {
            ex.getStackTrace();
        }
        elapsedTime.setTime(elapsedTime.getTime() + (endTime -
        startTime));
        String strTime = sdf.format(elapsedTime);
        g.fill3DRect(0, 0, 78, 28, true);
        g.setColor(Color.WHITE);
        g.drawString(strTime, 10, 20);
    }
    public void run() {
        while (bStart) {
            try {
                Thread.sleep(500);
            } catch (Exception ex) {
                ex.printStackTrace();
            }
            endTime = System.currentTimeMillis();
            repaint();
        }
    }
}
```

6.5.3　Checkbox

Checkbox 类可以用来建立单选按钮和多选按钮。

如果要创建多选按钮，我们只要使用 public Checkbox（String label，boolean state）
这个构造函数来创建 Checkbox 对象就可以了。创建多选按钮要用到两个参数，前一个是选框旁边的说明文字，后一个参数决定选框是否默认被选中。因为创建单选按钮需要一组按钮，所以在创建单选按钮时，还需要指定这个按钮所属的组，使用如下代码

```
public Checkbox(String label, boolean state, CheckboxGroup group)
```

这个构造函数创建的就是单选按钮。其中，CheckboxGroup 类对象指定了这个单选按钮所属于的组。

6.5.4　Choice

Choice 类可以用于制作单选的下拉列表，使用起来也比较简单。我们可以通过下面的程序来看看这个类的具体使用过程。

```
import java.awt .*;
 import java.applet .*;
 import java.awt.event.*;
 public class ChoiceDemo extends Applet implements ItemListener{
  Choice choice1;
  Label output;
  String str;
  public void init(){
    Font newf = new Font("Times New Roman , 宋体", Font.PLAIN, 16);
    setFont(newf);
    choice1 = new Choice();   //创建一个 Choice 对象
    choice1.add("红色");
    choice1.add("绿色");
    choice1.add("蓝色");
    choice1.add("黑色");
    choice1.addItemListener(this);
    add(choice1);
    output = new Label(new String("请在 choice 中选择"));
    add(output);
  }
  public void itemStateChanged(ItemEvent e){
    Choice chs;

    if(e.getSource() instanceof Choice){
      chs = (Choice)e.getSource(); //对象变量赋值
      str = chs.getSelectedItem();
      if (str == "红色")
        //设置 output 对象的前景色即文本的颜色，下同
```

```
          {output.setForeground(Color.RED); }
       if (str == "绿色")
          {output.setForeground(Color.GREEN); }
       if (str == "蓝色")
          {output.setForeground(Color.BLUE); }
       if (str == "黑色")
          {output.setForeground(Color.BLACK);}
       //用前景色书写文字
       output.setText("你选择了: " + str);
      }
    }
  }
```

6.5.5　Menu

一个完整的菜单系统由菜单条、菜单和菜单项组成。

与菜单相关的类主要有 3 个 MenuBar（菜单条）、Menu（菜单）、MenuItem（菜单项）。先产生 MenuBar 对象，然后产生 Menu 对象，最后产生 MenuItem 对象。

将 MenuItem 增加到 Menu 上后，再将 Menu 增加到 MenuBar 上，最后将 MenuBar挂到 Frame 窗口上。我们来看一个菜单系统的程序代码。

```
import java.awt.*;
import java.awt.event.*;
public class TestMenuBar {
    MenuBar menubar=new MenuBar(); //创建菜单条对象
    Menu fileM=new Menu("File"); //创建各菜单
    Menu editM=new Menu("Edit"); //创建各菜单
    Menu toolsM=new Menu("Tools"); //创建各菜单
    Menu helpM=new Menu("Help"); //创建各菜单
    MenuItem fileMI1=new MenuItem("New"); //创建各菜单项
    MenuItem fileMI2=new MenuItem("Open"); //创建各菜单项
    MenuItem fileMI3=new MenuItem("Save"); //创建各菜单项
    CheckboxMenuItem fileMI5=new CheckboxMenuItem("Quit", true);
     //创建各菜单项
        Menu filePrint = new Menu("print");//创建子菜单
        MenuItem printM1 = new MenuItem("preview");
        MenuItem printM2 = new MenuItem("setting");
    TestMenuBar(){
        FlowLayout fl=new FlowLayout();
        Frame f=new Frame("TestMenuBar");
```

```
            f.setLayout(fl);
            menubar.add(fileM);  //将菜单加入菜单条
            menubar.add(editM);
            menubar.add(toolsM);
            menubar.add(helpM);
            fileM.add(fileMI1);  //将菜单项加入 file 菜单中
            fileM.add(fileMI2);
            fileM.add(fileMI3);
            filePrint.add(printM1);//将菜单项加入 print 菜单中
            filePrint.add(printM2);
            fileM.add(filePrint);
            //将 print 菜单作为一个菜单项加入 file 菜单中
            fileM.addSeparator();  //将一条分割线加入菜单中
            fileM.add(fileMI5);  //将菜单项加入菜单中
            f.setMenuBar(menubar);  //把整个菜单系统显示在窗口中
            f.setBounds(0, 0, 250, 200);
            f.setVisible(true);
            f.addWindowListener(new WindowAdapter()
    {
            public void windowClosing(WindowEvent e){
                System.exit(0);
            }
        });
    }
    public static void main(String[] args){
        new TestMenuBar();
    }
}
```

6.5.6　Container

在 Java 编程中，组件不能独立的显示出来，必须将组件放在一定的容器中才可以显示出来。像前面看到的窗口就是一个容器，而类 Container 是所有容器的父类。但是 Container 实际上是 Component 的子类，因此容器对象本身也是一个组件，具有组件的性质和方法，还可以容纳其他组件和容器。容器类对象可以使用方法 add()添加组件。Container 有几个主要的子类：Window 类、Panel 类、ScrollPanel 类。它们之间的关系如图 6-3 所示：

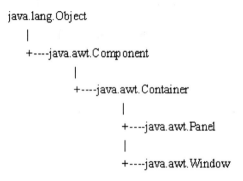

图 6-3　Containers 类的结构

1．Window 类

Window 对应的类为 java.awt.Window，它可以独立于其他 Container 而存在，是可自由停泊的顶级窗口，没有边框和菜单条，很少被直接使用。它有两个子类，Frame 和 Dialog，Frame 是具有标题（title）和可伸缩的角（resize corner）的窗口（Window）。Dialog 则没有菜单条，虽然它能够移动，但是不能伸缩。它们之间的关系如图 6-4 所示。

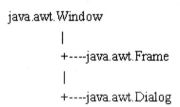

图 6-4　java.awt.Window 结构

2．Frame 类

Frame 对象显示效果是一个"窗口"，带有标题和尺寸重置角标，默认不可见，可以用 setVisible（true）方法使之变为可见。

3．Dialog 类

一般是临时窗口，用于显示提示信息或接收用户输入，分为模态对话框和非模态对话框。

它的两个常见构造函数如下。

Dialog（Dialog owner，String title）：构造一个最初不可见的、无模式的 Dialog，它带有指定的所有者 Dialog 和标题。

Dialog（Dialog owner，String title，boolean modal）：构造一个最初不可见的 Dialog，它带有指定的所有者 Dialog、标题和模式。

提示:

(1) 模态对话框用户不能操作其他窗口，直到对话框被关闭。

(2) 非模态对话框用户还可以操作其他窗口。

其示例代码如下:

```java
import java.awt.*;
import java.awt.event.*;
public class TestDialog{
    TextField tf = new TextField(10);
    Button b1=new Button("模态显示");
    Button b2=new Button("非模态显示");
    Frame f=new Frame("TestDialog");
    Button b3=new Button("确定");
        Dialog dlg = new Dialog(f, "Dialog Title", true);
        FlowLayout fl=new FlowLayout();
    TestDialog()    {
    f.setLayout(fl);
    f.add(tf);
    f.add(b1);
    f.add(b2);
    b1.addActionListener(new ActionListener(){
        public void actionPerformed(ActionEvent e){
            dlg.setModal(true);
            dlg.setVisible(true);
            tf.setText("www.it315.org");
        }
        });
    b2.addActionListener(new ActionListener(){
        public void actionPerformed(ActionEvent e){
            dlg.setModal(false);
            dlg.setVisible(true);
            tf.setText("www.it315.org");
        }
        });
    f.setBounds(0, 0, 400, 200);
    f.setVisible(true);
    f.addWindowListener(new WindowAdapter(){
        public void windowClosing(WindowEvent e){
            System.exit(0);
        }
```

```
        });
    dlg.setLayout(fl);
    dlg.add(b3);
    b3.addActionListener(new ActionListener()  {
        public void actionPerformed(ActionEvent e){
            dlg.dispose();
        }
    });

    dlg.setBounds(0, 0, 200, 150);

    }
dlg.setLayout(fl);
    dlg.add(b3);
    b3.addActionListener(new ActionListener()  {
        public void actionPerformed(ActionEvent e){
            dlg.dispose();
        }
    });
    dlg.setBounds(0, 0, 200, 150);
    }
    public static void main(String[] args){
    new TestDialog();
    }
}
```

6.5.7　Panel

可作为容器容纳其他组件，但不能独立存在，必须被添加到其他容器中（如 Window 或 Applet）。

通常用于集成其他组件，使这些组件形成一个有机整体，再添加到别的容器中。

6.5.8　ScrollPanel

ScrollPanel 类是一种容器，不能单独使用，它可以利用滚动条查看大面积区域并只能放置一个组件。无布局管理器要将多个组件添加到 ScrollPane 上，只能先将多个组件嵌套在一个 Panel 容器中，再将 Panel 作为一个组件放置到 ScrollPane 上 。下面是使用该类的一个例子。

```
import java.awt.*;
import java.awt.event.*;
```

```
public class TestPane{
    TestPane()  {
        Frame f=new Frame("TestDialog");
        ScrollPane sp = new ScrollPane();
        TextArea ta=new TextArea("", 10, 50, TextArea.SCROLLBARS_NONE);
        sp.add(ta);
        f.add(sp);
        f.setSize(200, 200);
        f.setVisible(true);
        f.addWindowListener(new WindowAdapter(){
        public void windowClosing(WindowEvent e){
            System.exit(0);
            }
        });
    }
    public static void main(String[] args){
        new TestPane();
    }
```

6.6 布局管理器

6.6.1 布局管理器概述

为了简化编程者对容器上的组件的布局控制，一个容器内的所有组件的显示位置可以由一个"布局管理器"自动管理。我们可以为容器指定不同的布局管理器。在不同的布局管理器下，同一个组件将会有不同的显示效果，并且不能完全按我们自己的意愿设置组件的大小和位置。

Java 语言中，提供了布局管理器这个工具来管理组件在容器中的布局，而不使用直接设置组件位置和大小的方式。每个容器都有一个布局管理器。当容器需要对某个组件进行定位或判断其大小尺寸时，就会调用其对应的布局管理器。下面我们将对主要的布局管理器类进行介绍。

6.6.2 BorderLayout

BorderLayout 是 Dialog 类和 Frame 类的默认布局管理器，它提供了一种较为复杂的组件布局管理方案。每个被 BorderLayout 管理的容器均被划分成五个区域：东（East）、南（South）、西（West）、北（North）、中（Center）。North 在容器的上部，East 在容器的右部，其他依此类推。Center 当然就是 East、South、West 和 North 所围绕的中部。

BorderLayout 布局管理器有两种构造方法:

- BorderLayout()构造一个各部分间距为 0 的 BorderLayout 实例。
- BorderLayout（int，int）构造一个各部分具有指定间距的 BorderLayout 实例。

在 BorderLayout 布局管理器的管理下,组件必须通过 add()方法加入到容器的五个命名区域之一, 否则, 它们将是不可见的。

需要特别注意的是区域的名称和字母的大小写一定要书写正确。

在容器的每个区域, 只能加入一个组件。如果试图向某个区域中加入多个组件, 那么其中只有一个组件是可见的。后面我们将会看到如何通过使用内部容器在 BorderLayout 的一个区域内间接放入多个组件。

对 East，South，West 和 North 这四个边界区域,如果其中的某个区域没有被使用, 那么它的大小将变为零。此时 Center 区域将会扩展并占据这个未用区域的位置。如果四个边界区域都没有被使用,那么 Center 区域将会占据整个窗口。下面是示例代码:

```java
import java.awt.*;
public class TestBorderLayout{
    public static void main(String [] args) {
        Frame f=new Frame("布局管理器");
        f.add(new Button("第一个按钮"), "North");
            f.add(new Button("第二个按钮"));
            f.setSize(300, 300);
        f.setVisible(true);
    }
}
```

6.6.3 FlowLayout

FlowLayout 型布局管理器对容器中组件进行布局的方式是将组件逐个地安放在容器中的一行上。一行放满后就另起一个新行。

FlowLayout 有 3 种构造方法:

public FlowLayout()

public FlowLayout（int align）

public FlowLayout（int align，int hgap，int vgap）

在默认情况下, FlowLayout 将组件居中放置在容器的某一行上, 如果不想采用这种居中对齐的方式, FlowLayout 的构造方法中提供了一个对齐方式的可选项 align。使用该选项, 可以将组件的对齐方式设定为左对齐或者右对齐。align 的可取值有 FlowLayout.LEFT、FlowLayout.RIGHT 和 FlowLayout.CENTER 3 种形式, 它们分别将组件对齐方式设定为左对齐、右对齐和居中, 例如:

new FlowLayout（FlowLayout.LEFT）这条语句创建了一个使用左对齐方式的
FlowLayout 的实例。

此外，FlowLayout 的构造方法中还有一对可选项 hgap 和 vgap，使用这对可选项可
以设定组件的水平间距和垂直间距。

与其他布局管理器不同的是，FlowLayout 布局管理器并不强行设定组件的大小，而
是允许组件拥有它们自己所希望的尺寸。

> 注意：每个组件都有一个 getPreferredSize()方法，容器的布局管理器会调用这一
> 方法取得每个组件希望的大小。

下面是几个使用 setLayout()方法实现 FlowLayout 的例子：

setLayout（new FlowLayout（FlowLayout.RIGHT，20，40））;

setLayout（new FlowLayout（FlowLayout.LEFT））;

setLayout（new FlowLayout()）;

具体的示例代码如下：

```
import java.awt.*;
public class TestFlowLayout{
    public static void main(String [ ] args){
        Frame f=new Frame("布局管理器");
        f.setLayout(new FlowLayout());
        f.add(new Button("第一个按钮"), "North");
        f.add(new Button("第二个按钮"));
        f.add(new Button("第三个按钮"), "South ");
        f.add(new Button("第四个按钮"));
        f.setSize(300, 300);
        f.setVisible(true);
    }
}
```

6.6.4　GridLayout

利用 Java 来创建图形用户界面，最苦恼的事情莫过于选择用哪种布局管理器了。但
是试着使用 GridLayout 布局，会发现其实 GridBagLayout 真的能解决几乎所有界面布局
的问题。窗口大小的随意改变也不会影响到整体布局，更重要的是它可以实现任何你想
要的布局设计，只要能做到更有计划些和更有耐心就行了。

GridLayout 将容器划分成若干行列的网格。在容器上添加组件时，它们会按从左到
右、从上到下的顺序在网格中排列。在 GridLayout 的构造方法里，我们需要指定希望将
容器划分成的网格的行、列数。GridLayout 布局管理器总是忽略组件的最佳大小，所有
单元的宽度是相同的，是根据单元数量对可用的宽度进行平分而定的。同样地，所有单
元的高度是相同的，是根据行数量对可用的高度进行平分而定的。

6.6.5　CardLayout

CardLayout 布局管理器能够实现将多个组件放在同一容器区域内交替显示，相当于将多张卡片摞在一起，在任何时候都只有最上面的一个可见。CardLayout 提供了几个方法，可以显示特定的卡片，也可以按先后顺序依次显示，还可以直接定位到第一张或最后一张。

```java
import java.awt.*;
import java.awt.event.*;
public class TestCardLayout{
    CardLayout cl = new CardLayout();
    Panel plCenter = new Panel();
    public static void main(String [] args){
        new TestCardLayout().init();
    }
    public void init(){
        Frame f=new Frame("布局管理器");
        Panel plWest = new Panel();
        f.add(plWest, "West");
        f.add(plCenter);
        plWest.setLayout(new GridLayout(3, 1));
        Button btnPrev = new Button("prev");
        plWest.add(btnPrev);
        Button btnNext = new Button("next");
        plWest.add(btnNext);
        Button btnThree = new Button("three");
        plWest.add(btnThree);
        plCenter.setLayout(cl);
        plCenter.add(new Button("One"), "1");
        plCenter.add(new Button("two"), "2");
        plCenter.add(new Button("three"), "3");
        plCenter.add(new Button("four"), "4");
        plCenter.add(new Button("five"), "5");
        class MyActionListener implements ActionListener{
            public void actionPerformed(ActionEvent e){
                if(e.getActionCommand().equals("prev"))
                    cl.previous(plCenter);
                else if(e.getActionCommand().equals("next"))
                    cl.next(plCenter);
                else if(e.getActionCommand().equals("three"))
                    cl.show(plCenter, "3");
```

```
            }
        }
        MyActionListener ma = new MyActionListener();
        btnPrev.addActionListener(ma);
        btnNext.addActionListener(ma);
        btnThree.addActionListener(ma);

        f.setSize(300, 300);
        f.setVisible(true);
    }
}
}
        }
        MyActionListener ma = new MyActionListener();
        btnPrev.addActionListener(ma);
        btnNext.addActionListener(ma);
        btnThree.addActionListener(ma);
        f.setSize(300, 300);
        f.setVisible(true);
    }
}
```

6.6.6　GridBagLayout

GridBagLayout 功能非常强大,但使用时也比较复杂。它不要求组件的大小相同便可以将组件垂直地、水平地或沿它们的基线对齐。每个 GridBagLayout 对象会维持一个动态的矩形单元网格,每个组件占用一个或多个这样的单元,该单元被称为显示区域。

每个由 GridBagLayout 所管理的组件都与 GridBagConstraints 的实例相关联。Constraints 对象是指定组件的显示区域在网格中的具体放置位置,以及组件在其显示区域中的放置方式。除了 Constraints 对象之外,GridBagLayout 还考虑每个组件的最小大小和首选大小,以确定组件的大小。

网格的总体方向取决于容器的 ComponentOrientation 属性。对于水平的从左到右的方向,网格坐标(0, 0)位于容器的左上角,其中 X 向右递增,Y 向下递增。对于水平的从右到左的方向,网格坐标(0, 0)位于容器的右上角,其中 X 向左递增,Y 向下递增。

为了有效地使用网格包布局,必须自定义与组件关联的一个或多个 GridBag Constraints 对象。

6.6.7　取消布局管理器

我们也可以用绝对坐标的方式来指定组件的位置和大小,在这种情况下,我们首先要调用 Container.setLayout(null)方法取消布局管理器设置,然后调用 Component.

setBounds()方法来设置每个组件的大小和位置。

6.7　SWING

6.7.1　SWING 概述

　　Java 最早的图形界面设计是采用抽象窗口工具箱（Abstract Window Toolkit，AWT）。基本的 AWT 库采用将处理用户界面元素的任务委派给每个目标平台（Windows、Solaris、Macintosh 等等）的本地 GUI 工具箱的方式，由本地 GUI 工具箱来负责用户界面元素的创建和动作。从理论上说，结果程序可以运行在任何平台上，但观感（look and feel）的效果却依赖于目标平台。在不同的平台上，操作行为存在着一些微妙的差别。因此，要想给予用户一致的、可预见性的界面操作方式是相当困难的。而且，有些图形环境并没有像 Windows 或 macintosh 这样丰富的用户界面组件集合。这也就将基于对等体的可移植性给限制了。

　　在 1996 年，Netscape 创建了一种称为（Internet Foundation Class，IFC）的 GUI 库，它采用了与 AWT 完全不同的工作方式。它将按钮、菜单这样的用户界面元素绘制在空白窗口上，而对等体只需要创建和绘制窗口。因此，Netscape 的 IFC 部件在程序运行的所有平台上的外观和动作都是一样的。Sun 与 Netscape 合作完善了这种方式，由此 Swing 产生了。

注意：

Swing 没有完全替代 AWT，而是基于 AWT 架构之上。Swing 仅仅提供了能力更加强大的用户界面组件。尤其在采用 Swing 编写的程序中，还需要使用基本的 AWT 处理事件。

　　但是 Swing 的优点驱使我们去选择 Swing：

（1）Swing 拥有一个丰富、便捷的用户界面元素集合。

（2）Swing 对低层平台依赖的很少，因此与平台相关的 bug 很少。

（3）Swing 给予不同平台的用户一致的感观效果。

6.7.2　从 AWT 过渡到 Swing

　　Java 1.2 为 Java 1.0 AWT 添加了 Java 基础类（AWT），这是一个被称为"Swing"的 GUI 的一部分。Swing 是第二代 GUI 开发工具集，是构筑在 AWT 上层的一组 GUI 组件的集合。为保证可移植性，它是完全用 Java 编写的。和 AWT 相比，Swing 提供了更完整的组件，引入了许多新的特性和能力。AWT 增强的组件在 Swing 中的名称通常是在

AWT 组件名的前面增加了一个 "J" 字母。

Java 设计 GUI 的组件和容器有两种，一种是早期版本的 AWT 组件，在 java.awt 包里，都是 Component 类的子类；另一种是较新的 Swing 组件，在 javax.swing 包里，都是 JComponent 类的子类。与 AWT 比较，Swing 提供了更完整的组件，引入了许多新的特性和能力。Swing API 是围绕着实现 AWT 各个部分的 API 的构筑的。这保证了所有早期的 AWT 组件仍然可以使用。AWT 采用了与特定平台相关的实现，而绝大多数 Swing 组件却不是这样做的，因此 Swing 的外观和感觉是可客户化和可插的。

Swing 是围绕着一个称为 JComponent 的新组件构建的，而 JComponent 则由 AWT 的容器类扩展而来。

Swing GUI 使用两种类型的类，即 GUI 类和非 GUI 支持类。GUI 类是可视的，它从 JComponent 继承而来，因此称为 "J" 类。非 GUI 类为 GUI 类提供服务，并执行关键功能，因此它们不产生任何可视的输出。

Swing 在应用原理和方式上与 AWT 并没有多大的区别，如果学会了使用 AWT，基本上也就学会了 Swing。

6.7.3　JFrame

JFrame 与 Frame 功能相当，但两者在使用上有很大的区别。不能直接在 JFrame 上直接增加子组件和设置布局管理器，而是必须先调用 JFrame.getContentPane()方法取得 JFrame 中自带的 JRootPane 对象，RootPane 是 JFrame 唯一的子组件，只能在 JRootPane 对象上增加子组件和设置布局管理器。下面是相关的示例程序：

```java
import javax.swing.*;
public class HelloWorldSwing {
    private static void createAndShowGUI() {
        // 确保窗体有一个好的外观装饰
        JFrame.setDefaultLookAndFeelDecorated(true);
        //创建并设置窗体
        JFrame frame = new JFrame("HelloWorldSwing");
        frame.setDefaultCloseOperation(JFrame.EXIT_ON_CLOSE);
        //加入一个现实很俗套的 Hello World 的 标签（JLable）.
        JLabel label = new JLabel("Hello World");
        frame.getContentPane().add(label);
        //显示窗体
        frame.pack();
        frame.setVisible(true);
    }
    public static void main(String[] args) {
        // 为事件分派线程安排一个工作：
```

```
            // 那就是创建和显示这个程序的用户界面
        javax.swing.SwingUtilities.invokeLater(new Runnable() {
    public void run() {
            createAndShowGUI();


        }
    });
    }
}
```

运行效果如图 6-5 所示。

图 6-5 运行效果图

6.7.4 JScrollPane

其功能类似 ScrollPane，可以执行下面的程序讲解，通过效果和代码来体会。

```
import java.awt.*;
import java.awt.event.*;
public class TestPane{
    TestPane(){
        Frame f=new Frame("TestDialog");
        JScrollPane sp = new JScrollPane();
        JTextArea ta=new JTextArea("",10,50,TextArea.SCROLLBARS_NONE);
        sp.add(ta);
        f.add(sp);
        f.setSize(200,200);
        f.setVisible(true);
        f.addWindowListener(new WindowAdapter(){
        public void windowClosing(WindowEvent e){
            System.exit(0);
            }
        });
    }
    public static void main(String[] args){
        new TestPane();
    }
}
```

6.7.5　对话框

在 AWT 中，必须完全自己来实现这样的对话框界面和处理相关事件，Swing 提供了一个 JOptionPane 类，JOptionPane 提供了若干个 showXxxDialog 静态方法，来实现类似 Windows 平台下的 MessageBox 等功能。

```java
import javax.swing.JOptionPane;
public class TestJOptionPane {

    public static void main(String[] args) {
        String name = "";
        String value = "";
        do{
        name=JOptionPane.showInputDialog("你的姓名是什么？");
        //显示输入对话框
        value = JOptionPane.showInputDialog("你年龄多大了？");
        }while(JOptionPane.showConfirmDialog(null, "确认输入的信息吗？",
        "请确认", JOptionPane.YES_NO_OPTION)!=JOptionPane.YES_OPTION);
        //判断是否确认提交对话框
        //判断年龄是否有效
        try {
            int age = Integer.parseInt(value);
            JOptionPane.showMessageDialog(null, "你好，你输入的姓名为
            "+name+"，年龄为"+age, "提示信息", JOptionPane.OK_OPTION);
            //输入正确提示信息对话框
        } catch (Exception e) {
            JOptionPane.showMessageDialog(null, "年龄必须输入数字",
            "错误信息
            ", JOptionPane.OK_OPTION);//年龄错误提示信息对话框
        }
    }
}
```

6.7.6　BoxLayout 布局管理器

BoxLayout 布局管理器是 Swing 中新增加的一种布局管理器，允许多个组件全部垂直摆放或全部水平摆动。嵌套组合多个使用 BoxLayout 布局管理器的 Panel，可以实现类似 GridBagLayout 的功能，但比直接使用 GridBagLayout 简单很多。

6.8　基于 Eclipse 插件的 SWING 可视化开发

6.8.1　SWT Designer 简介

SWT Designer 是一种功能强大而且容易使用的、基于 Eclipse SWT 技术的图形用户界面设计工具，是一个很好的 Eclipse 的界面开发插件包。利用 SWT Designer 的可视化界面，只须采用拖拉操作，就可以很快地在窗体上创建各种组件。设计出来的窗体和组件的外观和操作系统平台下其他软件的外观相似，具有本机系统的风格。SWT Designer 还可以自动生成 Java 代码，利用它的属性编辑器改变组件的各种属性，使 SWT 界面开发变得非常容易。

6.8.2　SWT Designer 下载和安装

SWT Designer 有多个版本，使用时需要和相应的 Eclipse 版本相匹配。由于本书所使用的 Eclipse 开发环境是 3.3.1，所以对应的 SWTDesigner 的版本是 Designer_v6.8.0_for_Eclipse3.3.zip。下载的网址是：

http://www.instantiations.com/windowbuilder/swtdesigner/download.html

下载完毕后将文件 Designer_v6.8.0_for_Eclipse3.3.zip 解压缩到 Eclipse 的安装目录中。安装结束后，启动 Eclipse，在主菜单中选择【文件】|【新建】|【项目】命令，如果在弹出的"新建项目"对话框中多了一个"Designer"项，则表示 SWT Designer 安装成功。如图 6-6 所示。

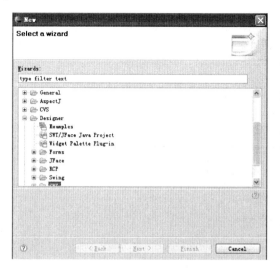

图 6-6　SWT Designer 创建

6.8.3 SWT Designer 注册

在 Eclipse 主菜单中选择【窗口】|【首选项】命令，弹出了一个对话框，如图 6-7 所示，单击左边树形目录中的 Designer，然后单击对话框右下方的"Registration and Activation"按钮，再弹出对话框，如图 6-8 所示。在 Serial number 栏中输入产品序列号，在 ActivationKey 栏中输入产品激活号，单击"完成"按钮，即可激活。

图 6-7　SWT Designer 注册

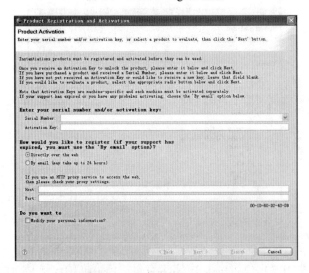

图 6-8　SWT Designer 注册

SWT Designer 有免费版、评估版和正式版，免费版只有部分功能，评估版需要填写用户资料和 E-mail 地址，从 E-mail 中可以获得 Activation Key，评估时限为 2 周。正式版则要购买产品，才能获得 Activation Key。

6.8.4　SWT Designer 开发实例

本部分将通过创建一个项目，熟悉一下 SWT Designer 的主界面及其相应的组件。操作步骤如下：

创建 SWT/JfaceProject

在 Eclipse 主菜单中选择【文件】|【新建】|【其他】命令，弹出"新建"对话框，展开 Designer 节点，选择"SWT/JFace Java Project"（记住：是 SWT/JFace Java Project，不是 JavaProject），再单击"下一步"按钮，出现"创建 Java 项目"对话框，输入项目名，如 SWTDesigerTest。单击"完成"按钮。

创建 Application Window 窗体

右单击项目名（SWTDesigerTest），选择【新建】|【其他】命令，在"新建"对话框中，展开 Designer 节点下的 SWT 节点，选择"Application Window"，再单击"下一步"按钮，在弹出的对话框中输入包名和类名，在下方的单选项中选择"public static main() mathod"，该选项会自动生成 main()方法，使窗体能够独立运行。单击"完成"。在程序编辑区的下方，有"Source"和"Design"两个标签，选择"Source"标签，则在程序编辑区中显示源程序；选择"Design"标签，则在程序编辑区中出现一个窗体。

在窗体中加入组件

加入 2 个标签组件（Label）、2 个文本框组件（Text）和 2 个按钮组件（Button），如图 6-9 所示。

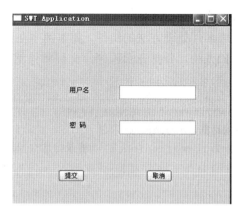

图 6-9　SWT 窗体

图 6-10 所示是 SWT Designer 完整的界面。该界面的左侧是属性编辑器（Property

Editor），属性编辑器又分为上、下两个部分，上面是一个树形目录，显示了组件间的继承关系。下面有两个标签，一个是属性（Properties）标签，一个是事件（Events）标签。选中属性（Properties）标签可打开属性页，来编辑当前组件的各类属性。如图中当前组件是一个按钮（Button），在属性页中可把 text 属性改为"提交"。还可以改变组件显示文字的字体（font）及其他属性。

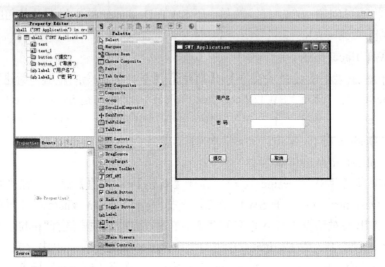

图 6-10　SWT Designer 完整的界面

添加事件处理代码

在图 6-10 中的属性页中，选中事件（Events）标签可打开事件页，还可以添加各种事件。选择需要添加的事件，在右侧空格双击，可自动生成相应的事件处理方法。

例如添加了组件选择事件（widgetSelected），可以在方法中加入事件处理代码，也可以在窗体中双击需要生成事件处理方法的组件，如本例中在窗体中双击"提交"按钮，会自动生成 widgetSelected()方法，并打开源程序，光标将停留在该方法的头部。在方法体中加入以下代码：

```
if(text.getText()!=""|text_1.getText()!="")
//调用 JFace 的信息对话框显示登录信息
MessageDialog.openInformation(shell,"登录信息","欢迎"+text.getText()+"
进入系统！");

else
//调用 JFace 的错误对话框显示出错信息
MessageDialog.openError(shell, "错误","用户名或密码为空，请重新输入！");
      由于用到了 JFace 的对话框，在程序的前面要引入相应的包：
```

```
import org.eclipse.jface.dialogs.*;
    输入密码时要在密码框显示"*"，需要添加 SWT.PASSWORD 选项：
final Text text_1=new Text(shell, SWT.BORDER|SWT.PASSWORD);
```

运行程序

在 Eclipse 包资源管理器中，右单击文件名，在弹出的菜单中选择【运行方式】|【SWT 应用程序】命令，运行结果如图 6-11 所示。输入用户名和密码，单击"提交"按钮，则出现用户登录对话框，如图 6-12 所示。如果用户名或密码为空，则出现错误提示对话框，如图 6-13 所示。

图 6-11　用户登录窗体

图 6-12　用户登录对话框

图 6-13　错误信息对话框

添加事件处理代码

```
import org.eclipse.swt.SWT;
```

```java
import org.eclipse.swt.events.SelectionAdapter;
import org.eclipse.swt.events.SelectionEvent;
import org.eclipse.swt.widgets.Button;
import org.eclipse.swt.widgets.Display;
import org.eclipse.swt.widgets.Label;
import org.eclipse.swt.widgets.Shell;
import org.eclipse.swt.widgets.Text;
import org.eclipse.jface.dialogs.*;

public class login {
    private Text text_1;
    private Text text;
    protected Shell shell;
    /** *//**
     * Launch the application
     * @param args
     */
    public static void main(String[] args) {
        try {
            login window = new login();
window.open();
        } catch (Exception e) {
            e.printStackTrace();
        }
    }
    /** *//**
     * Open the window
     */
    public void open() {
        final Display display = Display.getDefault();
        createContents();
        shell.open();
        shell.layout();
        while (!shell.isDisposed()) {
            if (!display.readAndDispatch())
                display.sleep();
        }
    }
    /** *//**
     * Create contents of the window
     */
    protected void createContents() {
```

```
shell = new Shell();
shell.setSize(411, 359);
shell.setText("SWT Application");
text = new Text(shell, SWT.BORDER);
text.setBounds(197, 109, 142, 25);
text_1 = new Text(shell, SWT.BORDER|SWT.PASSWORD);
text_1.setBounds(197, 173, 142, 25);
final Button button = new Button(shell, SWT.ABORT);
button.setText("提交");
button.setBounds(85, 263, 48, 22);
final Button button_1 = new Button(shell, SWT.ABORT);
button_1.addSelectionListener(new SelectionAdapter() {
    public void widgetSelected(final SelectionEvent e)
    {
    }
});
button_1.setText("取消");
button_1.setBounds(247, 263, 48, 22);
final Label label = new Label(shell, SWT.NONE);
label.setText("用户名");
label.setBounds(106, 112, 48, 22);
final Label label_1 = new Label(shell, SWT.NONE);
label_1.setText("密　码");
label_1.setBounds(106, 176, 48, 25);
button.addSelectionListener(new SelectionAdapter() {
    public void widgetSelected(final SelectionEvent e)
    {
        if(text.getText()!=""|text_1.getText()!="")
//调用 JFace 的对话框显示登录信息
        MessageDialog.openInformation(shell, "登录信息", "欢迎
        "+text.
        getText()+"进入系统！");
            else
//调用 JFace 的对话框显示出错信息
        MessageDialog.openError(shell, "错误", "用户名或密码为空,
        请重新输入！");
    }
});
    }
}
```

第 7 章　数据库查询语言 SQL 基础

学习目标：
1．了解数据库基础知识
2．掌握创建、删除数据库
3．掌握创建、删除数据表

7.1　数据库基础知识

7.1.1　信息处理与数据管理技术的发展

1．信息、数据与数据处理

（1）信息：是现实世界事物的存在方式或运动状态的反映。或者可以认为，信息是一种已经被加工为特定形式的数据。

（2）信息的主要特征是：信息的传递需要物质载体；信息的获取和传递需要消费能量；信息可以感知；信息可以存储、压缩、加工、传递、共享、扩散、再生和增值。

（3）数据：数据是信息的载体和具体表现形式，信息不随着数据形式的变化而变化。数据有文字、数字、图形、声音等表现形式。

（4）数据与信息的关系：一般情况下将数据与信息作为一个概念而不加区分。

2．数据处理与数据管理技术

（1）数据处理：数据处理是对各种形式的数据进行收集、存储、加工和传输等活动的总称。

（2）数据管理：数据收集、分类、组织、编码、存储、检索、传输和维护等环节是数据处理的基本操作，称为数据管理。数据管理是数据处理的核心问题。

（3）数据库技术所研究的问题不是如何科学地进行数据管理。

（4）数据管理技术的 3 个阶段：人工管理，文件管理和数据库系统。

7.1.2　数据库系统概述

1．数据库系统的定义

数据库系统（DBS）是一个采用数据库技术，具有管理数据库功能，由硬件、软件、数据库及各类人员组成的计算机系统。

（1）数据库（DB）。

数据库是以一定的组织方式存放于计算机外存储器中相互关联的数据集合，它是数据库系统的核心和管理对象，其数据是集成的、共享的以及冗余最小的。

（2）数据库管理系统（DBMS）。

数据库管理系统是维护和管理数据库的软件，是数据库与用户之间的界面。并且它作为数据库的核心软件，要求能够提供建立、操作、维护数据库的命令和方法。

（3）应用程序。

对数据库中数据进行各种处理的程序，由用户编写。

（4）计算机软件。

（5）计算机硬件。

包括 CPU、内存、磁盘等。它要求有足够大的内存来存放操作系统、数据库管理系统的核心模块以及数据库缓冲；足够大的磁盘能够直接存取和备份数据；比较主要的通道能力；支持联网，能实现数据共享。

（6）各类人员：系统使用人员、维护人员等。

2．数据库技术的发展

1）数据库的发展：数据库的发展经历了 3 个阶段。

（1）层次型和网状型。

代表产品是 1969 年 IBM 公司研制的层次模型数据库管理系统 IMS。

（2）关系型数据型库。

目前大部分数据库采用的是关系型数据库。1970 年 IBM 公司的研究员 E.F.Codd 提出了关系模型。其代表产品为 sysem R 和 Inges。

（3）第三代数据库将会更加丰富的数据模型和更强大的数据管理功能为特征，以提供传统数据库系统难以支持的新应用。它必须支持面向对象，具有开放性，能够在多个平台上使用。

2）数据库技术的发展趋势。

（1）面向对象的方法和技术对数据库发展的影响。

数据库研究人员借鉴和吸收了面向对象的方法和技术，提出了面向对象数据模型。

（2）数据库技术与多学科技术的有机组合。

（3）面向专门应用领域的数据库技术。

3．数据库系统的特点

（1）数据共享。

- 所有用户可以同时存取数据。
- 数据库不仅可以为当前的用户服务，也可以为将来的用户服务。
- 可以使用多种语言完成与数据库的接口。

（2）面向全组织的数据结构化。

数据不再从属于一个特定应用，而是按照某种模型组织成为一个结构化的整体。它描述数据本身的特性，也描述数据与数据之间的各种联系。

（3）数据独立性。

（4）可控数据冗余度。

（5）统一数据控制功能。

数据安全性控制：指采取一定的安全保密措施确保数据库中的数据不被非法用户存取而造成数据的泄密和破坏。

数据完整性控制：是指数据的正确性、有效性与相容性。

并发控制：多个用户对数据进行存取时，采取必要的措施进行数据保护。

数据恢复：系统能进行应急处理，把数据恢复到正确状态。

7.1.3　数据库描述方法

1．实体模型

实体模型是客观事物在人们头脑中的反映。实体模型主要由以下 3 个部分组成。

- 实体（Entity）：客观事物在信息世界中称为实体。实体可以是具体的，如一个学生，一本书，也可以是抽象的事件，如一些足球比赛。实体用类型（Type）和值（Value）表示。例如学生是一个实体，而具体的学生李明、王力是实体值。
- 实体集（Entity Set）：性质相同的同类实体的集合称为实体集。如一班学生，一批书籍。
- 属性：实体有许多特性，每一特性在信息世界中都称为属性。属性用类型和值表示，例如学号、姓名、年龄是属性的类型，而具体的数值 870101、王小艳、19 是属性值。

实体间存在的关系主要有以下 3 种。

一对一的关系：表现为主表的每一条记录只与相关表中的一条记录相关联。例如，人事部门的人员表与劳资部门的工资表中的人的记录为一对一的关系。

一对多的关系：表现为主表中的每一条记录与相关表中的多条记录相关联。例如，学校的系别表中的系别与学生表中的学生是一对多的关系，一个系中有多个学生，一个学生只能在一个系就读。

多对多的关系：表现为一个表中的多个记录在相关表中同样有多个记录与其匹配。例如，学生表和课程表的关系，是多对多的关系，一个学生可以选修多门课程，一门课程可以供多个学生选修。

2．数据模型

数据模型的定义：具有联系的相关数据按一定的方式组织排列，并构成一定的结构，这种结构即为数据模型。

在数据库中用数据模型来抽象、表示和处理现实世界中的数据和信息。根据数据抽象层次，针对不同的数据对象和应用目的，可以分为 3 类。

概念数据模型：独立于计算机系统的数据模型，用来描述所使用的信息结构。

逻辑数据模型：现实世界的第 2 层抽象，反映数据的逻辑结构。

物理数据模型：反映数据在计算机中的存储结构。

数据模型一般由以下几部分组成。

- 字段（Field）：对应实体的属性，也称数据项。
- 记录（Record）：字段的有序集合称为记录，它用来描述一个实体，是相应于这一实体的数据。
- 表（Table）：同一类记录的集合。
- 关键字（Key）：能唯一标识表中每一个记录的一个或多个字段的最小组合称为关键字。例如学生文件中，学号可以唯一地标识每个学生记录，所以学号是关键字。

数据模型的类型主要包括层次型、网状型、关系型和面向对象型 4 种。层次型和网状型是早期的数据模型，又称为格式化数据系统数模型。

以上 4 种模型决定了 4 种类型的数据库：层次数据库系统，网状数据库系统，关系型数据库系统以及面向对象数据库系统。目前微机上使用的主要是关系型数据库。

（1）层次型：是以记录为结点的有向树；

（2）网状型：树的集合，它的表示能力以及精巧性强于层次型，但独立性下降。

（3）关系型：在关系型中，数据被组织成若干张二维表，每张表称为一个关系。

一张数据表格中的一列称为一个"属性"，相当于记录中的一个数据项（或称为字段），属性的取值范围称为域。表格中的一行称为一个"元组"，相当于记录值。可用一个或若干个属性集合的值标识这些元组，称为"关键字"。每一行对应的属性值叫做一个分量。表格的框架相当于记录型，一个表格数据相当于一个同质文件。所有关系由关系的框架和若干元组构成，或者说关系是一张二维表。

关系型的特点：描述的一致性；可直接表示多对多关系；关系必须是规范化的；关系模型建立在数学概念基础上。

（4）面向对象型：主要采用对象的概念。

下面我们来看看我们身边的数据模型的例子，比如我们经常会使用通讯录和同学或朋友联系，通讯录就是一种经常使用的简单的数据库。通讯录一般包含姓名、地址、电话号码和 E-mail 地址等项目，如图 7-1 所示。

名字	姓氏	地址	城市	邮政编码	国家	工作电话
颖	张	复兴门 245 号	北京	100098	中国	(010) 65559857
伟	王	罗马花园	北京	109801	中国	(010) 6559482
芳	李	芍药园小区 78 号	北京	198033	中国	(010) 65553412
建杰	郑	前门大街 789 号	北京	198052	中国	(010) 65558122
军	赵	学院路 78 号	北京	100090	中国	(010) 65554848
林	孙	阜外大街 110 号	北京	100678	中国	(010) 65557773
士鹏	金	成府路 119 号	北京	100345	中国	(010) 65555598
英玫	刘	建国门 76 号	北京	198105	中国	(010) 65551189
雪眉	张	永安路 678 号	北京	100056	中国	(010) 65554444

图 7-1　通信录例子

它们可以按照一种顺序（如姓氏的拼音字母）来排列，从而可以很容易地找到某个人的信息。而一个城市的电话簿是一个更大的数据库例子，运用数据库系统提供的应用程序，将通讯录、电话簿的数据，以一定的结构录入数据库，并用数据库系统管理这些信息。这是数据库管理系统的功能，计算机数据库管理系统具有强大的管理功能，为用户使用数据库提供了方便，它可以使用数百种方式来重新组织数据和查找信息。例如我们可以将一个通讯录的内容生成一个数据库，此后就可以通过地址、名字或者电话号码等方式来查找了，而不是仅仅依靠姓氏查找了。

7.2   关系数据库

7.2.1   关系模型

关系模型是 3 种数据模型中最重要的模型，是当前使用最广泛的数据模型。我们在后面要介绍的 Microsoft SQL Server 2005 数据库管理系统也是基于关系模型的。关系模型是建立在数学概念基础上的，它的主要特征是使用关系来表示实体以及实体之间的联系。

1．关系模型三要素

（1）数据结构。关系模型中数据的逻辑结构就是一张二维表格。在关系数据库中，关系模式是型（二维表格），关系是值（元组的集合）。关系模式必须指出这个元组集合的结构，即它由哪些属性构成，这些属性采用何种类型、来自哪些域，以及属性与域之间的映像关系。

（2）关系操作。关系模型中常用的关系操作有数据查询和数据更新两大部分，其中数据查询包括选择、投影、连接、除、并、交、差；数据更新包括插入、删除、修改操作。

（3）关系完整性约束。关系模型允许定义 3 类完整性约束：实体完整性、参照完整性和数据类型的域完整性。实体完整性和参照完整性是关系模型必须满足的约束条件，由关系系统自动支持；数据类型的域完整性是数据取值要遵循的约束条件。

2．关系模型基本术语

（1）关系：一个关系模型的逻辑结构是二维表，它由行和列组成。

（2）元组：表中的一行称为一个元组，在数据库中也称为记录。

（3）属性：表中的一列称为一个属性，用来描述事物的特征，属性分为属性名和属性值。在数据库中属性也称为字段。

（4）域：属性的取值范围。

（5）关系模式：关系模式描述关系的信息结构和语义限制，是型的概念；而关系是关系模式中的一个实例，是值的概念。关系模式的描述形式——关系名（属性 1，属性

2，……，属性 n）。

（6）关系数据库：使用关系模型来表示和处理数据的数据库，是一些相关的表和其他的数据库对象的集合。

（7）关键字/码：若关系中的某一个属性或属性组的值能唯一地决定其他所有属性，则这个属性或属性组称为该关系的关键字。

（8）候选键/候选关键字/候选码：如果一个关系中有多个属性或属性组都能用来标识该关系的元组，那么这些属性或属性组都被称为该关系的候选关键字。

（9）主键/主关键字/主码：在一个关系的多个候选关键字中指定其中一个作为该关系的关键字，则称它为主关键字或主键、主码。

（10）外键/外关键字/外码：如果一个关系 R 中的某个属性或属性组 F 虽然并非该关系的关键字，但是它和另外一个关系 S 的关键字 K 相对应，则称 F 为关系 R 的外键，同时要求外键 F 的值要参照关系 S 中主键 K 的值。有时，R 和 S 可能为同一个关系。

7.2.2　关系数据库的规范化

在关系数据库中，每一个表格都必须满足一定的要规范条件。数据模型是数据库应用系统的基础和核心，合理设计数据模型是数据库应用系统设计的关键。使用规范化的优点是：

- 大大改进数据库的整体组织结构。
- 减少数据冗余。
- 增强数据的一致性和正确性。
- 提高数据库设计的灵活性。
- 更好的处理数据库的安全性。
- 数据模型应进行规范化处理，一个数据库可以有 3 种不同的规范化形式，即：
  - ➢ 第一规范化形式 1NF
  - ➢ 第二规范化形式 2NF
  - ➢ 第三规范化形式 3NF

1．第一规范化形式 1NF

第一规范化形式简称第一范式：在一个关系（数据表）中没有重复的数据项，每个属性都是不可分割的最小数据元素。每列的列名（字段名）都是唯一的，一个关系中不允许存在两个相同的属性名。同一列的数据具有相同的数据类型，列的顺序交换后不能改变其关系的实际意义。

字段：就是数据表中的列，一列叫做一个字段，表示关系中实体的一个属性。简单地说第一范式就是指数据表中没有相同的列——也就是字段唯一。关系数据库中所有的数据表都必须满足 1NF。

2．第二规范化形式 2NF

第二规范化形式简称第二范式：在已满足 1NF 的关系中，一行（数据元组、记录）

中所有非关键字数据元素都完全依赖于关键字（记录唯一）。即一个关系中不允许有两个相同的实体，行的顺序交换后不能改变数据表的实际意义。

关键字：也叫关键字段或主键，是所有数据都是唯一不重复的字段或字段的组合。

记录：数据表中的一行叫做一条记录，由表中各列的数据项组成，是一组多个相关数据的集合，也称为数据元组。

如果指定一个关键字，则可以在这个数据表中唯一确定一条记录（行）。比如在《学生信息表》里指定"学号"为关键字，那么每个学号都唯一的表示一个学生的信息，其他属性都完全依赖于"学号"。

简单说第二范式就是数据表中没有相同的行，通过关键字可以使记录唯一。不满足 2NF 的数据表，将导致数据插入或删除的异常，稍有不慎就会使数据不一致。规范化的数据表都必须满足 2NF。

3. 第三规范化形式 3NF

第三规范化形式简称第三范式：在已满足 2NF 的关系中，不存在传递依赖于关键字的数据项。

传递依赖：某些列的数据不是直接依赖于关键字，而是通过某个非关键字间接的依赖于关键字。

简单说第三范式就是表中没有间接依赖关键字的数据项。

实现第三范式的方法就是将不依赖关键字的列删除，单独创建一个数据表存储。

规范化的数据库应尽量满足 3NF，一个满足 3NF 的数据库将有效地减少数据冗余。

> 注意：三个范式不是独立的，3NF 包含 2NF，2NF 又包含 1NF。

4. 规范化数据库的设计原则

- 保证数据库中的所有数据表都能满足 2NF，力求绝大多数数据表满足 3NF。
- 保证数据的完整性。
- 尽可能减少数据冗余。

7.2.3　关系型数据库管理系统（RDBMS）及其产品

主要著名的关系型数据库产品有 Oracle、Sybase、Informix、DB2、Inges、Paradox、Access、SQL Server 等。数据库应用系统开发工具是 PowerBuilder 和 Delphi。

7.3　创建数据库和数据库基本操作

7.3.1　SQL Server 2005 简介

SQL Server 是一个全面的、集成的、端到端的数据解决方案，它为企业中的用户提供了一个安全、可靠和高效的平台，用于企业数据管理和商业智能应用。SQL Server 2005

为 IT 专家和信息工作者带来了强大而熟悉的工具，同时减少了在从移动设备到企业数据系统的多平台上创建、部署、管理及使用企业数据和分析应用程序的复杂度。通过全面的功能集和现有系统的集成性，以及对日常任务的自动化管理能力，SQL Server 2005 为不同规模的企业都提供了一个完整的数据解决方案。SQL Server 2005 的数据平台如图 7-2 所示。

SQL Server 2005 对 SQL Server 的许多地方进行了改写，例如可以通过名为集成服务（Integration Service）的工具来加载数据。不过，SQL Server 2005 最伟大的飞跃是引入了.NET Framework。引入.NET Framework 将允许构建.NET SQL Server 专有对象，从而使 SQL Server 具有灵活的功能，正如包含有 Java 的 Oracle 所拥有的那样。

图 7-2　SQL Server 2005 数据平台

7.3.2　创建数据库

数据库（database）是对象的容器，以操作系统文件的形式存储在磁盘上。它不仅可以存储数据，而且能够使数据存储和检索以安全可靠的方式来进行。一般包含关系图、表、视图、存储过程、用户、角色、规则、默认、用户自定义数据类型和用户自定义函数等对象。

SQL Server 数据库分为：系统数据库、示例数据库和用户数据库。

（1）系统数据库

① Master 数据库：记录 SQL Server 2005 实例的所有系统级信息，定期备份，不能直接修改。

② Tempdb 数据库：用于保存临时对象或中间结果集以供稍后的处理，SQL Server 2005 关闭后该数据库清空。

③ Model 数据库：用作 SQL Server 2005 实例上创建所有数据库的模板。对 model 数据库进行的修改（如数据库大小、排序规则、恢复模式和其他数据库选项）将应用于以后创建的所有数据。

④ Msdb 数据库：用于 SQL Server 2005 代理计划警报和作业，是 SQL Server 中的一个 Windows 服务。

⑤ Resource 数据库：一个只读数据库，包含 SQL Server 2005 包括的系统对象。系统对象在物理上保留在 Resource 数据库中，但在逻辑上显示在每个数据库的 sys 架构中。

（2）示例数据库

AdventureWorks/AdventureWorks DW 是 SQL Server 2005 中的示例数据库（如果在安装过程中选择安装了的话）。此数据库基于一个生产公司，它以简单、易于理解的方式来展示 SQL Server 2005 的新功能。

（3）用户数据库

是用户根据数据库设计创建的数据库。如教务管理数据库（EDUC），图书管理数据库（Library）。

数据库的内模式（物理存储结构）。数据库在磁盘上是以文件为单位存储的，由数据文件和事务日志文件组成。

（1）主数据文件（.mdf）

主数据文件包含数据库的启动信息，并指向数据库中的其他文件。它主要用于存储用户数据和对象。每个数据库有且仅有一个主数据文件。

（2）次数据文件（.ndf）

也称辅助数据文件，存储主数据文件未存储的其他数据和对象。可用于将数据分散到多个磁盘上。如果数据库超过了单个 Windows 文件的最大大小，可以使用次数据文件。这样数据库就能继续增长。这种文件可以没有也可以有多个。文件名称尽量与主数据文件名相同。

（3）事务日志文件（.ldf）

用来保存用于恢复数据库的日志信息。这种文件每个数据库至少有一个日志文件，也可以有多个。Server 2005 创建数据库的方法主要有两种：

- 使用 SSMS 图形界面。
- 使用 T-SQL 语言。

1. 使用 SSMS 创建数据库

（1）在"对象资源管理器"对话框中，右击"数据库"文件夹，从弹出的快捷菜单中选择"新建数据库"命令，如图 7-3 所示。

（2）在窗口中根据提示输入该数据库的相关内容，如数据库名称、所有者、文件初始大小、自动增长值和保存路径等。

下面以创建教务管理数据库为例详细地说明各项的应用。

例如，创建教务管理数据库，数据库名称 EDUC。主数据文件保存路径 E:\教务管理数据文件，日志文件保存路径 F:\教务管理日志文件。主数据文件初始大小为 3MB，最大尺寸为 10MB，增长速度为 10%；日志文件的初始大小为 1MB，最大尺寸为 2MB，增长速度为 10%。

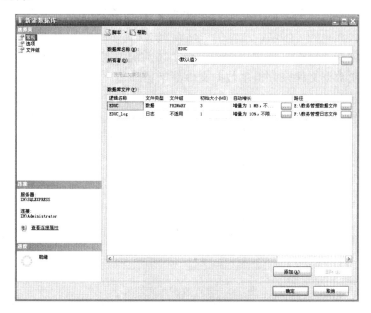

图 7-3　新建数据库

> 注意：数据文件应该尽量不保存在系统盘上并与日志文件保存在不同的磁盘区域。

- 数据库名称：可以使用字母、数字、下划线或短线。例如，EDUC
- 所有者：数据库的所有者可以是任何具有创建数据库权限的登录名。例如：选择其为<默认值>账户，该账户是指当前登录到 SQL Server 上的账户。
- 忽略"使用全文索引"复选框：如果想让数据库具有能搜索特定的词或短语的列，则选中此选项。例如，搜索引擎可能有一个列，列中包含来自网页的一组短语，可以用全文搜索来找到哪些页面包含正在搜索的词。
- 文件名（窗口右侧没显示出的部分）：用于存储数据库中数据的物理文件的名称，默认情况下，SQL Server 用数据库名称加上_Data 后缀来创建物理文件名。例如，EDUC_Data。数据库文件逻辑名称是指引用文件时使用。
- 文件类型：显示文件是数据文件，还是日志文件，数据文件用来存放数据，而日志文件用来存放对数据所做操作的记录。
- 文件组：为数据库中的文件指定文件组，主文件组（PRIMARY）或任一辅助文件组（SECONDARY）。所有数据库都必须有一个主文件组。
- 初始大小：数据库的初始大小至少是 MODEL 数据库的大小。例如，3MB。

- 自动增长：显示 SQL Server 是否能在数据库到达其初始大小极限时自动应对。单击右边带有省略号（……）的命令按钮，如图 7-4 所示。设置是否启动自动和文件增长方式以及最大文件大小。默认是"不限制文件增长"，其好处是可以不必过分担心数据库的维护，但如果一段"危险"的代码引起了数据的无限循环，硬盘可能会被填满。因此，当一个数据库系统要应用到生产环境中时，应设置"限制文件增长（MB）"选项以防止出现上述的情形发生。

可以创建次数据文件来分担主数据文件的增长。

如图 7-4 所示，文件按 10%的比例增长，限制最大文件大小为 10MB。

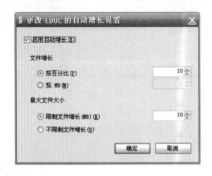

图 7-4　设置数据库文件大小

- 路径：数据库文件存放的物理位置，默认的路径是 C:\Program Files\Microsoft SQL Server\MSSQL.1\MSSQL\Data。单击右边带有省略号（……）的命令按钮，打开一个资源管理器风格的对话框，可以在该对话框之中更改数据库文件的位置。如图 7-5 所示。

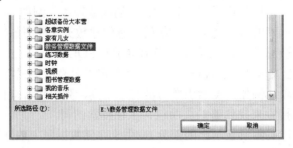

图 7-5　更改数据库文件位置

- 文件类型选项为"日志"的行与为"数据"的行所包含的信息差不多，只有一到两处很小的不同。这里，"文件名"是通过在数据库名称后面加_log 后缀而得到的，并且，不能修改"文件组"列，因为事务日志中实际上没有系统表，所以它只可能填满操作记录。可以定义多个日志文件位置。若填满了事务日志，则会因为日志满而导致 SQL Server 停止处理，因此，将不能处理更多的信息。指定多个日志位置则可以避免这种情况。在大型生产系统中采用故障转移日志文件是可取的。

（3）在选项页框中，如图 7-6 所示，可设置数据库的排序规则、恢复模式、兼容级别以及其他一些选项的设置。

图 7-6　数据库选项设置

（4）在文件组页框中，如图 7-7 所示，可设置或添加数据库文件和文件组的属性，如是否只读和是否为默认值等。

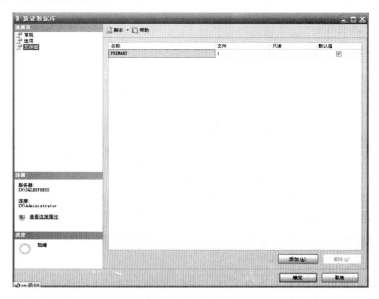

图 7-7　数据库文件属性设置

（5）单击"确定"按钮，系统开始创建数据库。在创建成功后，当回到 SSMS 中的对象资源管理器时，刷新其中的内容，在"对象资源管理器"对话框中的"数据库"节点中就会显示新创建的数据库 EDUC，如图 7-8 所示。

图 7-8　新建数据库

2．使用 T-SQL 语句创建数据库
语法格式：

```
CREATE DATABASE database_name
    [ON [PRIMARY]  [<filespec> [, ...n]  [, <filegroupspec> [, ...n]]  ]
        [LOG ON {<filespec> [, ...n]}]
          [FOR RESTORE]
    <filespec>::=（[NAME=logical_file_name, ]
    FILENAME='os_file_name'
    [, SIZE=size]
    [, MAXSIZE={max_size|UNLIMITED}]
    [, FILEGROWTH=growth_increment] )   [, ...n]
    <filegroupspec>::=FILEGROUP filegroup_name <filespec> [, ...n]
```

各参数说明如下。

database_name：数据库的名称，最长为 128 个字符。

PRIMARY：该选项是一个关键字，指定了主文件组中的文件。

LOG ON：指明事务日志文件的明确定义。

NAME：指定数据库的逻辑名称，这是在 SQL Server 系统中使用的名称，是数据库在 SQL Server 中的标识符。

FILENAME：指定数据库所在文件的操作系统文件名称和路径，该操作系统文件名和 NAME 的逻辑名称是一一对应的。

SIZE：指定数据库的初始容量大小，至少为模板 Model 数据库大小。

MAXSIZE：指定操作系统文件可以增长到的最大尺寸。如果没有指定，则文件可以不断增长直到充满磁盘。

FILEGROWTH：指定文件每次增加容量的大小；当指定数据为 0 时，表示文件不增长。

例 1：创建了一个 Test 数据库，该数据库的主数据文件逻辑名称为 Test_data，物理文件名为 Test.mdf，初始大小为 10MB，最大尺寸为无限大，增长速度为 10%；数据库的日志文件逻辑名称为 Test_log，物理文件名为 Test.ldf，初始大小为 1MB，最大尺寸为 5MB，增长速度为 1MB。

```
CREATE DATABASE test
 ON  PRIMARY            --建立主数据文件
( NAME = 'test',        --逻辑文件名
  FILENAME='E:\练习数据\test.mdf', --物理文件路径和名字
  SIZE=10240KB,         --初始大小
  MAXSIZE = UNLIMITED,  --最大尺寸为无限大
  FILEGROWTH = 10%)     --增长速度为10%
 LOG ON
( NAME='test_log',      --建立日志文件
  FILENAME='F:\练习日志\test_log.ldf', --物理文件路径和名字
  SIZE=1024KB,
  MAXSIZE = 5120KB,
  FILEGROWTH = 1024KB
 )
```

例 2：创建图书管理数据库 Library。

```
CREATE DATABASE Library
  On
  (NAME= Library,
  FILENAKME='E:\图书管理数据\ Library _data.mdf',
   SIZE=3,
   MAXSIZE=10,
   FILEGROWTH=10%
   )
  LOG ON
  (NAME=Library_log,
  FILENAME='F:\图书管理日志\ Library _log.ldf',
   SIZE=1,
   MAXSIZE=2,
   FILEGROWTH=10%
   )
```

7.3.3 数据库查看和修改

1．使用 SSME 查看或修改数据库

右击所要修改的数据库，从弹出的快捷菜单中选择"属性"命令，会出现如图 7-9 所示的"数据库属性"对话框。可以看到，修改或查看数据库属性时，属性页框比创建数据库时多了两个，即选项和权限页框。

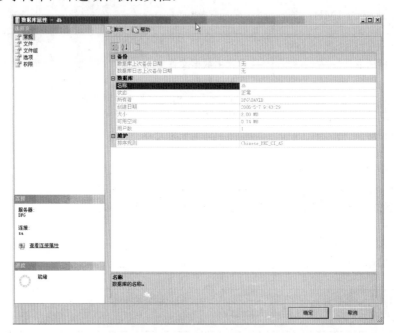

图 7-9 数据库属性

可以分别在常规、文件、文件组、选项和权限对话框里根据要求来查看或修改数据库的相应设置。

2．使用 T-SQL 语句修改数据库

语法格式：

```
Alter database databasename
{add file<filespec>[, ...n] [to filegroup filegroupname]
|add log file <filespec>[, ...n]
|remove file logical_file_name [with delete]
|modify file <filespec>
|modify name=new_databasename
|add filegroup filegroup_name
|remove filegroup filegroup_name
```

```
|modify filegroup filegroup_name
{filegroup_property|name=new_filegroup_name
```

例 3：将两个数据文件和一个事务日志文件添加到 test 数据库中。

```
ALTER DATABASE Test
ADD FILE                    --添加两个次数据文件
(NAME=Test1,
FILENAME='E:\练习数据\test1.ndf', SIZE = 5MB,
MAXSIZE = 100MB,
FILEGROWTH = 5MB),
(NAME=Test2,
FILENAME='E:\练习数据\test2.ndf', SIZE = 3MB,
MAXSIZE = 10MB,
FILEGROWTH = 1MB)
GO
ALTER DATABASE Test
 ADD LOG FILE (NAME=testlog1,  --添加一个次日志文件
FILENAME='F:\练习日志\testlog1.ldf',  SIZE = 5MB,
MAXSIZE = 100MB,
FILEGROWTH = 5MB)
GO
```

7.3.4 数据库删除

1．使用 Management Studio 删除数据库

（1）在"对象资源管理器"对话框中，在目标数据库上单击鼠标右键，会弹出快捷菜单，选择"删除"命令。

（2）出现"删除对象"对话框，确认是否为目标数据库，并可以通过选择复选框决定是否要删除备份以及关闭已存在的数据库连接，如图 7-10 所示。

（3）单击"确定"按钮，完成数据库删除操作。

2．使用 T-SQL 语句删除数据库

DROP 语句可以从 SQL Server 中一次删除一个或多个数据库。

语法格式：

```
DROP DATABASE database_name[, ...n]
```

例 4：删除创建的数据库 Test。

```
DROP DATABASE Test
```

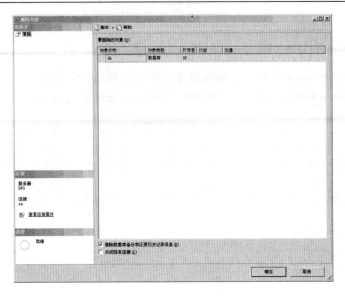

图 7-10　删除数据库

7.4　数据表操作

7.4.1　表的基本概念

在为一个数据库设计表之前，应该完成需求分析，以确定概念模型，将概念模型转换为关系模型。关系模型中的每一个关系对应数据库中的一个表。

表是数据库对象，用于存储实体集和实体间联系的数据。SQL Server 2005 表主要由列和行构成。

列：每一列用来保存对象的某一类属性。

行：每一行用来保存一条记录，是数据对象的一个实例。

如图 7-11 所示，教务管理数据库 EDUC 中的学生 Student 表。

SID	Sname	Sex	Birthday	Specialty
2005216001	赵成刚	男	1986-5-5 0:00:00	计算机应用技术
2005216002	李敏	女	1986-1-6 0:00:00	软件技术
2005216003	郭洪亮	男	1986-4-12 0:00:00	电子商务
2005216004	吕珊珊	女	1987-10-11 0:00:00	计算机网络
2005216005	高全英	女	1987-7-5 0:00:00	电子商务
2005216006	郝莎	女	1985-8-3 0:00:00	电子商务
2005216007	张峰	男	1986-9-3 0:00:00	软件技术
2005216111	吴秋娟	女	1986-8-5 0:00:00	电子商务

图 7-11　数据库 Student 表

7.4.2　表的数据类型

表 7-1　表的数据类型

数 据 类 型		系统数据类型	应 用 说 明
二进制		image	图像、视频、音乐
		Binary[(n)]	标记或标记组合数据
		varbinary[(n)]	同上（变长）
精确数字	精确整数	bigint	长整数$-2^{63}\sim 2^{63}-1$
		int	整数$-2^{31}\sim 2^{31}-1$
		smallint	短整数$-2^{15}\sim 2^{15}-1$
		tinyint	更小的整数 0～255
	精确小数	Decimal[(p[，s])]	小数，p: 最大数字位数 s: 最大小数位数
		numeric[(p[，s])]	同上
	近似数字	float[(n)]	$-1.79E+308\sim 1.79E+308$
		real	$-3.40E+38\sim 3.40E+38$
字符		char[(n)]	定长字符型
		varchar[(n)]	变长字符型
		text	变长文本型，存储字符长度大于 8000 的变长字符
Unicode		nchar[(n)]	unicode 字符（双倍空间）
		nvarchar[(n)]	unicode 字符（双倍空间）
		ntext	unicode 字符（双倍空间）
日期和时间		Datetime	1753-1-1～9999-12-31（12:00:00）
		smalldatetime	1900-1-1～2079-6-6
货币		Money	$-2^{63}\sim 2^{63}-1$（保留小数点后四位）
		smallmoney	$-2^{31}\sim 2^{31}-1$（保留小数点后四位）
特殊		bit	0/1，判定真或假
		Timestamp	自动生成的唯一的二进制数，修改该行时随之修改，反应修改记录的时间
		uniqueidentifier	全局唯一标识（GUID），十六进制数字，由网卡/处理器 ID 以及时间信息产生，用法同上
用户自定义		用户自行命名	用户可创建自定义的数据类型

7.4.3　数据表的完整性

- 主键约束体现实体完整性，即主键各列不能为空且主键要作为行的唯一标识。
- 外键约束体现参照完整性。
- 默认值和规则等体现用户定义的完整性。

7.4.4　数据表的创建

1. 使用 SSMS 创建表

在"对象资源管理器"对话框中，展开"数据库"节点，再展开所选择的具体数据库节点，右击"表"节点，在弹出的快捷菜单中选择"新建表"命令，进入表设计器即可进行表的定义。

例如，在教务管理中的选课数据库（EDUC）中创建学生表 Student，课程表 Course，选课表 SC。

教务管理中的选课数据模型为：

```
Student(SID, Sname, Sex, Birthday, Specialty)
PK:SID
Course(CID, Cname, Credit)
PK:CID
SC(SID, CID, Grade)
PK:SID, CID
FK:SID 和 CID
```

（1）在"对象资源管理器"对话框中，展开"数据库"下的 EDUC 节点，右击"表"节点，选择"新建表"命令，进入表的设计器。在表设计器的第一列中输入列名，第二列选择数据类型，第三列选择是否为空。

例如：

表 Student：

列名	数据类型	允许空
SID	char(10)	☐
Sname	char(8)	☐
Sex	char(2)	☑
Birthday	datetime	☑
Specialty	varchar(26)	☑

表 - dbo.Student* 摘要

表 Course：

列名	数据类型	允许空
CID	char(8)	☐
Cname	nchar(30)	☑
Credit	decimal(3, 1)	☑

表 - dbo.Course* 摘要

表 SC：

列名	数据类型	允许空
SID	char(10)	☐
CID	char(8)	☐
Grade	numeric(5, 1)	☑

（2）创建主键约束。

例如，Student 中的 SID，Course 中的 CID，SC 中的 SID，CID

单击选择一列名，SHIFT+单击选择连续的列名，CTRL+单击选择不相邻的列名，右键快捷菜单或工具栏按钮选择——"设置主键"；

表 - dbo.Course* 摘要

列名	数据类型	允许空
🔑 CID	char(8)	☐
🔑 Cname	nchar(30)	☐
Credit	decimal(3, 1)	☑

Student，Course 表主键约束采用同样的方法设置；

（3）创建唯一性约束。

例如，Student 表中的 Sname

右键快捷菜单或工具栏按钮——"索引/键"，在弹出的"索引/键"对话框中，单击"添加"按钮添加新的主/唯一键或索引。在常规的"类型"右边选择"唯一键"，在"列"的右边单击省略号按钮，选择列名 Sname 和排序规律如图 7-12 所示；

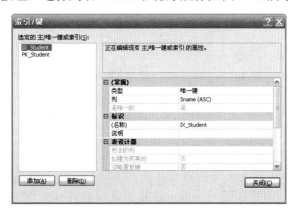

图 7-12　创建唯一性约束

（4）创建外键约束。

例如，SC 表中的 SID 和 CID 设置为外码。

右键快捷菜单或工具栏按钮——"关系"，在弹出的"外键关系"对话框中，单击"添加"按钮添加新的约束关系，如图 7-13、图 7-14 所示。

图 7-13　创建外键约束　　　　　　　　　图 7-14　创建外键约束

单击"表和列规范"左边的"+"号，再单击"表和列规范"内容框中右边的省略号按钮，从弹出的"表和列"对话框中进行外键约束的表和列的选择，单击"确定"按钮。

返回到"外键关系"对话框，将"强制外键约束"选项选择为"是"，设置"更新规则"和"删除规则"的值，如图 7-15 所示。

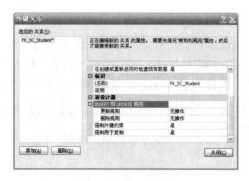

图 7-15　设置规则

采用同样的方法添加外键 CID。

（1）创建检查约束。

例如，Student 表中的 Sex 等于男或女。

右键快捷菜单或工具栏按钮——"CHECK 约束"，在打开的"CHECK 约束"对话框中单击"添加"按钮，在表达式文本框中输入检查表达式，在表设计器中进行选项的设置；

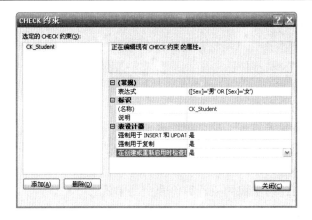

图 7-16　创建检查约束

（2）保存表的定义。

单击关闭表设计器窗口，弹出图 7-17 所示的对话框，单击"是"按钮，

图 7-17　保存表的定义

单击"是"按钮，弹出"选择名称"对话框，如图 7-18 所示。

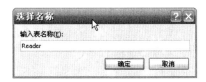

图 7-18　选择名称

输入表名，单击"确定"按钮。

2．使用 T-SQL 语句创建表

格式：CREATE TABLE 表名

列名 1　数据类型 列级完整性约束，

列名 2　数据类型　列级完整性约束，

　　　　……

　　　　列名 n　类型　约束，

表级完整性约束，……

约束：实现表的完整性

- DEFAULT 常量表达式：默认值约束。
- NULL/NOT NULL：空值/非空值约束。
- UNIQUE：单值约束。
- PRIMARY KEY：主键约束，等价非空、单值。
- REFERENCES 父表名（主键）：外键约束。
- CHECK（逻辑表达式）：检查约束。

创建表的语法格式有很多选项，非常复杂，可以通过例子和联机来帮助逐步地了解。

例如，在图书管理系统中的数据库（Library）中，创建读者表（Reader），读者类型表（ReaderType）、图书表（Book）和借阅表（Borrow）。

图书管理系统的数据模型：

```
ReaderType(TypeID, Typename, LimitNum, LimitDays)
PK: TypeID
Reader (RID, Rname, TypeID, Lendnum)
PK: RID    FK: TypeID
Book (BID, Bname, Author, PubComp, PubDate, Price)
PK: BID
Borrow (RID, BID, LendDate, ReturnDate)
PK: RID, BID, LendDate    FK: RID 和 BID
```

（1）创建读者类型表 ReaderType

```
CREATE TABLE ReaderType
(
TypeID int NOT NULL primary key, --类型编号, 主键
Typename char(8) NULL, --类型名称
LimitNum int NULL, --限借数量
LimitDays int NULL --借阅期限
)
```

（2）创建读者表 Reader

```
USE Library
GO
```

```
CREATE TABLE Reader
(
RID char(10) NOT NULL PRIMARY KEY, --读者编号，主键
Rname char(8) NULL, --读者姓名
TypeID int NULL, --读者类型
Lendnum int NULL , --已借数量
FOREIGN KEY(TypeID) REFERENCES ReaderType(TypeID)
ON DELETE NO ACTION,  --外键，不级联删除
)
```

（3）创建图书表 Book

```
USE Library
GO
CREATE TABLE Book
(
BID char(9) PRIMARY KEY, --图书编号，主键
Bname varchar(42) NULL, --图书书名
Author varchar(20) NULL, --作者
PubComp varchar(28) NULL, --出版社
PubDate datetime NULL, --出版日期
Price decimal(7，2) NULL CHECK (Price>0)--定价，检查约束
)
```

（4）创建图书借阅表 Borrow（RID，BID，LendDate，ReturnDate）

```
USE Library
GO
CREATE TABLE Borrow
(
RID char(10) NOT NULL --读者编号外键
FOREIGN KEY REFERENCES Reader(RID) ON DELETE CASCADE,
/*删除主表记录时不级联删除子表相应记录*/
BID char(15) NOT NULL --图书编号外键
FOREIGN KEY REFERENCES Book(BID) ON DELETE NO ACTION,
/*删除主表记录时级联删除子表相应记录*/
LendDate datetime NOT NULL DEFAULT(getdate()),
/*借期，默认值为当前日期*/
ReturnDate datetime NULL, --还期
primary key(RID, BID, LendDate) --表级约束，主键
)
```

7.4.5 数据表的修改

1．使用 SSMS 修改表

在"对象资源管理器"对话框中，展开"数据库"节点，再展开所选择的具体数据库节点，展开"表"节点，右键要修改的表，再选择"修改"命令，进入表设计器即可以开始进行表的定义的修改。

2．使用 T-SQL 语句修改表

格式：ALTER TABLE 表名

（ALTER COLUMN 列名 列定义，

ADD 列名 1 类型 约束，

DROP 列名

…

）

*列定义包括列的数据类型和完整性约束

（1）修改属性

例如，把表 Book 中 PubComp 的类型 varchar（28）改为 varchar（30）。

```
USE Library
GO
ALTER TABLE Book
    ALTER COLUMN PubComp varchar(30) NOT NULL
GO
```

（2）添加或删除列

例 1：为表 Book 添加 ISBN 列。

国际标准书号由 ISBN 冠头，后接以下四段 10 位数字，每两部分之间以水平线或斜线隔开。如，ISBN 7-115-08612-5

```
USE Library
GO
ALTER TABLE Book
    ADD ISBN varchar(13) NULL
GO
```

例 2：为表 Reader 添加邮件地址。

```
USE Library
GO
ALTER TABLE Reader
```

```
        ADD E-mail varchar(50) NULL CHECK(E-mail like '%@%')
GO
```

例 3：为表 Reader 删除邮件地址。

```
USE Library
GO
ALTER TABLE Reader
    DROP COLUMN E-mail
GO
```

说明：必须先删除其上的约束。

（3）添加或删除约束

例 1：为表 Borrow 添加主键约束（假设还没有创建）。

```
USE Library
GO
ALTER TABLE Borrow
    ADD PRIMARY KEY(RID, BID, LendDate)
GO
```

例 2：为表 Borrow 删除主键约束。

```
USE Library
GO
ALTER TABLE Borrow
    DROP  PRIMARY KEY (RID, BID, LendDate)
GO
```

7.4.6　数据表的删除

1．使用 SSMS 删除表

在"对象资源管理器"对话框中，展开"数据库"节点，再展开所选择的具体数据库节点，展开"表"节点，右击要删除的表，选择"删除"命令或按下"DELETE"键。

2．使用 T-SQL 语句删除表

DROP TABLE　表名

例如，先随便在数据库 Library 中建一个表 Test，然后删除。

```
USE Library
GO
DROP TABLE Test
```

第8章 SQL 基本语句介绍

学习目标：

1. 掌握使用 SQL 语句编写完成某一功能的查询操作的方法
2. 掌握使用 SQL 语句对数据表中的数据进行操作的方法

8.1 SELECT 简单查询语句

SELECT 语句的语法格式

SELECT [ALL|DISTINCT] 列表达式

[INTO 新表名]

FROM 表名列表

[WHERE 逻辑表达式]

[GROUP BY 列名]

[HAVING 逻辑表达式]

[ORDER BY 列名[ASC|DESC]]

SELECT 语句的执行方式

单击工具栏上的"新建查询"按钮，在右边窗口输入查询语句。单击工具栏或"查询"菜单中的"执行"，可在右下方的窗口中看到查询的结果。下面以两个数据库为例详细讲解 SELECT 语句各选项的应用方法。

教务管理选课系统数据库 EDUC。

```
Student(SID, Sname, Sex, Birthday, Specialty)
PK:SID
Course(CID, Cname, Credit）
PK:CID
SC(SID, CID, Grade)
PK:SID, CID
FK:SID 和 CID
```

图书管理系统数据库 Library。

```
表 Reader(RID, Rname, TypeID, Lendnum)
PK: RID  FK: TypeID
表 Book (BID, Bname, Author, PubComp, PubDate, Price)
```

```
PK: BID
表 Borrow (RID, BID, LendDate, ReturnDate)
PK: RID, BID, LendDate FK: RID 和 BID
表 ReaderType(TypeID, Typename, LimitNum, LimitDays)
```

SELECT 子句投影查询。

语法：SELECT [ALL|DISTINCT] [TOP integer|TOP integer PERCENT] [WITH TIES] 列名表达式 1，列名表达式 2，……列名表达式 n

其中：表达式中含列名、常量、运算符、列函数

（1）投影部分列

从教务管理数据库 EDUC 的学生表 Student 中查询出男生的编号、姓名和性别三列的记录：

```
USE EDUC
GO
SELECT SID，Sname, Sex
FROM Student
WHERE Sex='男'
```

查询结果，如图 8-1 所示。

图 8-1　查询结果

（2）TOP 关键字限制返回行数

格式：TOP n

从图书管理数据库 Library 的图书表 Book 中查询出前 5 条纪录：

```
USE Library
```

```
GO
SELECT TOP 5 BID, Bname, Author
FROM Book
GO
```

查询结果，如图 8-2 所示。

	BID	Bname	Author
1	F1193-04	ERP系统的集成应用	金蝶软件
2	F270-11	ERP从内部集成开始	陈启申
3	TP118-12	算法与数据结构	张乃孝
4	TP311-06	数据库系统概论	萨师煊
5	TP5790-03	SQL Server 2005基础教程	董明

图 8-2　查询结果

（3）是否去重复元组

All：检出全部信息（默认）

Distinct：去掉重复信息

从教务管理数据库 EDUC 的学生表 Student 中查询出专业 Specialty 的名称：

```
USE EDUC
GO
SELECT DISTINCT Specialty
FROM Student
```

查询结果，如图 8-3 所示。

	Specialty
1	电子商务
2	计算机网络
3	计算机信息管理
4	计算机应用技术
5	软件技术

图 8-3　查询结果

（4）投影所有列

通配符*：所有字段。

从图书管理数据库 Library 的读者类型表 ReaderType 中查询所有纪录：

```
USE Library
SELECT * FROM ReaderType
```

查询结果，如图 8-4 所示。

	TypeID	Typename	LimitNum	LimitDays
1	1	教师	20	90
2	2	职员	10	60
3	3	学生	7	30

图 8-4　查询结果

（5）自定义列名

格式：'指定的列标题'=列名

/列名 AS 指定的列标题。

在上例中用中文显示列名：

```
USE Library
SELECT  TypeID AS 类型编号,Typename AS 类型名称,LimitNum AS 限借数量,LimitDays
AS  限借天数
FROM ReaderType
```

查询结果，如图 8-5 所示。

	类型编号	类型名称	限借数量	限借天数
1	1	教师	20	90
2	2	职员	10	60
3	3	学生	7	30

图 8-5　查询结果

（6）字段函数（列函数）

- 格式：函数名（列名）
- 求和：SUM
- 平均：AVG
- 最大：MAX
- 最小：MIN
- 统计：COUNT

从图书管理数据库 Library 中图书表 Book 中查询出图书的最高价和最低价：

```
USE Library
```

```
GO
SELECT MAX(Price) AS 最高价, MIN(Price) AS 最低价
FROM Book
GO
```

查询结果，如图 8-6 所示。

	最高价	最低价
1	49.00	11.50

图 8-6　查询结果

若要查询出图书中最低价书的编号和书名则需要采用子查询：

```
USE Library
GO
SELECT BID AS 图书编号, Bname AS 书名
FROM Book
WHERE Price=(SELECT MIN(Price) FROM book)
GO
```

查询结果：（以文本格式输出）

```
图书编号     书名
--------- ------------------
TP97-05   单片计算机原理与应用
```

8.1.1　INTO 保存查询

格式：INTO 临时表名

功能：根据查询建立临时基本表。

从选课表中将学生学号、课程号、成绩字段的内容另存在临时表 student_course 中：

```
SELECT SID, CID, GRADE
INTO student_course
FROM SC
```

8.1.2　FROM 子句连接查询

格式：FROM 基本表名/视图，基本表名/视图，…

功能：提供基本表或视图的连接查询

（1）指定基本表或视图

从教务管理数据库 EDUC 中查询出学生选课的成绩信息：

```
USE EDUC
GO
SELECT Sname, Cname, Grade
FROM Student, SC, Course
Where Student.SID=SC.SID AND SC.CID=Course.CID
```

查询结果，如图 8-7 所示。

	Sname	Cname	Grade
1	赵成刚	C语言程序设计	96.0
2	赵成刚	图像处理	80.0
3	李敏	C语言程序设计	67.0
4	李敏	网页设计	78.0
5	郭洪亮	数据结构	87.0
6	郭洪亮	数据库原理与应用	85.0
7	吴秋娟	数据库原理与应用	89.0
8	吴秋娟	专业英语	90.0
9	姜丽丽	C语言程序设计	58.0

图 8-7 查询结果

（2）为基本表指定临时别名

格式：基本表名 别名

功能：简化表名，实现自连接。

从教务管理数据库 EDUC 中查询出选了两门课程的学生的学号：

```
USE EDUC
GO
SELECT X. SID DISTINCT
FROM SC X, SC Y
WHERE X.SID=Y.SID and X.CID=Y.CID
```

查询结果，如图 8-8 所示。

	SID
1	2005216001
2	2005216001
3	2005216002
4	2005216003
5	2005216003
6	2005216003
7	2005216111
8	2005216111
9	2006216578

图 8-8 查询结果

8.1.3 WHERE 子句选择查询

格式：WHERE 逻辑表达式

功能：实现有条件的查询运算。

（1）比较运算符

=，<>，>，<，>=，<=

从学生表中查询出女生的信息：

```
USE EDUC
GO
SELECT * FROM Student WHERE Sex='女'
```

查询结果，如图 8-9 所示。

	SID	Sname	Sex	Birthday	Specialty
1	2005216002	李敬	女	1986-01-06 ...	软件技术
2	2005216004	吕珊珊	女	1987-10-11 ...	计算机网络
3	2005216005	高全英	女	1987-07-05 ...	电子商务
4	2005216006	郝莎	女	1985-08-03 ...	电子商务
5	2005216111	吴秋娟	女	1986-08-05 ...	电子商务
6	2005216115	张欣欣	女	1986-04-12 ...	软件技术

图 8-9 查询结果

（2）逻辑运算符

not，and，or

从学生表中查询出年龄超过 22 岁的女生的信息：

```
USE EDUC
GO
SELECT * FROM Student
WHERE year(getdate())-year(Birthday)+1>22 and Sex ='女'
```

查询结果，如图 8-10 所示。

	SID	Sname	Sex	Birthday	Specialty
1	2005216006	郝莎	女	1985-08-03 ...	电子商务

图 8-10 查询结果

从学生表中查询出 22 岁以下男生的信息，如图 8-11 所示。

```
USE EDUC
GO
SELECT * FROM Student
WHERE not(year(getdate())-year(Birthday)+1>22) and not(Sex ='女')
```

	SID	Sna...	Sex	Birthday	Specialty
1	2005216001	赵成刚	男	1986-05-05 ...	计算机应用技术
2	2005216003	郭洪亮	男	1986-04-12 ...	电子商务
3	2005216007	张峰	男	1986-09-03 ...	软件技术
4	2005216112	穆金华	男	1986-10-06 ...	计算机信息管理
5	2005216120	李岩	男	1986-09-03 ...	软件技术
6	2005216128	孙政先	男	1986-05-16 ...	计算机网络
7	2005216131	吕文昆	男	1986-09-03 ...	软件技术

图 8-11 查询结果

（3）范围运算符

格式：列名 [not] between 开始值 and 结束值

说明：列名是否在开始值和结束值之间

等效：列名>=开始值 and 列名<=结束值

列名<开始值 or 列名>结束值（选 not）

从图书表中查询出定价在 10 元到 15 元之间的图书信息：

```
USE Library
GO
SELECT BID AS 图书编号,Bname AS 书名,Price AS 定价
FROM Book
WHERE Price between 10 and 15
GO
```

查询结果，如图 8-12 所示。

	图书编号	书名	定价
1	TP97-05	单片计算机原理与应用	11.50

图 8-12 查询结果

（4）模式匹配运算符

语法：[NOT] LIKE 通配符

说明：通配符_：一个任意字符；通配符%：任意多个任意字符

查询出姓"王"的所有学生的信息：

```
USE EDUC
GO
SELECT * FROM Student
WHERE Sname LIKE '王%'
```

查询结果，如图 8-13 所示。

	SID	Sname	Sex	Birthday	Specialty
1	2005216129	王婷	女	1987-04-13...	计算机网络

图 8-13　查询结果

（5）列表运算符

语法：表达式[NOT]IN（列表|子查询）

说明：表达式的值（不在）在列表所列出的值中。

查询学号为 2005216007 和 2006216578 的学生的信息：

```
USE EDUC
GO
SELECT * FROM Student
WHERE SID in('2005216007', '2006216578')
```

查询结果，如图 8-14 所示。

	SID	Sna...	Sex	Birthday	Specialty
1	2005216007	张峰	男	1986-09-03 ...	软件技术
2	2006216578	姜丽丽	女	1986-10-18 ...	软件技术

图 8-14　查询结果

（6）空值判断符

IS [NOT] NULL

从借阅表中查询出没有还书的读者信息，如图 8-15 所示。

```
USE Library
GO
SELECT Borrow.RID, Rname, BID
FROM Borrow, Reader
WHERE Borrow.RID= Reader .RID and ReturnDate IS NULL
GO
```

	RID	Rname	BID
1	2000186011	赵良宇	TP311-06
2	2004216010	任灿灿	F270-11
3	2005216118	杨树华	TP97-05
4	2005216119	程鹏	F1193-04
5	2005216119	程鹏	TP8283-02

图 8-15　查询结果

8.1.4　GROUP BY 子句分组统计查询

格式：GROUP BY 列名

功能：与列名或列函数配合实现分组统计。

说明：投影列名必须出现相应的 GROUP BY 列名。

从选课表中查询每位学生的总成绩，要求查询结果显示学生学号（SID）、姓名和总成绩：

```
USE EDUC
GO
SELECT SC.SID, Student.Sname, '总成绩'=SUM(GRADE)
FROM SC, Student
WHERE SC.SID=Student.SID
GROUP BY SC.SID, Student.Sname
```

查询结果，如图 8-16 所示。

	SID	Sname	总成绩
1	2005216001	赵成刚	176.0
2	2005216002	李敬	67.0
3	2005216003	郭洪亮	250.0
4	2005216111	吴秋娟	179.0
5	2006216578	姜丽丽	58.0

图 8-16　查询结果

从学生表中查询各专业的学生总数，要求查询结果显示专业名称和人数两个字段：

```
USE EDUC
GO
SELECT Specialty, '人数'=COUNT(*)
FROM Student
GROUP BY Specialty
```

查询结果，如图 8-17 所示。

	Specialty	人数
1	电子商务	4
2	计算机网络	4
3	计算机信息管理	3
4	计算机应用技术	1
5	软件技术	9

图 8-17　查询结果

从图书表中查询各出版社图书的总价：

```
USE Library
GO
SELECT PubComp, '总价'=SUM(price)
FROM Book
GROUP BY PubComp
GO
```

查询结果，如图 8-18 所示。

	PubComp	总价
1	电子工业出版社	45.00
2	高等教育出版社	48.00
3	吉林大学出版社	19.00
4	清华大学出版社	60.00
5	人民邮电出版社	49.00
6	西安交通大学出版社	11.50
7	中国铁道出版社	24.00

图 8-18　查询结果

8.1.5　HAVING 子句限定查询

格式：HAVING 逻辑表达式

功能：与 GROUP BY 选项配合筛选（选择）统计结果。

说明：通常用列函数作为条件，列函数不能放在 WHERE 中。

从选课表中查询总分超过 150 分的学生的学号、姓名和总成绩：

```
USE EDUC
GO
```

```
SELECT SC.SID, Student.Sname, '总成绩'=SUM(GRADE)
FROM SC, Student
WHERE SC.SID=Student.SID
GROUP BY SC.SID, Student.Sname
HAVING SUM(GRADE)>150
```

查询结果，如图 8-19 所示。

	SID	Sname	总成绩
1	2005216001	赵成刚	176.0
2	2005216003	郭洪亮	250.0
3	2005216111	吴秋娟	179.0

图 8-19 查询结果

8.1.6 ORDER BY 排序查询

格式：ORDER BY 列名表达式

功能：按列名表升序或降序排序。

说明：只能在外查询中使用。

查询每个学生的选课门数并按选课门数的多少进行排序：

```
USE EDUC1
GO
SELECT student.SID, COUNT(*) AS 选课门数
FROM Student, SC
WHERE Student.SID =SC.SID
GROUP BY Student.SID
ORDER BY COUNT(*)
```

查询结果，如图 8-20 所示。

	SID	选课门数
1	2005216002	1
2	2006216578	1
3	2005216001	2
4	2005216111	2
5	2005216003	3

图 8-20 查询结果

8.2　连接查询语句

8.2.1　连接方法和种类

SQL Server 提供了不同的语法格式支持不同的连接方式。

（1）用于 FROM 子句的 ANSI 连接语法形式。

```
SELECT 列名列表
FROM ｛表名 1[连接类型] JOIN 表名 2 ON 连接条件｝
WHERE 逻辑表达式
```

（2）用于 WHERE 子句的 SQL Server 连接语法形式。

```
SELECT 列名列表
FROM 表名列表
WHERE {表名.列名 JOIN_OPERATOR 表名.列名}[...n]
ON 逻辑表达式
```

（3）连接种类。

- 内连接
- 交叉连接
- 外连接

8.2.2　内连接

格式：from 表名 1 inner join 表名 2 on 连接表达式

（1）等值连接

例 1：查询每个读者的详细信息（读者信息以及借阅图书信息），允许有重复列。

```
USE Library
GO
SELECT Reader.*, Borrow *
FROM Reader INNER JOIN Borrowinf
ON Reader.RID=Borrow.RID
```

（2）自然连接

例 2：查询每个读者的详细信息（读者信息以及借阅图书信息），不允许有重复列。

```
USE Library
GO
```

```
SELECT Reader.RID, Reader.Rname, Readertype.TypeID, BID, LendDate,
ReturnDate
FROM Reader
INNER JOIN Borrow ON Reader.RID=Borrow.RID
INNER JOIN Readertype ON Reader.TypeID=Readertype.TypeID
GO
```

8.2.3　外连接

（1）左外连接

格式：from 表名 1 left outer　join 表名 2 on 连接表达式

加入表 1 没形成连接的元组，表 2 列为 null。

例 1：读者和借阅左外连接。

```
USE Library
GO
SELECT Reader.*, RID, BID
FROM Reader LEFT OUTER JOIN Borrow
ON Reader.RID=Borrow.RID
GO
```

（2）右外连接

格式：from 表名 1 right outer　join 表名 2 on 连接表达式

加入表 2 没形成连接的元组，表 1 列为 null。

例 2：读者和借阅右外连接。

```
USE Library
GO
SELECT Reader.*, RID, BID
FROM Reader RIGHT OUTER JOIN Borrow
ON Reader.RID=Borrow.RID
GO
```

（3）全外连接

格式：from 表名 1 full outer　join 表名 2 on 连接表达式

加入表 1 没形成连接的元组，表 2 列为 null，

加入表 2 没形成连接的元组，表 1 列为 null。

例 3：借阅和读者全外连接。

```
USE Library
```

```
GO
SELECT Reader.*，RID，BID
FROM Borrow  FULL OUTER JOIN Reader
ON Reader.RID=Borrow.RID
GO
```

8.2.4 自连接

格式：from 表名 1 a join 表名 1 b on 连接表达式

例：读者自连接。

```
USE Library
GO
SELECT a.BID，a.Bname，a.Author
FROM book a JOIN book b on a.Bname=b.Bname
WHERE a.BID<>b.BID
GO
```

8.2.5 交叉连接

格式：from 表名 1 cross join 表名 2 on 连接表达式

说明：两个表做笛卡尔积。

例：读者和图书交叉连接。

```
USE Library
GO
SELECT Reader.*，Borrow.RID，BID
FROM Reader CROSS JOIN Borrow
GO
```

8.2.6 多表连接

格式：from 表名 1 join 表名 2 on 连接表达式

说明：最多连接 64 个表，通常 8～10 个。

例：读者、借阅和图书三表连接。

```
USE Library
GO
SELECT t1.RID, Rname, Bname, LendDate
FROM Reader t1 JOIN Borrow t2
ON t1.RID=t2.RID
JOIN book t3
```

```
ON t2.BID=t3.BID
GO
```

8.3　子查询

8.3.1　[NOT] IN　子查询

- 列名 [not] in（常量表）|（子查询）

说明：列值被包含或不（not）被包含在集合中。

等价：列名=any(子查询)

例 1：查询借阅"人民出版社"出版的图书的读者（不包括重复的列）。

```
USE Library
GO
SELECT DISTINCT RID
FROM Borrow
WHERE BID IN
(SELECT BID
FROM book
WHERE PubComp='人民出版社')
GO
```

例 2：查询没有借过书的读者的信息。

```
USE Library
GO
SELECT *
FROM Reader
WHERERID NOT IN
(SELECT DISTINCT RID
FROM Borrow)
GO
```

8.3.2　比较子查询

（1）列名　比较符 all（子查询）

说明：子查询中的每个值都满足比较条件。

例 1：查询 book 中价格最低的图书编号和书名。

```
USE Library
GO
```

```
SELECT BID, Bname
FROM book
WHERE Price=(SELECT min(Price)
              FROM book)
GO
```

例 2：查询读者编号 RID 最大的读者的借书情况。

```
USE Library
GO
SELECT *
FROM Borrow
WHERE RID>=ALL
(SELECT RID
FROM Reader)
GO
```

（2）列名　比较符　any|some　（子查询）

说明：子查询中的任一个值满足比较条件。

例：查询选修 C++语言课程的学生。

```
SELECT 姓名，成绩
FROM 学生 AS x  INNER JOIN 选修 AS y ON x.学号=y.学号
WHERE 课程号=any (select 课程号 from 课程  where 课程名='C++语言')；（C001）
```

8.3.3　[NOT] EXISTS 子查询

功能：用集合运算实现元组与（子查询）之间的比较。

说明：子查询中空或非空。

例 1：查询选修至少一门课（此学号在选修表中存在）的学生情况。

```
SELECT  *  FROM 学生
WHERE  EXISTS(select * from 选修 where 选修.学号=学生.学号)；
```

例 2：查询借阅了人民出版社的图书的读者编号，也可以用 EXISTS 子查询来实现。

```
USE Library
GO
SELECT DISTINCT RID
FROM Borrow
WHERE EXISTS
 (SELECT  *  FROM book
```

```
WHERE Borrow. BID= book. BID AND PubComp='人民出版社')
GO
```

8.3.4　在其他语句中使用

例：计算读者中的已借数量的值。

```
USE Library
GO
UPDATE Reader
SET Lendnum =(
    SELECT COUNT(*)
    FROM dbo.Borrow
    WHERE ReturnDate IS NULL and Reader. RID =Borrow. RID)
GO
```

8.4　联合查询语句

8.4.1　UNION 操作符

格式：SELECT_1 UNION [ALL]

　　　　SELECT_2 { UNION [ALL]

　　　　SELECT_n

例 1：查询出"人民出版社"出版的图书的编号和被借阅过的图书的编号，不包括重复的列。

```
USE Library
GO
SELECT BID
FROM book
WHERE PubComp='人民出版社'
UNION
SELECT BID
FROM Borrow
GO
```

例 2：查询出"人民出版社"出版的图书的编号和被借阅过的图书的编号，可以包括重复的列。

```
USE Library
GO
```

```
SELECT BID
FROM book
WHERE PubComp='人民出版社'
UNION ALL
SELECT BID
FROM Borrow
GO
```

8.4.2　联合查询结果排序

例：查询出"人民出版社"出版的图书和被借阅过的图书的编号，不包括重复的列并将查询结果进行排序。

```
USE Library
GO
SELECT BID
FROM book
WHERE PubComp='人民出版社'
UNION
SELECT BID
FROM Borrow
ORDER BY
GO
```

8.4.3　对单个表使用 UNION 操作符

例：查询"人民出版社"和"人民文学出版社"出版的图书的书名和作者。

```
USE Library
GO
SELECT Bname，Author
FROM book
WHERE PubComp='人民出版社'
UNION
SELECT Bname，Author
FROM book
WHERE PubComp='人民文学出版社'
GO
```

8.4.4　交操作和差操作

例 1：查询被借阅过的"人民出版社"出版的图书的图书编号。

```
USE Library
GO
SELECT BID
FROM book
WHERE PubComp='人民出版社'
AND EXISTS
(SELECT *
FROM Borrow
WHERE Borrow. BID= book. BID)
GO
```

例 2：查询没被借阅过的"人民出版社"出版的图书的图书编号。

```
USE Library
GO
SELECT BID
FROM book
WHERE PubComp='人民出版社'
AND  NOT EXISTS
(SELECT *
FROM Borrow
WHERE Borrow.BID= book.BID)
GO
```

8.4.5　UNION 操作符和 JOIN 操作符的区别与联系

- UNION 是将相同字段的若干条记录进行合并，而 JOIN 是将两个或多个表的若干个字段进行连接。
- 二者均是进行连接操作。
- UNION 是对行（记录）进行操作，JOIN 是对列（字段）进行操作。

8.4.6　连接查询和子查询的比较

例 1（子查询）：查询 book 中价格最低的图书编号和书名。

```
USE Library
GO
SELECT BID，Bname
FROM book
WHERE Price=(SELECT min(Price) FROM book)
GO
```

例 2（连接查询）：查询读者编号、读者姓名、所借图书名和借阅时间。

```
USE Library
GO
SELECT Reader.RID, Reader.Rname, book.Bname, Borrow.借阅时间
FROM Reader, book, Borrow
WHERE Reader.RID=Borrow. RID AND book.BID= Borrow.BID
GO
```

8.5　数据完整性概念

存储在数据库中的所有数据值均为正确的状态。如果数据库中存储有不正确的数据值，则称该数据库为已丧失数据完整性。

数据完整性（Data Integrity）是指数据的精确性（Accuracy）和可靠性（Reliability）。它是应防止数据库中存在不符合语义规定的数据和防止因错误信息的输入输出造成无效操作或错误信息的要求而提出的。数据完整性分为 4 类：

实体完整性（Entity Integrity）。

域完整性（Domain Integrity）。

参照完整性（Referential Integrity）。

用户定义的完整性（User-definedIntegrity）。

数据库采用多种方法来保证数据完整性，包括外键、约束、规则和触发器。系统很好地处理了这四者的关系，并针对不同的具体情况用不同的方法进行处理，相互交叉使用，优缺相补。

8.5.1　实体完整性

实体完整性指表中行的完整性。要求表中的所有行都有唯一的标识符，称其为主关键字。主关键字是否可以修改，或整个列是否可以被删除，取决于主关键字与其他表之间要求的完整性。

实体完整性规则规定基本关系的所有主关键字对应的主属性都不能取空值，例如，学生选课的关系选课（学号，课程号，成绩）中，学号和课程号共同组成为主关键字，则学号和课程号两个属性都不能为空。因为没有学号的成绩或没有课程号的成绩都是不存在的。

对于实体完整性，有如下规则：

- 实体完整性规则针对基本关系。一个基本关系表通常对应一个实体集，例如，学生关系对应学生集合。
- 现实世界中的实体是可以区分的，它们具有一种唯一性质的标识，例如，学生的

　　学号，教师的职工号等。

　　在关系模型中，主关键字作为唯一的标识，且不能为空。

8.5.2　域完整性

　　域完整性指列的值域的完整性，如数据类型、格式、值域范围、是否允许空值等。

　　域完整性限制了某些属性中出现的值，把属性限制在一个有限的集合中，例如，如果属性类型是整数，那么它就不能是 101.5 或任何非整数。

8.5.3　参照完整性

　　参照完整性简单地说就是表间主键外键的关系，如图 8-21 所示。

　　参照完整性属于表间规则。对于永久关系的相关表，在更新、插入或删除记录时，如果只改其一不改其二，就会影响数据的完整性，例如修改父表中关键字值后，子表关键字值未做相应改变；删除父表的某记录后，子表的相应记录未删除，致使这些记录称为孤立记录；对于子表插入的记录，父表中没有相应关键字值的记录等。对于这些设计表间数据的完整性，统称为参照完整性。

　　例如，对于 pubs 数据库中的 sales 和 titles 表，引用完整性基于 sales 表中的外键（title_id）与 titles 表中的主键（title_id）之间的关系。

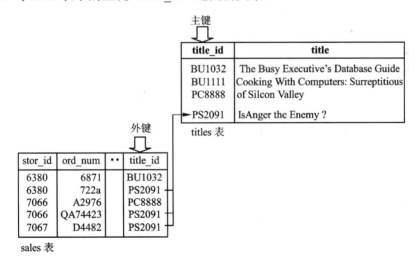

图 8-21　参照完整性

8.5.4　用户自定义完整性

　　用户自定义完整性是指针对某一具体关系数据库的约束条件，它反映某一具体应用所涉及到的数据所必须满足的语义要求。

8.6　完整性约束语句

我们主要关注 4 种类型的约束：主关键字约束、外键约束、唯一性约束和检查约束。下面对每一种类型进行简单描述。

8.6.1　主关键字约束（PRIMARY KEY）

在一个给定的表中，这种约束主要用来确保该表中每一条记录的某一列或者多列集合都只有唯一的值。这样，就可以通过在表中唯一的定义记录来确保数据的完整性了。

一个表中只能定义一个主关键字，并且主关键字所包含的那些列不能是空值。主关键字可以在创建表的时候定义，也可以在创建表之后再添加定义。

主关键字又叫 PRIMARY KEY。应用于建立一列约束时，称之为列级 PRIMARY KEY 约束，应用于多列时，称之为表级 PRIMARY KEY 约束。

列级 PRIMARY KEY 约束的定义格式为：

```
[CONSTRAINT constraint_name]
    PRIMARY KEY [CLUSTERED | NONCLUSTERED]
    [WITH [FILLFACTOR = fillfactor]]
    [ON {filegroup | DEFAULT}]
```

表级 PRIMARY KEY 约束定义风格为：

```
 [CONSTRAINT constraint_name]
    PRIMARY KEY [CLUSTERED | NONCLUSTERED]
    {(column[, ...n])}
[WITH [FILLFACTOR = fillfactor]]
 [ON {filegroup | DEFAULT}]
```

在上面的 PRIMARY KEY 约束定义中，WITH 子句设置为 PRIMARY KEY 约束所建立索引的页面填充度，ON 子句指出存储索引的数据库文件组名称。将索引文件和表数据文件分别存放到数据库位于不同硬盘驱动器的数据文件中，有利于减轻单个硬盘的负载。

8.6.2　唯一性约束（UNIQUE）

该约束应用于表中的非主键列，UNIQUE 约束保证一列或者多列的试题完整性，确保这些列不会输入重复的值。例如，表中 UserName 列为主键，但是其中还包括身份证号码列。由于所有身份证号码不可能出现重复，所以可以在此列上建立 UNIQUE 约束，确保不会输入重复的身份证号码。

它与 PRIMARY KEY 约束的不同之处在于，UNIQUE 约束可以建立在多个列之上，而 PRIMARY KEY 约束在一个表中只能有一个。

建立 UNIQUE 约束，可以使用如下办法：

（1）在数据库关系图中右击将包含约束的表，然后从快捷菜单中选择"属性"命令。

–或–为将包含约束的表打开表设计器，在表设计器中右击，然后从快捷菜单中选择"属性"命令。

（2）选择"索引" | "键"命令。

（3）选择"新建"命令。系统分配的名称将出现在"索引名"列表框中。

（4）选择"列名"命令，在展开的列表中选择要将约束附加到的列。若要将约束附加到多个列，在后续行中选择其它的列。

（5）选择"创建 UNIQUE"复选框。

（6）选择"约束"选项。

当保存表或关系图时，唯一约束即创建在数据库中。当希望删除 UNIQUE 索引时，可以使用如下步骤：

（1）在数据库关系图中，右击包含约束列的表，然后从快捷菜单中选择"索引" | "键"命令。

–或–为包含约束的表打开表设计器，在表设计器中右击，然后从快捷菜单中选择"索引" | "键"命令。

（2）选择"选定的索引"命令，在展开的列表中选择唯一约束。

（3）单击"删除"按钮。

同样，对于一列的 UNIQUE 约束，称之为列级 UNIQUE 约束。对于多列的 UNIQUE 约束，称之为表级 UNIQUE 约束。下面给出列级 UNIQUE 约束的定义格式：

```
[CONSTRAINT constraint_name]
  UNIQUE [CLUSTERED | NONCLUSTERED]
    [WITH [FILLFACTOR = fillfactor]]
    [ON {filegroup | DEFAULT}]
```

使用 UNIQUE 约束的过程中，还需要注意的是，如果要对允许空值的列强制唯一性，可以允许空值的列附加 UNIQUE 约束，而只能将主键的约束附加到不允许空值的列。但 UNIQUE 约束不允许表中受约束列有一行以上的值同时为空。

例如，下面语句为 TB_UNIQUE_CONSTRAINT 表添加 UNIQUE 约束：

```
ALTER Table TB_UNIQUE_CONSTRAINT
  ADD
    CONSTRAINT UN_PHONE UNIQUE (username, phone)
```

8.6.3　检查约束（CHECK）

CHECK 约束的主要作用是限制输入到一列或多列中的可能值，从而保证 SQL Server

数据库中数据的域完整性，例如，可以在建立用户使用库时，强制用户的密码在 10 位以上。每个表允许建立多个 CHECK 约束。在 CHECK 约束中可以包含搜索条件，但不能包含子查询。

同样，我们可以为表中的每个列建立约束，每个列可以拥有多个 CHECK 约束，但是如果使用 CREATE TABLE 语句，则只能为每个列建立一个 CHECK 约束。如果 CHECK 约束被应用于多列时，必须被定义为表级 CHECK 约束。

在表达式中，可以输入搜索条件，条件中可以包括 AND 或者 OR 一类的连接词。列级 CHECK 约束只能参照被约束列，而表级 CHECK 约束则只能参照表中列，它不能参照其他表中列。

例如，我们使用下面的语句在 TB_CHECK_CONSTRAINT 表中新加入一列 ZIP_CODE 及其相应的 CHECK 约束：

```
ALTER Table TB_CHECK_CONSTRAINT
ADD
  ZIP_CODE char(6) null
  CONSTRAINT CH_ZIP_CODE check
    (ZIP_CODE like '[0-9] [0-9] [0-9] [0-9] [0-9] [0-9]')
```

同样，我们可以使用 CHECK 或 NOCHECK 来打开或者关闭某个约束。例如，下面的语句将关闭上面建立的 CH_ZIP_CODE 约束：

```
ALTER Table TB_CHECK_CONSTRAINT
  NOCHECK CONSTRAINT CH_ZIP_CODE
```

如果希望使用编辑器来建立约束关系，需要在数据库关系图中，右击包含约束的表，然后从快捷菜单中选择"约束"命令。或者可以将包含约束的表打开表设计器，在表设计器中右击，然后选择"约束"命令。如图 8-22 所示。

图 8-22　表设计器

8.6.4　外键约束（FOREIGN KEY）

FOREIGN KEY 约束为表中的一列或者多列数据提供数据完整性参照。通常与 PRIMARY KEY 约束或者 UNIQUE 约束同时使用。

例如，在 BookStores 表中的 author_id 列以及 title_id 列分别参照了 Authors 表中的 author_id 列以及 Titles 表的 title_id 列。在向 BookStores 表中插入新行或修改其中的数据时，这两列的数据值必须在 Authors 表和 Titles 表中已经存在，否则将不能执行插入或者修改操作。

在使用 FOREIGN KEY 约束时，需要注意以下几点：

（1）一个表最多只能参照 253 个不同的数据表，每个表也最多只能有 253 个 FOREIGN KEY 约束。

（2）FOREIGN KEY 约束不能应用于临时表。

（3）在实施 FOREIGN KEY 约束时，用户必须至少拥有被参照表中参照列的 SELECT 或者 REFERENCES 权限。

（4）FOREIGN KEY 约束同时也可以参照自身表中的其他列。

（5）FOREIGN KEY 约束，只能参照本身数据库中的某个表，而不能参照其他数据库中的表。跨数据库的参照只能通过触发器来实现。

8.6.5　默认约束（DEFAULT）

在使用 DEFAULT 约束时，如果用户在插入新行时没有显示为列提供数据，系统会将默认支赋给该列。例如，在一个表的 payterms 列中，可以让数据库服务器在用户没有输入时填上"???"或者"fill in later"。默认值约束所提供的默认值约束所提供的默认值可以为常量、函数、系统零进函数、空值（NULL）等。零进函数包括 CURRENT_ TIMESTAMP、SYSTEM_USER、CURRENT_USER、USER 和 SESSION_USER 等。默认值约束的定义格式为：

```
[CONSREAINT constraint_name]
  DEFAULT constant_expression
```

其中，constraint_name 参数指出所建立的默认值约束名称。constant_expression 表达式为列提供默认值。在使用默认约束时，还应该注意以下两点：

（1）每列只能有一个默认约束。

（2）约束表达式不能参照表中的其他列和其他表、视图或存储过程。

第9章 Java 信息系统实战开发

学习目标:
1. 掌握使用 JDBC 连接数据库的方法
2. 掌握 Java 信息系统的开发方法

9.1 JDBC 简介

JDBC 是一种可用于执行 SQL 语句的 JavaAPI（Application Programming Interface，应用程序设计接口）。它由一些 Java 语言编写的类和界面组成。JDBC 为数据库应用开发人员和数据库前台工具开发人员提供了一种标准的应用程序设计接口，使开发人员可以用纯 Java 语言编写完整的数据库应用程序。

通过使用 JDBC，开发人员可以很方便地将 SQL 语句传送给几乎任何一种数据库。也就是说，开发人员可以不必写一个程序访问 Oracle，写另一个程序访问 MySQL，再写一个程序访问 SQL Server。用 JDBC 写的程序能够自动将 SQL 语句传送给相应的数据库管理系统（DBMS）。不但如此，使用 Java 编写的应用程序还可以在任何支持 Java 的平台上运行，而不必在不同的平台上编写不同的应用。Java 和 JDBC 的结合可以让开发人员在开发数据库应用时真正实现"一次编写，处处运行"。

Java 具有健壮、安全、易用等特性，而且支持自动网上下载，本质上是一种很好的数据库应用编程语言。它所需要的是把 Java 应用如何同各种各样的数据库连接，JDBC 正是实现这种连接的关键。

9.1.1 JDBC 的类和接口

在 Java 语言中提供了丰富的类和接口用于数据库编程，利用它们可以方便地进行数据的访问和处理。下面将主要介绍 Java.sql 包中提供的常用类和接口。Java.sql 包中提供了 JDBC 中核心的类和接口，其常用类、接口和异常如表 9-1 所示。

表 9-1　Java.sql 包中的常用类、接口和异常

类型	类、接口或者异常	说　　明
类	Date	接收数据库的 Date 对象
	DriverManager	注册、连接以及注销等管理数据库驱动程序任务
	DriverPropertyInfo	管理数据库驱动程序的属性
	Time	接收数据库的 Time 对象
	Types	提供预定义的整数列表与各种数据类型的一一对应

续表

类型	类、接口或者异常	说　明
接口	Array	Java 语言与 SQL 语言中的 ARRAY 类型的映射
	Blob	Java 语言与 SQL 语言中的 BLOB 类型的映射
	CallableStatemet	执行 SQL 存储过程
	Clob	Java 语言与 SQL 语言中的 CLOB 类型的映射
	Connection	应用程序与特定数据库的连接
	DatabaseMetaData	数据库的有关信息
	Driver	驱动程序必须实现的接口
	ParameterMetaData	PreparedStatement 对象中变量的类型和属性
	PreparedStatement	代表预编译的 SQL 语句
	Ref	Java 语言与 SQL 语言中的 REF 类型的映射
	ResultSet	接收 SQL 语句并返回结果
	ResultSetMetaData	查询数据库返回的结果集的有关信息
	SQLData	Java 语言与 SAL 语言中用户自定义类型的映射
	Statement	执行 SQL 语句并返回结果
	Struct	Java 语言与 SQL 语言中的 structured 类型的映射
异常	BatchUpdatedExceptions	批处理的作业中至少有一条指令失败
	DataTruncation	数据被意外截断
	SQLException	数据存取中的错误信息
	SQLWarning	数据存取中的警告

接下来具体介绍 JDBC 编程中常用的 DriverManager 类、Connection 接口、Statement 接口和 ResultSet 接口。

1. DriverManager 类

DriverManager 类用来管理数据库中的所有驱动程序。它用来跟踪可用的驱动程序，注册、注销以及为数据库连接合适的驱动程序，设置登录时间限制等。DriverManager 类中的常用方法如表 9-2 所示。

表 9-2　DriverManager 类中常用方法

方　法	说　明
static void deregisterDriver（Driver driver）	注销指定的驱动程序
static Connection getConnection（String url）	连接指定的数据库
static Connection getConnection（String url，String user，String password）	以指定的用户名和密码连接指定数据库
static Driver getDriver（String url）	获取建立指定连接需要的驱动程序
static Enumeration getDrivers()	获取已装载的所有 JDBC 驱动程序
static int getLoginTimeout()	获取驱动程序等待的秒数
static void println（String message）	注册指定驱动程序
static void setLoginTimeout（int seconds）	设置驱动程序等待连接的最大时间限制

2．Connection 接口

Connection 接口用于应用程序和数据库的相连。Connection 接口中提供了丰富的方法，它们用于建立 Statement 对象、设置数据处理的各种参数等。Connection 接口中的常用方法如表 9-3 所示。

表 9-3　Connection 接口中常用方法

方　　法	说　　明
void close()	关闭当前连接并释放资源
void commit()	提交对数据库所做的改动，释放当前连接特有的数据库的锁
Statement createStatement()	创建 Statement 对象
Statement createStatement（int resultSetType, int resultSetConcurrency）	创建一个要生成特定类型和并发性结果集的 Statement 对象
String getCatalog()	获取 Connection 对象的当前目录
boolean isClosed()	判断连接是否关闭
boolean isReadOnly()	判断连接是否处于只读状态
CallableStatement prepareCall（String sql）	创建 CallableStatement 对象
PreparedStatement prepareStatement（String sql）	创建 PreparedStatemen 对象
void rollback()	回滚当前事务中的所有改动，释放当前连接特有的数据库的锁
void setReadOnly（boolean readOnly）	设置连接为只读模式

3．Statement 接口

Statement 接口用于在已经建立连接的基础上向数据库发送 SQL 语句。Statement 接口中包含了执行 SQL 语句和获取返回结果的方法。

在 JDBC 中有 3 种 Statement 对象：Statement、PreparedStatement 和 CallableStatement。Statement 对象用于执行不带参数的简单 SQL 语句。PreparedStatement 继承了 Statement，用于处理需要被多次执行的 SQL 语句。CallableStatement 继承了 PreparedStatement，用于执行对数据库的存储过程的调用。Statement 接口的常用方法如表 9-4 所示。

表 9-4　Statement 接口中常用方法

方　　法	说　　明
void addBatch（String sql）	在 Statement 语句中增加 SQL 批处理语句
void cancel()	取消 SQL 语句指定的数据库操作指令
void clearBatch()	清除 Statement 语句中的 SQL 批处理语句
void close()	关闭 Statement 语句指定的数据库连接
boolean execute（String sql）	执行 SQL 语句（用于执行返回多个结果集或者多个更新数的语句）
int[] executeBatch()	批处理执行多个 SQL 语句

续表

方　　法	说　　明
ResultSet executeQuery（String sql）	执行 SQL 查询语句，并返回结果集（用于执行返回单个结果集的 SQL 语句）
int executeUpdate （String sql）	执行数据库更新，返回值说明执行该语句所影响数据表中的行数
Connection getConnection()	获取对数据库的连接
int getFetchSize()	获取结果集的行数
int getMaxFieldSize()	获取结果集的最大字段数
int getMaxRows()	获取结果集的最大行数
int getQueryTimeout()	获取查询超时时间设置
ResultSet getResultSet()	获取结果集
void setCursorName（String name）	设置数据库游标的名称
void setFetchSize（int rows）	设置结果集的行数
void setMaxFieldSize（int max）	设置结果集的最大字段数
void setMaxRows（int max）	设置结果集的最大行数
void setQueryTimeout（int seconds）	设置查询超时时间

4．ResultSet 接口

ResultSet 接口用来暂时存放数据库查询操作所获得的结果。ResultSet 接口中包含了一系列 get 方法，用来对结果集中的数据进行访问。ResultSet 接口中定义的常用方法如表 9-5 所示。

表 9-5　ResultSet 接口中常用方法

方　　法	说　　明
boolean absolute （int row）	将游标移动到结果集的某一行
void afterLast()	将游标移动到结果集的末尾
void beforeFirst()	将游标移动到结果集的头部
void deleteRow()	删除结果集中的当前行
boolean first()	将游标移动到结果集的第一行
Date getDate （int conlumnIndex）	获取当前行某一列的值，返回值的类型为 Date
Statement getStatement()	获取产生该结果集的 Statement 对象
int getType()	获取结果集的类型
boolean inAfterLast()	判断游标是否指向结果集的末尾
boolean isBeforeFirst()	判断游标是否指向结果集的头部
boolean isFirst()	判断游标是否指向结果集的第一行
boolean isLast()	判断游标是否指向结果集的最后一行
boolean last()	将游标移动到结果集的最后一行
boolean next()	将游标移动到结果集的后面一行
boolean previous()	将游标移动到结果集的前面一行

9.1.2　用 JDBC 访问数据库的一般步骤

（1）调用 Class.forName()方法加载驱动程序。

（2）调用 DriverManager 对象的 getConnection()方法，获得一个 Connection 对象。

（3）创建一个 Statement 对象，准备一个 SQL 语句。这个 SQL 语句可以是 Statement 对象（立即执行的语句）、PreparedStatement 语句（预编译的语句）或 CallableStatement 对象（存储过程调用的语句）。

（4）调用 executeQuery()等方法执行 SQL 语句，并将结果保存在 ResultSet 对象。或者调用 executeUpdate()等方法执行 SQL 语句，不返回 ResultSet 对象的结果。

（5）对返回的 ResultSet 对象进行显示等相应的处理。

JDBC 访问数据库的一般步骤的具体代码如下：

```
String dbDriver = "sun.jdbc.odbc.JdbcOdbcDriver";    //声明数据库驱动
String url = "jdbc:odbc:数据源名称";                   //声明数据源
Connection conn = null;                              //声明与数据库的连接
Statement stmt = null;                               //声明执行 SQL 语句
ResultSet rs = null;                                 //声明结果集
...
Class.forName(dbDriver);                             //加载数据库驱动
conn = DriverManager.getConnection(url);             //连接数据库
stmt = conn.createStatement();                       //创建 Statement 对象
rs = stmt.executeQuery("SELECT * FROM databasename");//执行查询语句
while(rs.next())
{
...
}
//关闭连接
rs.close();
stmt.close();
conn.close();
...
```

9.2　项目背景概述

9.2.1　应用背景

随着计算机技术的不断发展，计算机作为知识经济时代的产物，已被广泛应用于社会各个行业和领域。目前，我国的科技水平高速发展，计算机作为今天使用最广的现代化工具已深入到各个领域，并且正在成为未来社会——信息社会的重要支柱。在这样的大背景下，现代图书馆的管理方式，资源建设等方面都发生了重大变化，这种变化表现在图书馆工作上，管理和服务平台发生了变化，图书馆不再是传统的手工操作、人工管理，而是全面实行计算机管理。

图书馆的正常运营中总是面对大量的读者信息、图书信息以及两者相互作用产生的借书信息，因此要对读者资源、图书资源、借书信息进行管理。本系统开发的作用就是在于提高图书管理的工作效率，加强图书馆的管理，全面实行计算机管理。

9.2.2　项目目标

1．功能需求

基于对图书馆管理系统开发的目标，系统开发的范围确定如下：本系统只涉及图书借阅资料部分，不包括图书采购、出库等功能；本系统提供强大的查询功能，可进行不同类型查询，提供多种索引；本系统提供记录的添加，删除和修改；本系统可单条或多条输出个人资料。

具体细化后，应该能实现的功能如下：

（1）能够修改进入系统密码以增加系统的安全性，并能增加管理员账户。

（2）能够对图书信息进行维护、查询。

（3）能够提供读者信息进行维护、查询。

（4）能够对借阅信息进行维护、查询。

2．数据需求

通过调查和研究，本系统提供一个数据库，但该数据库中相关的数据表格，包含各项所需信息，具体细节如下。

表名：books 用途：存储图书信息。

表名：UserTable 用途：存储可以登陆系统的用户相关信息。

表名：bookBrowse 用途：存储图书借阅信息。

三个表的相关字段信息可以参见图 9-1 所示。

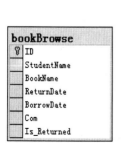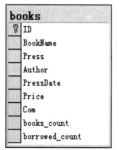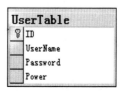

图 9-1　表的相关字段信息

3．数据表的设计

表的设计又是数据库设计中最重要的部分，因为它决定了数据库的关系模式能达到哪个范式，是否会出现数据冗余的现象，是否存在数据不一致的风险，是否能达到实体完整性、数据完整性和用户定义完整性的要求。

在这个系统中，最重要的是表有 4 个，包括图书信息表，用户信息表和借阅信息表，其中借阅信息表是最经常存取的表。因为随着时间的变化，要不断地添加和修改图书借阅的信息。用户信息表要包含用户的个人信息，还要包含登录系统的密码。图书信息表包含了图书的介绍信息，而每本图书都有自己的图书编号，图书名，出版社等相关信息。

各个表的具体设计如下。

（1）图书信息表（Books）：这个表用来保存每本图书的信息，包括图书编码（ID）、图书名称（BookName）、出版社信息（Press）、作者信息（Author）、出版社信息等诸多信息。一般情况下，一个图书编码只对应一本图书，有相应的作者和书名信息，因此简单地这样设计这个表，当然实际情况中还应该有更多的属性。这个表的各属性详细信息如表 9-6 所示。

表 9-6　表 Books 的详细说明

主码	属性名	属性说明	数据类型	数据长度	可否为空	默认值
是	ID	图书编码	Int	4	不可	无
	BookName	图书名称	char	20	可以	无
	Press	出版社信息	char	20	可以	无
	Author	作者信息	char	20	可以	无
	Address	地址	char	20	可以	无
	PressDate	出版日期	char	10	可以	无
	Price	图书价格	char	10	可以	无
	Com	备注	char	20	可以	无
	books_count	新书数目	char	5	可以	无
	borrowed_count	已借数目	char	5	可以	无

（2）用户信息表（UserTable）：这个表用来保存系统中各个用户的信息，包括用户编码（ID），用户名（UserName），用户密码（Password）、用户所属权限组类别（Power，有三个可选值，即系统管理员、书籍管理员、借阅管理员）等信息。一般情况下，一个用户代码只对应一个用户。这个表的各属性详细信息如表 9-7 所示。

表 9-7　表 UserTable 的详细说明

主码	属性名	属性说明	数据类型	数据长度	可否为空	默认值
是	ID	用户编码	Int	4	不可	无
	UserName	用户名	char	40	可以	无
	Password	密码	char	40	可以	无
	Power	权限组类别	char	40	可以	无

（3）图书借阅信息表（BookBrowse）：这个表用来保存系统中每本书借出的信息，包括借阅代码（ID），学生姓名（StudentName），书籍名称（BookName），归还日期（ReturnDate），借书日期（BorrowDate），备注（Com），是否已归还（Is_Return）等信息。一般情况下，一个借阅代码只对应一个学生所借的一本书。这个表的各属性详细信息如表 9-8 所示。

表 9-8　表 BookBrowse 的详细说明

主码	属性名	属性说明	数据类型	数据长度	可否为空	默认值
是	ID	图书编码	Int	4	不可	无
	StudentName	学生名	char	40	可以	无
	BookName	图书名	char	40	可以	无
	ReturnDate	归还日期	char	10	可以	无
	BorrowDate	借书日期	char	10	可以	无
	Com	备注	char	40	可以	无
	Is_Return	是否归还	char	2	可以	无

9.3　Java 与 SQL Server 的连接

Java 自身提供了对各类主流数据库系统的支持，通过提供 Java.SQL 库，提供了一个统一的接口，使得用户可以在 Java 环境下不必对程序做大规模的修改，只要更改相应的驱动程序，即可实现对各类数据库的操作，从而提高软件的生存周期，降低软件的开发成本和维护费用，在这种情况下 SQL Server 2000 和 Java 的融合问题就显得比较重要了，下面将简要叙述一下 Java 和 SQL Server 2000 连接问题。

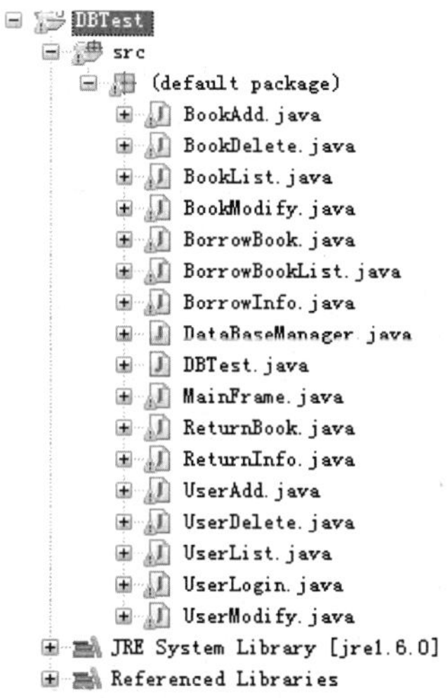

首先在 eclipse（本书中采用 eclipse 3.3）的 Workspace 目录下创建 DBTset 目录，然后将图书管理系统的代码从 src 目录下拷贝到 DBTset 目录下，效果如图 9-2 所示。

然后下载 SQL Server 2000 Driver For JDBC Downloads 该驱动截止目前有 4 个版本，建议下载最新的 SP3 版。该驱动安装成功后，请将安装目录下的 lib 目录下的 3 个.jar 文件加到 CLASSPATH 中；如果你使用的是 JBuilder 或 Eclipse，将这 3 个文件根据 IDE 的提示加到工程中也可。下图是在 Eclipse 中加载这 3 个文件的过程。

选中项目的"属性"部分：

然后选择"属性"命令，在展开的列表中选择 Java Build 选项，在右边的窗口中选中上面的 Tab 项 Libraries，

图 9-2　效果图

单击右边的"Add External JARs"按钮，然后在弹出的窗口中将 SQL Server2000 的 3 个 JDBC 驱动 Jar 文件添加进去，具体请参见图 9-4 所示。

图 9-3　选项属性

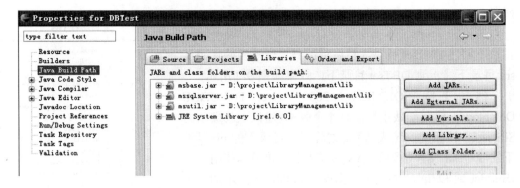

图 9-4　添加 Jar 包

9.3.1　通过配置 ODBC 连接数据库

在控制面板上通过选择"管理工具"的"数据源（ODBC）"命令，打开"ODBC 数据源管理器"对话框,选择"系统 DSN"选项卡,然后单击"添加"按钮,展开"创建数据源"对话框,选择"SQL Server"并单击"完成"按钮,在出现的"建立新的数据源到 SQL Server"对话框中的"数据源名称"项填写"LibraryBase"并选取"服务器名",然后单击"下一步"按钮,选择"使用网络登录 ID 的 Windows NT 验证"项目,单击"下一步"按钮,把默认的数据库改为"LibraryManagement",再单击"下一步",然后单击"完成"按钮,然后可以单击"测试数据源"按钮,成功后,单击"确定"按钮,这样完成了(ODBC)数据源和驱动程序的建立。

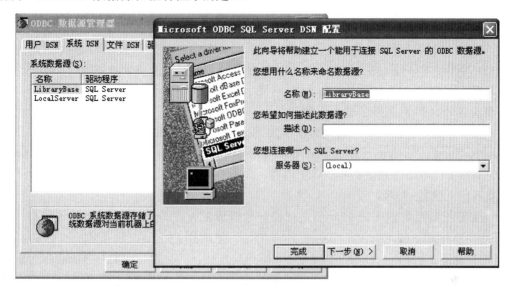

图 9-5　配置数据库连接

然后我们可以通过下面的代码来测试是否连接成功了。

```java
import java.sql.*;
public class DataBaseManager {
  Connection con;
  ResultSet rs;
  Statement stmt;
  public DataBaseManager() {
    try {
      String url = "jdbc:odbc:LibraryBase";
      Class.forName("sun.jdbc.odbc.JdbcOdbcDriver");
      con = DriverManager.getConnection(url);
      stmt = con.createStatement(ResultSet.TYPE_SCROLL_SENSITIVE,
                      ResultSet.CONCUR_UPDATABLE);
    }
```

```
    catch (SQLException sqle) {
      System.out.println(sqle.toString());
    }
    catch (ClassNotFoundException cnfex) {
      cnfex.printStackTrace();
    }
  }
```

9.3.2　通过加载 JDBC Driver 文件连接数据库

　　直接使用加载 JDBC Driver 文件的方式需要在 Java 代码中写明。首先需要升级 SQL Server 2000，为其打上最新的补丁。建议还是安装最新的 SQL Server 2000 补丁（SP4）和 JDBC 驱动（SP3）。如果程序在运行时提示 Error establishing socket，一般情况下，打上 SQL Server 2000 的补丁就可以解决。

　　然后在建立连接之前，要先加载 SQL Server 2000 JDBC 的驱动，代码形式如下：Class.forName（"com.microsoft.jdbc.sqlserver.SQLServerDriver"）；在此注意，forName 方法的参数字符串必须完全相同于以上内容，大小写是区分的，其实这个串就是驱动类的完整名称：包名+类名。

　　接着在操作数据库之前，要先获得与数据库的一个连接，使用如下代码格式：DriverManager.getConnection（连接字符串， 登录用户名， 登录密码）；例如，DriverManager.getConnection（"jdbc:microsoft:sqlserver://localhost:1433; DatabaseName= LibraryManagement"， "sa"， ""）；在此处关键的是连接字符串的内容，localhost 部分即服务器的名字，可以更改。1433 部分为 SQL Server 使用的端口号，根据实际情况修改即可。DatabaseName 即为要连接的数据库的名字。在此注意 DatabaseName 之前的是分号（;），而不是冒号（:）。

　　下面是示例代码：

```
import java.sql.*;
public class DBTest {
Connection con;
Statement sta;
ResultSet rs;
String driver;
String url;
String user;
String pwd;
public DBTest() {
    driver = "com.microsoft.jdbc.sqlserver.SQLServerDriver";
```

```
        url = "jdbc:microsoft:sqlserver://localhost:1433;DatabaseName=
        LibraryManagement";
        user = "sa";
        pwd = "";
        init();
    }
public void init() {
        try {
            Class.forName(driver);
            System.out.println("driver is ok");
            con = DriverManager.getConnection(url, user, pwd);
            System.out.println("connection is ok");
            sta = con.createStatement();
            rs = sta.executeQuery("Select * From UserTable");
            while (rs.next()) System.out.println(rs.getInt(1));
        }
        catch (Exception e) {
            e.printStackTrace();
        }
    }
public static void main(String args[]) {
        new DBTest();
    }
    }
```

运行结果是：

```
driver is ok
Connection is ok
1 a 1 系统管理员
```

9.4　主框架的实现

```
import java.awt.*;
import java.awt.event.*;
import javax.swing.*;
public class MainFrame
        extends JFrame
        implements ActionListener {
    JPanel panel1;
```

```
    Container c;
    JMenuBar menuB;
    JMenu systemMenu, bookMGRMenu, borrowBookMenu, returnBookMenu,
        infoBrowseMenu, userMGRMenu, aboutMenu;
    JMenuItem userLoginMenuItem, userAddMenuItem, userModifyMenuItem,
        userDeleteMenuItem,exitMenuItem,bookAddMenuItem,bookModifyMenuItem,
        bookDeleteMenuItem,
        borrowBookMenuItem, borrowInfoMenuItem, returnBookMenuItem,
        returnInfoMenuItem,
        bookListMenuItem, borrowBookListMenuItem, userListMenuItem,
        aboutMenuItem;
    public MainFrame() {
    ...
//以下代码省略
```

上述主框架代码实现程序界面如图 9-6 所示。

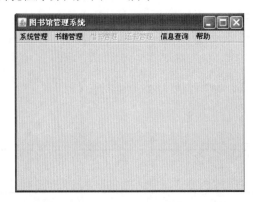

图 9-6　图书馆管理系统主框架界面

9.5　登录模块的实现

```
    import java.awt.*;
    import java.awt.event.*;
    import javax.swing.*;
    import java.sql.*;
    public class UserLogin
        extends JFrame
        implements ActionListener {
      DataBaseManager db = new DataBaseManager();
```

```
    MainFrame mainFrame;
    JPanel panel1, panel2;
    JLabel userLabel, passwordLabel;
    JTextField userTextField;
    JPasswordField passwordTextField;
    JButton yesBtn, cancelBtn;
    Container c;
    ResultSet rs;
    public UserLogin(MainFrame mainFrame) {
...
//以下代码省略
```

上述登录模块代码实现程序界面如图 9-7 所示。

图 9-7　登录模块界面

9.6　借书模块的实现

```
import java.awt.*;
import java.awt.event.*;
import javax.swing.*;
import java.sql.*;
public class BorrowBook
    extends JFrame
    implements ActionListener {
    DataBaseManager db = new DataBaseManager();
    ResultSet rs;
    JPanel panel1, panel2;
    Container c;
    JLabel borrowedBookStudentLabel, borrowedBookNameLabel,
        BorrowedDateLabel, borrowedCommentLabel;
    JTextField borrowedBookStudentTextField,
        BorrowedDateTextField, borrowedCommentTextField;
```

```
    JButton clearBtn, yesBtn, cancelBtn;
    JComboBox bookNameComboBox = new JComboBox();
    public BorrowBook() {
......
//以下代码省略
```

上述借书模块代码实现程序界面如图 9-8 所示。

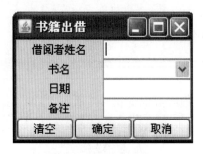

图 9-8　借书模块界面

第二部分　上机部分

第 10 章 Java 概述

学习目标：
1. 了解 Java 虚拟机及 java 跨平台原理
2. 理解为什么需要与平台无关的应用程序
3. 配置系统环境变量
4. 掌握 Java 虚拟机的运行原理

10.1 前言

本章实验重点

Java 运行环境配置、编写简单应用程序、Java 虚拟机原理。

本章实验难点

Java 虚拟机原理。

本章给出了全面的操作步骤，请学生按照给出的步骤独立完成实验，以达到要求的学习目标。

10.2 课堂指导（15 分钟）

10.2.1 理解 JVM 及 JAVA 跨平台原理

10.2.2 jdk 安装

1. 下载 jdk1.5。
2. 双击安装程序。
3. 假设安装目录为 C:\Program Files\Java\jdk1.5.0_06\bin，其中的 bin 子目录中包含了所有相关的可执行文件，如图 10-1 所示。

10.2.3 理解环境变量及查看环境变量

以 Windows XP 为例，首先右键单击桌面上的【我的电脑】|【属性】|【高级】标签，然后单击"环境变量"按钮，将看到图 10-2 所示的窗口：

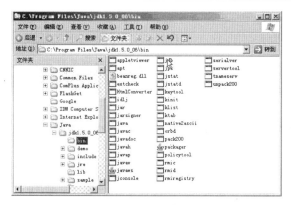

图 10-1　jdk 安装路径

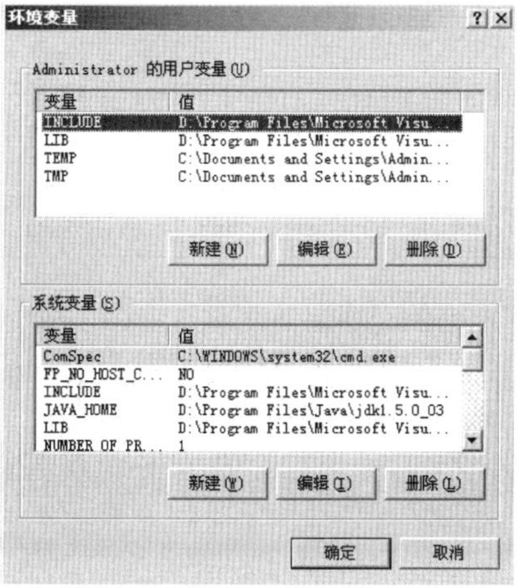

图 10-2　配置环境变量

另一种查看系统环境变量的方法是启动一个命令行窗口：【开始】|【程序】|【附件】
|【命令提示符】或者【开始】|【运行】输入 cmd，然后回车，在命令行窗口中执行 set
命令，将看到如图 10-3 所示的窗口，列出环境变量：

图 10-3　查看环境变量

10.2.4　path 的设置

安装完 jdk，在命令行窗口下执行 java 命令，会产生"java 不是内部命令或外部命令，也不是一个可运行的程序"错误，是环境变量 path 没有设置相应值的结果。

在环境变量窗口"系统变量"部分，单击名为"path"的变量，选择"编辑"。

如果你想设置的环境变量选项不包括在其中，在"用户变量"或"系统变量"中选择"新建"来添加。

在 path 原有值的开头加上 Java 编译器所在的路径（C:\Program Files\Java\jdk1.5.0_06\bin），然后再加上分号（;），最后单击"确定"按钮，这样设置就完成了。

编写一个类 Hello，输出内容 "Hello World"：

```
class Hello {
    public static void main(String [ ] args){
        System.out.println("Hello World ");
    }
}
```

按以下步骤来运行程序，并看效果：

1. 用记事本或其他文本编辑器将上述代码保存为 Hello.java 文件。

介绍一个小技巧，如何快速得到路径字符串：

在 Windows 操纵系统的文件夹选项对话框中，选中"在地址栏中显示全路径"选项，窗口如图 10-4 所示。

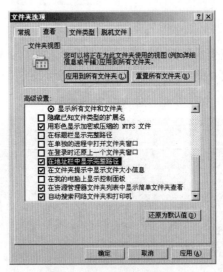

图 10-4　快速获得路径字符串

2．编译源文件，在资源管理器中进入 Hello.java 文件所在目录，在地址栏中会显示全路径，复制该路径，在命令行窗口中，输入 cd 加空格，然后在光标位置点右键，选择粘贴，回车即可进入 Hello.java 文件所在的目录，运行 javac Hello.java，执行成功会看到当前目录下产生 Hello.class 文件。

3．在当前目录运行 java Hello，如果输出 Hello World，则成功。

10.2.5　classpath 的设置

在 classpath 变量中加上 .; 这样执行程序的时候可以在当前目录查找相应文件。

10.2.6　用批处理文件配置文件

创建一个扩展名为 bat 或 cmd 的文件，然后在 dos 窗口运行该文件，例如设置 path 变量，内容如下：

```
@echo off
set path=C:\Program Files\Java\jdk1.5.0_06\bin;%path%
```

其中%path%表示当前值。

10.3　课堂练习（30 分钟）

1．安装 jdk。

2．配置环境变量。

配置完成后，在 DOS 命令运行 java，如果出现帮助信息，则运行环境配置成功。

3．参照 Hello.java 编写程序，输出信息。

1）把文件名改成其他名字，编译运行。

2）在 class 前加上 public，编译运行。

3）把文件名改成 Hello.java，编译运行。

4）把 System.out 改成如下。

```
if (args.length>0)
  {
      System.out.println("Hello " + args[0]);
  }
```

再编译执行，执行命令 java Hello <字符串>。

10.4　课后作业（45 分钟）

1．Eclipse 安装包获得

（http://europa-mirror1.eclipse.org/eclipse/downloads/drops/R-3.3-200706251500/index.php）

2．Eclipse 目录介绍

Eclipse 目录如图 10-5 所示。

图 10-5　Eclipse 目录

3．在 Eclipse 下编写 Hello.java 程序

1）创建 Project，如图 10-6 所示。

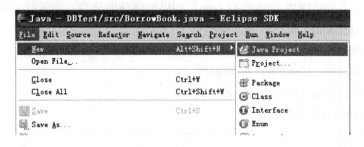

图 10-6　新建一个工程

2）创建 Hello Project，如图 10-7 所示。

3）Hello 项目目录结构

创建 Hello 的类文件如图 10-8、图 10-9 和图 10-10 所示。

4）设置 Hello 项目的属性，如图 10-11 所示。

图 10-7 新工程名为.hello

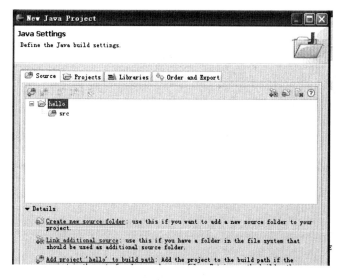

图 10-8 hello 目录结构

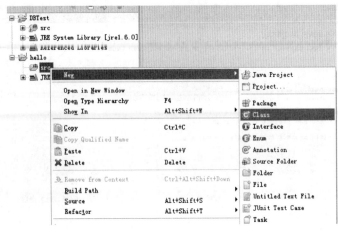

图 10-9   创建类

图 10-10   hello.java 程序

图 10-11   设置属性

5）设置 Hello 项目 Build 所需的 java 环境，如图 10-12 所示。

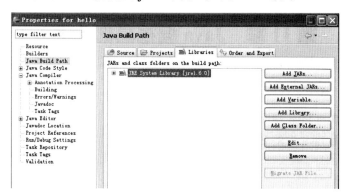

图 10-12　设置项目环境

6）运行 Hello 项目的类文件，如图 10-13 所示。

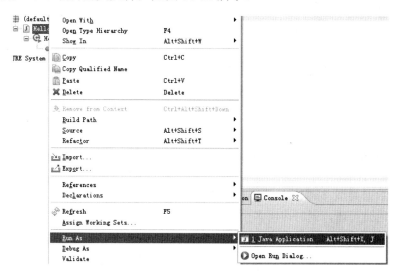

图 10-13　运行 hello 程序

第 11 章　Java 编程基础（上）

学习目标：
1. 编写简单的 Java 程序
2. 学会使用 Java 中的变量和方法

11.1　前言

本章实验重点

声明变量、声明并使用方法、运算符的使用。

本章实验难点

方法的声明、使用。

本章给出了全面的操作步骤，请学生按照给出的步骤独立完成实验，以达到要求的学习目标。

11.2　课堂指导（15 分钟）

11.2.1　定义变量

语法：数据类型 标识符[=值][，标识符[=值]…]

中括号内为可选，同时声明多个变量，变量间用逗号隔开。

int x=0，y；

变量使用前要进行初始化，不能在作用域之外使用。

11.2.2　方法

方法的定义必须由 3 部分组成，格式如下：

```
返回值类型 方法名（参数类型 形式参数 1，参数类型
形式参数 2，…）
{
程序代码
return 返回值;
}
```

形式参数：在方法被调用时用于接收外部传入的数据的变量。

参数类型：就是该形式参数的数据类型。

返回值：方法在执行完毕后返还给调用它的程序的数据。

实参：调用方法时实际传给方法形式参数的数据。

```
*版权所有
exam2_0    接收参数，乘以 2 返回结果
*/
class exam2_0{
  public static int getDouble(int ival){
    int iresult=0;
    iresult=2*ival;

return iresult;
  }
  public static void main(String[] args){
    int irs=getDouble(50);
    System.out.println("2*50="+irs);
  }
}
```

11.2.3　运算符的使用

计算表达式，输入以下代码，查看结果：

```
/*
*版权所有
exam2_1    输出表达式计算结果
*/
class exam2_1{
  public static void main(String[] args){
    int x=0;
    x=((3+2)+(6-1))*10;
    System.out.println("((3+2)+(6-1))*10="+x);
  }
}
```

11.3　课堂练习（30 分钟）

11.3.1　写程序，计算边长为 2 的正方形周长

11.3.2　声明一个方法并调用该方法

方法实现功能：接收一个整数，计算以这个整数为半径的圆面积，并返回结果。

提示：用 Math.PI 代替 π。

11.4　课后作业（30 分钟）

1. 编写程序，实现一个数的 3 次幂运算，声明一个方法并返回结果。
2. 编写程序，看一下 temp 变量的最终取值是什么。

```
long temp = (int)3.9;
temp %= 2;
```

3. 编写程序，运行以下代码，将得到什么打印结果？

```
System.out.println(6 + 6 + "x");
System.out.println("x" + 6 + 6);
```

第 12 章　Java 编程基础（下）

学习目标：

1. 编写简单的 Java 程序
2. 学会使用 Java 中的变量和方法

12.1　前言

本章实验重点

程序的流程控制、数组的声明。

本章实验难点

熟练使用流程控制语句、数组的使用。

本章给出了全面的操作步骤，请学生按照给出的步骤独立完成实验，以达到要求的学习目标。

12.2　课堂指导（15 分钟）

12.2.1　程序的流程控制

If 语句用法，输入以下代码，查看结果：

```
/*
*版权所有
exam2_2 根据不同条件输出结果
*/

class exam2_2{
  public static void main(String[] args){
    int x=1;
    if (x==1){
      System.out.println("我是1!");
    }else{
      System.out.println("我不是1!");
    }
  }
```

```
    }
  }
```

Switch 语句用法，输入以下代码，查看结果：

```
/*
*版权所有
exam2_3 根据不同条件结果
*/

class exam2_3{
  public static void main(String[] args){
    int x=2;
    switch(x){
      case 1:
        System.out.println("Monday");
        break;
      case 2:
        System.out.println("Tuesday");
        break;
      case 3:
        System.out.println("Wednesday");
        break;
      default:
        System.out.println("Sorry, I don't know");
    }
  }
}
```

While 语句用法，输入以下代码，查看结果：

```
/*
*版权所有
exam2_4 输出满足条件内容
*/

class exam2_4{
  public static void main(String[] args){
int x=1;
while(x<3){
System.out.println("x="+x);
x++;
```

```
}
    }
}
```

do while 语句用法，注意与 while 语句区别，输入以下代码，查看结果：

```
/*
*版权所有
exam2_5 输出满足条件内容
*/
class exam2_5{
  public static void main(String[] args){
int x=1;
do{
System.out.println("x="+x);
x++;
}while(x<3);
  }
}
```

for 语句用法，输入以下代码，查看结果：

```
/*
*版权所有
exam2_6 输出满足条件内容
*/

class exam2_6{
  public static void main(String[] args){
    for(int x=0;x<10;x++){
      System.out.println("x="+x);
    }
  }
}
```

注意：break 和 continue 的用法。

12.2.2　数组的声明

for 语句用法，输入以下代码，查看结果：

```
/*
*版权所有
```

```
exam2_7 声明一个数组并输出内容
*/
class exam2_7{
  public static void main(String[] args){
    int arr[]={1, 2, 3, 4, 5};
    for (int i=0;i<arr.length;i++){
      System.out.println("x["+i+"]="+arr[i]);
    }
  }
}
```

注意：数据的声明语法、赋初始值的方式。

12.3　课堂练习（30 分钟）

1．编写一个程序，如果用户传入参数，则提示有参数，否则输出没有提供参数的提示。

提示：根据数组的长度来判断用户是否输入参数。

2．分别使用 while、do while、for 语句输出 1 到 10 的整数。

3．声明一个数组并赋值，输出数组内容。

12.4　课后作业（45 分钟）

1．编写程序，声明一个数组，将数组元素从最大下标倒序输出。

提示：使用 for 语句、自减运算。

2．编写程序，声明一个数组，将数组复制到另外一个数组，并计算两个数组元素之和，声明一个方法来实现。

提示：使用复制数组功能、循环语句。

3．编写程序，实现方法的重载。

提示：参考理论部分 2.6 节。

第 13 章　面向对象（上）

学习目标：
1. 理解面向对象的概念
2. 掌握类与对象之间的关系
3. 学会使用构造方法

13.1　前言

本章实验重点

理解类和对象的概念、关系，学会类的定义使用和构造方法的使用。

本章实验难点

类的定义使用，使用构造方法。

本章给出了全面的操作步骤，请学生按照给出的步骤独立完成实验，以达到要求的学习目标。

13.2　课堂指导（15 分钟）

13.2.1　类的定义

语法：

```
修饰符 class 类名{
    type instance-variable1;
    ...
    type methodname1(parameter-list) {
     // body of method
    }
  }
/*exam3_1_1  定义一个类
*/
class Person{
  int age;//这是一个成员变量
  void shout()  {
```

```
      int age=60; //这是方法内部又重新定义的一个局部变量
      System.out.println("Oh, my god! my age is" + age);
    }
  }
```

13.2.2 对象的产生

声明一个对象，语法：

类名　对象名＝new　类名();

```
/*版权所有
exam3_1_2  产生一个对象
*/
class Person{
  int age;//这是一个成员变量
  void shout(){
    int age=60; //这是方法内部又重新定义的一个局部变量
    System.out.println("Oh, my god! my age is " + age);
  }
public static void main(String[] args) {
    Person p1=new Person();
    p1.shout();
  }
}
```

13.2.3 ==和 equals 使用上的区别

计算表达式，输入以下代码，查看结果：

```
/*版权所有
exam3_1_2  区别==和 equals 的用法
*/
class exam3_1_2{
  public static void main(String[] args){
    String str1=new String("字符串");
    String str2=new String("字符串");
    String str3=str1;
    if (str1==str2){
      System.out.println("str1==str2");
    }
    if (str1==str3){
      System.out.println("str1==str3");
```

```
    }
    if (str1.equals(str2)){
      System.out.println("str1 equal str2");
    } else{
      System.out.println("str1 not equal str2");
    }
  }
}
```

13.2.4　构造方法

定义使用构造方法及构造方法重载：

```
/*版权所有
exam3_1_2　构造方法的使用
*/
class Person{
public Person(){
System.out.println("the constructor 1 is calling!");
}
private int age = 10;
public void shout(){
System.out.println("age is "+age);
}
public static void main(String[] args) {
    new Person ().shout();
}
}
```

13.2.5　this 引用句柄

调用方法的对象，称为被调用方法的所属对象。

在方法内部用 this 来引用当前方法的所属对象，例如：a1.func1(); 那么可以在方法 func1 内用 this 来代表 a1。

this 的几种用法：

1. 构造方法的形式参数名称与类的成员变量名相同，可以用"this.成员变量"来区别成员变量和形式参数。

2. 通过 this 引用把当前的对象作为一个参数传递给其它的方法和构造方法。

3. 使用 this 一个构造方法里调用其他重载的构造方法。

13.3　课堂练习（35 分钟）

1．编写一个类，名称为 Person，可以被所有的类访问，其中包含一个字符串变量 strName，有一个给 strName 赋值的语句 ，并有一个可以输出 strName 的方法 showName。

> 提示：注意类和方法的定义格式。

2．创建练习 1 中类的对象，调用 showName 方法。

> 提示：在类中定义一个 main 方法。

3. 在类 Person 中增加一个整型变量 age，产生两个对象，分别对两个对象的 strName 和 age 属性进行比较，如果二者都相等，则认为是同一个人，并输出相关提示信息。

> 提示：==和 equals 的使用。

4．在 Person 类中增加一个无参构造方法，初始化 strName 和 age，age 等于 20。

13.4　课后作业（30 分钟）

1．使用匿名对象的方式，调用 Person 类的 showName 方法。

> 提示：匿名对象的定义语法。

2．将 Person 类的成员变量 age 定义为私有，并定义两个方法读取和修改 age 的值。

> 提示：私有变量的声明。

3．给 Person 类增加一个带参数构造方法，参数为一个字符串和一个整型变量，分别用来初始化成员变量 strName 和 age，只有整型参数的值大于 0 小于 130 才会更改 age 的值。

> 提示：怎样来调用带参构造方法。

第 14 章 面向对象（下）

学习目标：
1. 掌握方法的参数传递
2. 掌握 static 关键字
3. 掌握类的继承
4. 理解抽象类与接口
5. 理解异常
6. 掌握包
7. 理解访问控制

14.1 前言

本章实验重点

方法的参数传递、static 关键字、类的继承、抽象类与接口、异常、包、访问控制。

本章实验难点

方法的参数传递、类的继承、抽象类与接口、异常。

本章给出了全面的操作步骤，请学生按照给出的步骤独立完成实验，以达到要求的学习目标。

14.2 课堂指导（15 分钟）

14.2.1 方法的参数传递

基本类型的变量作为实参传递，并不能改变这个变量的值：

```
/*
*版权所有
exam3_2_1  基本类型变量作为实参传递
*/
class PassValue{
    public static void main(String [] args) {
        int x = 5;
        change(x);
```

```
        System.out.println(x);
    }
    public static void change(int x) {
        x = 3;
    }
}
```

对象的引用变量并不是对象本身，它们只是对象的句柄（名称）：

```
/*
*版权所有
exam3_2_2   引用数据类型作为实参传递
*/
class  PassRef{
int x ;
public static void main(String [] args){
    PassRef obj = new PassRef();
    obj.x = 5;
    change(obj);
    System.out.println(obj.x);
}
public static void change(PassRef obj)  {
    obj.x=3;
}
}
```

14.2.2   static 关键字

用 static 声明的变量和方法是类的静态成员，常称为类成员。

对于静态成员变量，我们叫类属性，对于静态成员方法，我们叫类方法。

类成员可以通过两种方式来访问：类名.成员或者对象名.成员。

使用类的静态方法时，要注意几点：

（1）在静态方法里只能直接调用同类中其他的静态成员（包括变量和方法），而不能直接访问类中的非静态成员。

（2）静态方法不能以任何方式引用 this 和 super 关键字。

（3）main()方法是静态的，因此 JVM 在执行 main 方法时不创建 main 方法所在的类的实例对象，因而在 main()方法中，不能直接访问该类中的非静态成员，必须创建该类的一个实例对象后，才能通过这个对象去访问类中的非静态成员。

单态设计模式，在整个的软件系统中，对某个类只能存在一个对象实例，并且该类只提供一个取得其对象实例的方法：

```
/*
*版权所有
exam3_2_3  单态模式
*/
public class TestSingle{
  private static final TestSingle onlyOne=new TestSingle();
  public static TestSingle getTestsingle()  {
    return onlyOne;
  }
  private TestSingle(){}
}
```

14.2.3　类的继承

继承的语法：

```
class Person {
 ...
}
class Student extends Person{
 ...
}
```

在子类中可以覆盖父类的方法，覆盖方法必须和被覆盖方法具有相同的方法名称、参数列表和返回值类型。覆盖方法时，不能使用比父类中被覆盖的方法更严格的访问权限。

final 关键字：

（1）在 Java 中声明类、属性和方法时，可使用关键字 final 来修饰。

（2）final 标的类不能被继承。

（3）final 标的方法不能被子类重写。

（4）final 标的变量（成员变量或局部变量）即成为常量，只能赋值一次。

（5）方法中定义的内置类只能访问该方法内的 final 类型的局部变量。

14.2.4　抽象类与接口

抽象类：

1．抽象类定义规则

（1）抽象类必须用 abstract 关键字来修饰，抽象方法也必须用 abstract 来修饰。

（2）抽象类不能被实例化，也就是不能用 new 关键字去产生对象。

（3）抽象方法只需声明，而不需实现。

（4）含有抽象方法的类必须被声明为抽象类，抽象类的子类必须覆盖所有的抽象方法后才能被实例化，否则这个子类还是个抽象类。

2．抽象方法的写法

abstract 返回值类型抽象方法（参数列表）。

3．抽象类和抽象方法的例子

```
abstract class A{
  abstract int aa(int x, int y);
}
```

接口：

接口是一种特殊的抽象类，抽象类中的所有方法都是抽象的，变量就是全局静态常量。

定义一个新的接口，用 extends 关键字去继承一个已有的接口：

```
interface Animal extends Runner{
    void breathe();
}
```

定义一个类，用 implements 关键字去实现一个接口中的所有方法：

```
class Fish implements Animal{
    ...
}
```

定义一个抽象类，用 implements 关键字去实现一个接口中定义的部分方法：

```
abstract LandAnimal implements Animal{
    ...
}
```

一个类可以在继承一个父类的同时，实现一个或多个接口，extends 关键字必须位于 implements 关键字之前：

```
class Student extends Person implements Runner{
    ...
}
```

一个类实现多个接口：

```
interface Flyer{
  void fly();
}
class Bird implements Runner, Flyer{
  ...
}
```

14.2.5　异常

异常处理：

```
try{
        ...
        }catch(Exception e){
        ...
        } finally{
...
}
```

finally 语句是可选的，语句中的代码块不管异常是否被捕获都要被执行。自定义异常：自定义的异常类必须继承 Exception 类。

14.2.6　包

包使用语法格式：package 要放在第一行，用.来区分包的层次，

如：package cn.imti.TestPackage;

位于包中的每个类的完整名称都应该是包名与类名的组合：cn.imti.TestPackage。

编译包中的类方法：

（1）直接编译源文件，然后手工建立目录结构与包路径相匹配。

（2）在当前目录下执行命令 javac –d . TestPackage.java，会自动生成目录和字节码文件。执行字节码文件时，要以完整名称出现 java cn.imti.TestPackage。

14.3　课堂练习（35 分钟）

1. 编写一个类，名称为 Person，定义一个整型变量为类的成员，定义两个方法，一个形参为整型，在方法内改变参数值，另一个形参类型与引用型变量相同，在方法内改变参数值。定义主方法，定义一个整型变量，产生一个类的对象，然后分别调用类的两个方法，观察方法调用前后变量值的变化。

> 提示：参照教材部分示例。

2．在 Person 类中定义静态变量和静态方法，并通过类和对象的方式调用。

3．定义一个 Student 类继承 Person 类，调用 Student 类的方法。

> 注意：类继承关键字 extends。

4．定义一个抽象类，并定义一个类继承这个抽象类。

5．定义一个接口，并定义一个类实现这个接口。

14.4　课后作业（50 分钟）

1．在 Person 类中加入静态代码块，初始化一个静态变量，通过类和对象方式使用变量。

2．定义一个 Student 类继承 Person 类，覆盖 Person 类的方法。

3．定义一个实现接口的抽象类，定义一个接口继承另外一个接口。

4．定义一个异常，并在类中使用这个异常。

5．定义一个类，类在一个包中，在命令行编译并执行这个类。

第 15 章　Java API

学习目标：
1. 了解 Java 中 API 的使用
2. 掌握常用类编程

15.1　前言

本章实验重点

掌握 Java 中常用的 API 方法使用。

本章实验难点

掌握 Java 类中多个 API 方法的使用。

本章给出了全面的操作步骤，请学生按照给出的步骤独立完成实验，以达到要求的学习目标。

15.2　课堂指导（15 分钟）

15.2.1　String\StringBuffer 类

Java 定义了 String 和 StringBuffer 两个类来封装对字符串的各种操作。他们是 java.lang 中的两个类。

String 类用于比较两个字符串、查找和抽取串中的字符或字串、字符串与其他类型之间的相互转换等。String 类对象的内容一旦被初始化就不能再改变。

StringBuffer 类用于内容可以改变的字符串，可以将其他各种类型的数据增加、插入到字符串中，也可以翻转字符串中原来的内容。一旦通过 StringBuffer 类生成了最终想要的字符串，就应该使用 StringBuffer.tostring()方法将其转换成 String 类，随后，就可以使用 String 类的各种方法操纵这个字符串。

1. String 类中常用的方法

String()构造方法，分配一个新的不含有字符的 String。

2. StringBuffer 类

StringBuffer()构造一个不包含字符的字符串缓冲区，其初始的容量设为 16 个字符。

StringBuffer（int length）构造一个不包含字符的字符串缓冲区，其初始的容量由参数 length 设置。

```
/*版权所有
*Exam5_1  String\StringBuffer 类的使用*/
public class StringTest {
    public static void main(String[] args) {
        // TODO Auto-generated method stub
        String s1 = new String("welcome to IMTI");
        String s2 = new String("welcome to IMTI");
        if (s1 == s2)   {
            System.out.println("可以使用==来判断字符串相等");
        }else if (s2.equals(s2)){
            System.out.println("只能使用 equals()方法判断字符相等");
        }
        StringBuffer sb1 = new StringBuffer(s1);
        StringBuffer sb2 = new StringBuffer();
        sb2.append(s2);
        if (sb1.equals(sb2)){
            System.out.println("可以使用 equals()方法来判断 StringBuffer 相等");
        }else if (sb1.toString().equals(sb2.toString())){
            System.out.println("StringBuffer 需要转换成 String 才能比较是否
            相等");
        }
    }
}
```

15.2.2　集合类的使用

1.　Vector 类与 Enumeration 接口
Vector 是 java.util 包的类，他的功能是实现了一个动态增长的数组，像其他数组一样，此向量数组可以为每个包含的元素分配一下整数索引号，但是，向量不同于数组，它的长度可以在创建以后根据实际包含的元素个数增加或减少。

2.　Arraylist 类
ArrayList()构造一个初始容量为 10 的空列表。

按照 Java 的语法，不能直接用 Collection 接口类创建对象，而必须用实现了 Collection 接口的类来创建对象，ArrayList 类就是一个实现了 Collection 接口的类。

3.　Hashtable 与 Properties 类
Hashtable()实现了一个散列表，它把键映射到值。任何非 null 的对象可用作键或值。为成功地从散列表中存储和检索对象，用作键的对象必须执行 hashCode 方法和 equals

方法。

　　Properties 类描述了一个持久的特性集。Properties 可被保存在流中或从流中装入。特性列表中的每个关键字和它的相应值是一个字符串。一个特性列表可包含另一个特性列表作为它的"缺省"；如果特性关键字没有在原始的特性列表中找到，则搜索第二个特性列表。

　　Java.util.Properties 类是 Hashtable 的一个子类，设计用于 String keys 和 values。Properties 对象的用法同 Hashtable 的用法相象。

15.2.3　System 类与 Runtime 类

　　Java 不支持全局方法和变量，Java 设计者将一些与系统相关的重要方法和变量收集到了一个统一的类中，这就是 System 类。

　　System 类中的所有成员都是静态的，System 类保护几个有用的域和方法。它不能被实例化。

　　Runtime 类：每个 Java 应用程序都有一个 Runtime 类实例，使应用程序能够与其运行的环境相连接。我们不能直接创建 Runtime 实例，但可以通过静态方法 Runtime. getRuntime 获得正在运行的 Runtime 对象的引用。

15.2.4　其他 API 类的使用

1．Date 与 Calendar \ DateFormat 类

　　Date 类用于表示日期和时间，最简单的构造方法是 Date()，它以当前的日期和时间初始化一个 Date 对象。

　　Calendar 类是一个抽象基类，主要用于完成日期字段之间相互操作的功能。

　　DateFormat 类是日期/时间格式化子类的抽象类，它以与语言无关的方式格式化并分析日期或时间。

2．Math 与 Random 类

　　Math 类包含了所有用于几何和三角的浮点运算方法，这些方法都是静态的，每个方法的使用都非常简单。

　　Random 类是一个伪随机数产生器。

15.3　课堂练习（35 分钟）

　　1．使用 String 类比较两个字符是否相等。

　　2．使用 Vector 类和 Enumeraton 接口编写程序，实现对输入的数字进行相加并输出结果。

15.4 课后作业（45 分钟）

1. 使用 SimpleDateFormat 类将当前时间如 2009-1-12 转换成 2009 年 1 月 12 日。

> 提示：定义两个 SimpleDateFormat 类对象，sdf1 和 sdf2。
> sdf1 用来接收和转换源格式字符串。
> sdf2 用来接收 sdf1 转换成的对象，并进行转换成所需输出的格式。

2. 使用 Calendar 类获得星期。

3. 定义一个名为 MyRectangle 的矩形类，类中有 4 个私有的整型域，分别是矩形的左上角坐标（xUp，yUp）和右下角坐标（xDown，yDown）。类中定义没有参数的构造方法和有 4 个 int 参数的构造方法，用来初始化类对象。类中还有以下方法：getW()——计算矩形的宽度；getH()——计算矩形的高度；area()——计算矩形的面积；toString()——把矩形的宽、高和面积等信息作为为字符串返回。

> 提示：使用包装类 StringBuffer 完成。

第 16 章　I/O 输入与输出

学习目标：

1. 掌握使用 File 类编写文件操作的操作程序
2. 掌握节点流、字符流的应用
3. 了解 I/O 中的高级应用

16.1　前言

本章实验重点

掌握 Java 中各种常用 I/O 的使用。

本章实验难点

掌握 Java 中输入输出流中节点流和字符流的使用。

本章给出了全面的操作步骤，请学生按照给出的步骤独立完成实验，以达到要求的学习目标。

16.2　课堂指导（15 分钟）

16.2.1　File 类

File 类是 java.io 包中的类，是 I/O 包中唯一代表磁盘文件本身的对象。File 类的实例是不可变的，也就是说，一旦创建，File 对象表示的抽象路径名将永不改变。

常用的构造方法有：

- public **File**（String pathname）

通过将给定路径名字符串转换成抽象路径名来创建一个新 File 实例。如果给定字符串是空字符串，则结果是空的抽象路径名。

- public **File**（File parent，String child）

根据 parent 抽象路径名和 child 路径名字符串创建一个新 File 实例。

常用的方法有：

- public boolean **exists**()

测试此抽象路径名表示的文件或目录是否存在。

- public String **getName**()

返回由此抽象路径名表示的文件或目录的名称。该名称是路径名的名称序列中的最后一个名称。如果路径名的名称序列为空，则返回空字符串。

- public String **getPath**()

将此抽象路径名转换为一个路径名字符串。所得到的字符串使用默认名称分隔符来分隔名称序列中的名称。

下面的例子用来判断 D 盘下如果存在 1.txt 文件，则输出文件名和保存路径。

```
/*
*版权所有
*Exam6_1  File 类的使用
*/
import java.io.*;
public class FileTest{
    public static void main(String[] args) {
        File f=new File("d:\\1.txt");
        if(f.exists()){
            System.out.println("File name:"+f.getName());
            System.out.println("File path:"+f.getPath());
        };
    }
}
```

16.2.2　RandomAccessFile 类的使用

RandomAccessFile 类是 java.io 包中的类，这个类的实例支持对随机存取文件的读取和写入，跳转到文件的任意位置处读写数据。RandomAccessFile 在等长记录格式文件的随机（相对顺序而言）读取时有很大的优势，但该类仅限于操作文件，不能访问其他的 IO 设备，如网络、内存映像等。

16.2.3　节点流中类的使用

1．FileInputStream 与 FileOutputStream 类的使用

这两个类都是 java.io 包中的类，用来操作磁盘文件，FileInputStream 从文件系统中的某个文件中获取输入字节。文件输出流是用于将数据写入 File 或 FileDescriptor 的输出流。文件是否可用或能否可以被创建取决于基础平台。特别是某些平台一次只允许一个 FileOutputStream（或其他文件写入对象）打开文件进行写入。在这种情况下，如果所涉及的文件已经打开，则此类中的构造方法将失败。

构造方法：

public FileInputStream（File file）

通过打开一个到实际文件的连接来创建一个 FileInputStream，该文件通过文件系统中的 File 对象 file 指定。

常用的方法：

public int read()

从此输入流中读取一个数据字节。如果没有输入可用，则此方法将阻塞。

构造方法：

public FileOutputStream（File file）

创建一个向指定 File 对象表示的文件中写入数据的文件输出流。

常用的方法：

public void write（byte[] b）

将 b.length 个字节从指定字节数组写入此文件输出流中。

在下面的例子中，我们用 FileOutputStream 类向文件中写入一串字符"欢迎来到 IMTI 学院学习"，并用 FileInputStream 读出。

```
/*版权所有
*Exam6_2  FileInputStream 与 FileOutputStream 类的使用
*/
import java.io.*;
public class FileStream{
    public static void main(String[] args) {
        File f = new File("Welcome.txt");
        try{
            FileOutputStream out = new FileOutputStream(f);
            byte buf[]="欢迎参加 JAVA 基础应用开发学习".getBytes();
            out.write(buf);
            out.close();
        }catch(Exception e){
            System.out.println(e.getMessage());
        }
        try {
            FileInputStream in = new FileInputStream(f);
            byte [] buf = new byte[1024];
            int len = in.read(buf);
            System.out.println(new String(buf, 0, len));
        }catch(Exception e){
            System.out.println(e.getMessage());
        }
    }
}
```

2．其他 Stream 类

● Reader 与 Writer 类

Java 为字符流的输入输出专门提供了一套单独的类，就是 Reader 与 Writer 类。大体的功能和 InputStream 与 OutputStream 两个类相同，Reader、Writer 下面也有许多子类，对具体 IO 设备进行字符输入输出。

● PipedInputStream 与 PipedOutputStream 类

使用管道流类，可以实现各个程序模块之间的松耦合通信，我们可以灵活地将多个这样的模块的输出流与输入流相连接，以拼装成满足各种应用的程序，而不用对模块内部进行修改。

一个 PipedInputStream 对象必须和一个 PipedOutputStream 对象进行连接而产生一个通信管道，PipedOutStream 可以向管道中写入数据，PipedInputStream 可以从管道中读取 PipedOutputStream 写入的数据。

16.3 课堂练习（35 分钟）

1．从键盘上输入中文字符"今天是 4 月 1 号"，存放到字节数组中，分别输出它的 Unicode 字符编码和 ISO8859－1 编码。

2．通过一个 Java 文件调用 Process 类，调用另外一个 Java 文件，通过流互发信息（双向的）。

3．编写一个程序，完成从字符流到字节流的转换。

16.4 课后作业（30 分钟）

1．写出一段程序 CopyStream，构造方法为一个源文件名和目标文件名，调用 BufferedXXXStream 和 FileXXXStream，形成一个包装类，完成对文件的复制。

第 17 章　Java 图形编程基础

学习目标：
1. 了解 Java 中 API 的使用
2. 掌握常用类编程

17.1　前言

本章实验重点

掌握 GUI 编程。

本章实验难点

掌握各种组件技术编写 GUI。

本章给出了全面的操作步骤，请学生按照给出的步骤独立完成实验，以达到要求的学习目标。

17.2　课堂指导（15 分钟）

17.2.1　AWT

java.awt 的描述

包含用于创建用户界面和绘制图形图像的所有类。在 AWT 术语中，诸如按钮或滚动条之类的用户界面对象称为组件。Component 类是所有 AWT 组件的根。有关所有 AWT 组件的公共属性的详细描述，请参见 Component。

当用户与组件交互时，一些组件激发事件。AWTEvent 类及其子类用于表示 AWT 组件能够激发的事件。

容器是一个可以包含组件和其他容器的组件。容器还可以用来布局管理器和控制容器中组件的可视化布局。AWT 包带有几个布局管理器类和一个接口，此接口可用于构建自己的布局管理器。

```
/*版权所有
*Exam7_1  AWT 实现 GUI 的欢迎界面
*/
import java.awt.*;
public class WelcomeSymbio{
```

```
public static void main(String [] args){
  Frame f=new Frame("欢迎参加 Symbio 学习");
  f.add(new Button("欢迎参加 Symbio 学习"));
  f.setSize(300, 300);
  f.setVisible(true);
}
}
```

17.2.2　SWING

在 Java 里用来设计 GUI 的组件和容器有两种，一种是早期版本的 AWT 组件，在 java.awt 包里，包括 Button、CheckBox 等，这些组件都是 Component 类的子类。另一种是较新的 Swing 组件，在 javax.swing 包里，这些组件是 JComponent 类的子类。

```
/*
*版权所有
*Exam7_2  用 swing 实现 GUI 窗口，欢迎参加 Symbio 学习
*/
import javax.swing.*;
public class Welcome {
    private static void createAndShowGUI() {
        JFrame.setDefaultLookAndFeelDecorated(true);
        JFrame frame = new JFrame("欢迎参加 Symbio 学习");
        frame.setDefaultCloseOperation(JFrame.EXIT_ON_CLOSE);
        JLabel label = new JLabel("欢迎参加 Symbio 学习");
        frame.getContentPane().add(label);
        frame.pack();
        frame.setVisible(true);
    }
    public static void main(String[] args) {
        javax.swing.SwingUtilities.invokeLater(new Runnable() {
        public void run() {
            createAndShowGUI();
        }
    });
    }
}
```

17.3　课堂练习（35 分钟）

使用 AWT 的 Graphics.drawLine（int x1，int y1，int x2，int y2）方法，实现一个画线程序。使得鼠标按下时的位置作为线的起始点，鼠标释放时的位置作为终止点，并在

鼠标释放时画线。

17.4　课后作业（45 分钟）

1．使用 Swing 创建 GUI 界面，实现一个 HelloWorld 窗口。

> 提示：使用 javax.swing.JFrame 类中的一些方法，如 getContentPane()方法，设置 contentPane 属性。

2．使用 BorderLayout 布局管理器创建如图 17-1 所示的界面。

图 17-1　创建 GUI 界面一

3．使用 CardLayout 布局管理器创建如图 17-2 所示的界面。

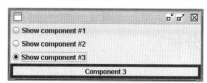

图 17-2　创建 GUI 界面二

4．使用 SWT Designer 进行可视化界面开发，开发如图 17-3 所示的程序。

图 17-3　创建 GUI 界面三

第 18 章　数据库查询语言 SQL 基础

学习目标：
1. 理解数据库基础知识
2. 创建、删除数据库
3. 创建、删除、修改数据表

18.1　前言

本章实验重点

掌握数据库相关基础知识。

掌握关系数据库的 1NF、2NF、3NF 的表示形式。

本章实验难点

掌握并使用 SQL Server2005 创建数据库以及数据库中的表，对表的修改操作。

本章给出了全面的操作步骤，请学生按照给出的步骤独立完成实验，以达到要求的学习目标。

18.2　课堂指导（15 分钟）

18.2.1　关系数据库基本知识

关系数据库由一个个的实体模型组成，实体模型是客观事物在人们头脑中的反映。实体模型主要由以下三个部分组成：

- 实体（Entity）：客观事物在信息世界中称为实体。实体可以是具体的，如一个学生，一本书；也可以是抽象的事件，如一些足球比赛。实体用类型（Type）和值（Value）表示，例如学生是一个实体，而具体的学生李明、王力是实体值。
- 实体集（Entity Set）：性质相同的同类实体的集合称为实体集。如一班学生，一批书籍。
- 属性：实体有许多特性，每一特性在信息世界中都称为属性。属性用类型和值表示，例如学号、姓名、年龄是属性的类型，而具体的数值 870101、王小艳、19 是属性值。

实体间存在的关系主要有以下 3 种：

- 一对一的关系：它表现为主表的每一条记录只与相关表中的一条记录相关联。例如：人事部门的人员表与劳资部门的工资表中的人的记录为一对一的关系。
- 一对多的关系：表现为主表中的每一条记录与相关表中的多条记录相关联。例如：学校的系别表中的系别与学生表中的学生是一对多的关系，一个系中有多个学生，一个学生只能在一个系就读。
- 多对多的关系：一个表中的多个记录在相关表中同样有多个记录与其匹配。例如：学生表和课程表的关系是多对多的关系，一个学生可以选修多门课程，一门课程可以供多个学生选修。

18.2.2　数据抽象和局部 ER 模型设计

概念结构是对现实世界的一种抽象。

所谓抽象是对实际的人、物、事和概念进行人为处理，它抽取人们关心的共同特性，忽略非本质的细节，并把这些特性用各种概念精确地加以描述，这些概念组成了某种模型。

概念结构设计首先要根据需求分析得到的结果（数据流图、数据字典等）对现实世界进行抽象，设计各个局部 E-R 模型。

E-R 方法是 "实体-联系方法"（Entity-Relationship Approach）的简称。它是描述现实世界概念结构模型的有效方法。用 E-R 方法建立的概念结构模型称为 E-R 模型，或称为 E-R 图。

E-R 图基本成分包含实体型、属性和联系。（在第 1 章已经介绍过它们的基本概念，这里只给出它们的表示方法。）

① 实体型：用矩形框表示，框内标注实体名称，如图 18-1（a）所示。

② 属性：用椭圆形框表示，框内标注属性名称，如图 18-1（b）所示。

③ 联系：指实体之间的联系，有一对一（1：1），一对多（1：n）或多对多（m：n）三种联系类型。例如系主任领导系，学生属于某一系，学生选修课程，工人生产产品，这里 "领导"、"属于"、"选修"、"生产" 表示实体间的联系，可以作为联系名称。联系用菱形框表示，框内标注联系名称。如图 18-1（c）所示。

（a）实体　　（b）属性　　（c）联系

图 18-1　E-R 图

现实世界的复杂性导致实体联系的复杂性。表现在 E-R 图上可以归结为图 18-2 所示的几种基本形式：

① 两个实体之间的联系，如图 18-2（a）所示。

② 两个以上实体间的联系，如图 18-2（b）所示。

③ 同一实体集内部各实体之间的联系，例如一个部门内的职工有领导与被领导的联系，即某一职工（干部）领导若干名职工，而一个职工（普通员工）仅被另外一个职工直接领导，这就构成了实体内部的一对多的联系，如图 18-2（c）所示。

需要注意的是，因为联系本身也是一种实体型，所以联系也可以有属性。如果一个联系具有属性，则这些联系也要用无向边与该联系连接起来。例如，学生选修的课程有相应的成绩。这里的"成绩"既不是学生的属性，也不是课程的属性，只能是学生选修课程的联系的属性。图 18-2（b）中"供应数量"是"供应"联系的属性。

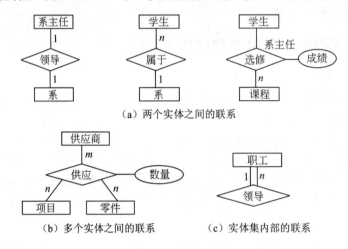

（a）两个实体之间的联系

（b）多个实体之间的联系　　　（c）实体集内部的联系

图 18-2　E-R 图的 3 种形式

E-R 图的基本思想就是分别用矩形框、椭圆形框和菱形框表示实体、属性和联系，使用无向边将属性与其相应的实体连接起来，并将联系分别和有关实体相连接，注明联系类型。

18.3　课堂练习（35 分钟）

1．安装 SQL Server 2005。
2．熟悉 SQL Server 2005 的基本组件。
3．使用 SQL Server 2005 的对象资源管理器创建名为"LibraryManagement"的数据库，然后使用下面的 T-SQL 语言在 SQL Server2005 的查询分析器中，创建相关的数据表。

18.4　课后作业（45 分钟）

1．设计一个教务管理系统。要求管理包括：学生的档案，学生选课的情况，学生每学期的综合测评，教师档案和教师工作量等。具体考核方法根据自己了解的实际情况处理。在初期设计时，先关注与教务系统有关的数据。在完成对教务管理系统的建模后再对整个系统进行合并，最终得到整个系统的设计方案。

2. 根据 E-R 图写出各个实体的属性描述

学生：{学号，姓名}

课程：{课程号，课程名，课程描述，学分}

教师：{教师号，教师名，课程数}

教室：{教室编号，地址，容量}

3. 视图的集成

假设在学生管理系统的学籍管理系统中存在另一个学生实体，其中还包括以下信息：性别，所属专业，所属班级。为了使两个实体保持一致，对两个实体取并集得到新的学生实体：

学生：{学号，姓名，性别，专业，班级}

4. 逻辑结构设计

（1）由 E-R 图向数据模型的转换

一个实体型转换为一个关系模式。实体的属性就是关系的属性。实体的码就是关系的码。所以，E-R 图中的属性描述可直接转换为相应的关系模式。

（2）对于剩余的一对多和多对多联系可以如下表示：

学生-课程：{学号，课程号，课序号，成绩}

课程-教师：{课程号，课序号，教师号}

课程-教科书：{课程号，课序号，教科书}

教室-课程：{教室号，时间，课程号，课序号}

其中，课程-教师 与 课程-教科书 具有相同的主码，可以合并成一个关系。

教学：{课程号，课序号，教师号，教科书}

最后得到的关系模式为：

学生：{学号，姓名，性别，专业，班级}

课程：{课程号，课程名，课程描述，学分}

教师：{教师号，教师名，课程数}

教室：{教室号，地址，容量}

学生-课程：{学号，课程号，课序号，成绩}

教学：{课程号，课序号，教师号，教科书}

教室-课程：{教室号，时间，课程号，课序号}

（3）用户外模式

根据需求，为计算综合测评增加一个外模式，因为综合测评只在学期末进行，查询次数不多，所以没有必要用冗余的方法来提高查询效率，只需要建立一个外模式视图即可。

测评{学号，学生姓名，平均成绩}

（4）根据设计写出相应的数据库设计的 SQL 语句。

第 19 章　SQL 基本语句介绍

学习目标:

1. 使用 SQL Selected 语句
2. 使用 Group By 语句
3. 使用 Order By 语句
4. 使用 Union 等 SQL 基本语句

19.1　前言

本章实验重点

掌握 SQL 结构化查询语言中 Select 语句、Group 语句、Order By 等基本语句的使用。

本章实验难点

掌握并使用 SQL Selected 语句进行简单查询、连接查询、子查询、分组查询、排序查询,通过 SQL 语句为数据表建立各种约束等。

本章给出了全面的操作步骤,请学生按照给出的步骤独立完成实验,以达到要求的学习目标。

19.2　课堂指导（15 分钟）

19.2.1　Selected 语句的语法格式

SELECT [ALL|DISTINCT] 列表达式
[INTO 新表名]
FROM 表名列表
[WHERE 逻辑表达式]
[GROUP BY 列名]
[HAVING 逻辑表达式]
[ORDER BY 列名[ASC|DESC]]

例子:从教务管理数据库 EDUC 的学生表 Student 中查询出男生的编号、姓名和性别三列的记录。

```
USE EDUC
GO
SELECT SID，Sname，Sex
FROM Student
```

19.2.2　FROM 子句连接查询

格式：FROM 基本表名/视图，基本表名/视图，……

功能：提供基本表或视图的连接查询。

例子：从教务管理数据库 EDUC 中查询出学生选课的成绩信息。

```
USE EDUC
GO
SELECT Sname，Cname，Grade
FROM Student， SC ，Course
Where Student.SID=SC.SID AND SC.CID=Course.CID
```

查询结果如图 19-1 所示。

	Sname	Cname	Grade
1	赵成刚	C语言程序设计	96.0
2	赵成刚	图像处理	80.0
3	李敬	C语言程序设计	67.0
4	李敬	网页设计	78.0
5	郭洪亮	数据结构	87.0
6	郭洪亮	数据库原理与应用	85.0
7	吴秋娟	数据库原理与应用	89.0
8	吴秋娟	专业英语	90.0
9	姜丽丽	C语言程序设计	58.0

图 19-1　查询结果

19.3　课堂练习（35 分钟）

1．根据下面的创建数据库的语句，写出相关的 SQL 查询语句。

```
CREATE TABLE STUDENT
(SNO VARCHAR(3) NOT NULL,
  SNAME VARCHAR(4) NOT NULL,
  SSEX VARCHAR(2) NOT NULL,
  SBIRTHDAY DATETIME,
```

```
        CLASS VARCHAR(5))
go
CREATE TABLE COURSE
(CNO VARCHAR(5) NOT NULL,
  CNAME VARCHAR(10) NOT NULL,
  TNO VARCHAR(10) NOT NULL)
go
CREATE TABLE SCORE
(SNO VARCHAR(3) NOT NULL,
  CNO VARCHAR(5) NOT NULL,
  DEGREE NUMERIC(10, 1) NOT NULL)
go
CREATE TABLE TEACHER
(TNO VARCHAR(3) NOT NULL,
  TNAME VARCHAR(4) NOT NULL, TSEX VARCHAR(2) NOT NULL,
  TBIRTHDAY DATETIME NOT NULL, PROF VARCHAR(6),
  DEPART VARCHAR(10) NOT NULL)

INSERT INTO STUDENT (SNO,SNAME,SSEX,SBIRTHDAY,CLASS) VALUES (108 ,
'曾华' ,'男' ,1977-09-01,95033);
INSERT INTO STUDENT (SNO,SNAME,SSEX,SBIRTHDAY,CLASS) VALUES (105 ,
'匡明' ,'男' ,1975-10-02,95031);
INSERT INTO STUDENT (SNO,SNAME,SSEX,SBIRTHDAY,CLASS) VALUES (107 ,
'王丽' ,'女' ,1976-01-23,95033);
INSERT INTO STUDENT (SNO,SNAME,SSEX,SBIRTHDAY,CLASS) VALUES (101 ,
'李军' ,'男' ,1976-02-20,95033);
INSERT INTO STUDENT (SNO,SNAME,SSEX,SBIRTHDAY,CLASS) VALUES (109 ,
'王芳' ,'女' ,1975-02-10,95031);
INSERT INTO STUDENT (SNO,SNAME,SSEX,SBIRTHDAY,CLASS) VALUES (103 ,
'陆君' ,'男' ,1974-06-03,95031);  .
GO
INSERT INTO COURSE(CNO,CNAME,TNO)VALUES ('3-105' ,'计算机导论',825)
INSERT INTO COURSE(CNO,CNAME,TNO)VALUES ('3-245' ,'操作系统' ,804);
INSERT INTO COURSE(CNO,CNAME,TNO)VALUES ('6-166' ,'数据电路' ,856);
INSERT INTO COURSE(CNO,CNAME,TNO)VALUES ('9-888' ,'高等数学' ,100);
GO
INSERT INTO SCORE(SNO,CNO,DEGREE)VALUES (103,'3-245',86);
INSERT INTO SCORE(SNO,CNO,DEGREE)VALUES (105,'3-245',75);
INSERT INTO SCORE(SNO,CNO,DEGREE)VALUES (109,'3-245',68);
INSERT INTO SCORE(SNO,CNO,DEGREE)VALUES (103,'3-105',92);
INSERT INTO SCORE(SNO,CNO,DEGREE)VALUES (105,'3-105',88);
INSERT INTO SCORE(SNO,CNO,DEGREE)VALUES (109,'3-105',76);
INSERT INTO SCORE(SNO, CNO, DEGREE)VALUES (101, '3-105', 64);
INSERT INTO SCORE(SNO, CNO, DEGREE)VALUES (107, '3-105', 91);
```

```
INSERT INTO SCORE(SNO, CNO, DEGREE)VALUES (108, '3-105', 78);
INSERT INTO SCORE(SNO, CNO, DEGREE)VALUES (101, '6-166', 85);
INSERT INTO SCORE(SNO, CNO, DEGREE)VALUES (107, '6-106', 79);
INSERT INTO SCORE(SNO, CNO, DEGREE)VALUES (108, '6-166', 81);
GO
INSERT INTO TEACHER(TNO, TNAME, TSEX, TBIRTHDAY, PROF, DEPART)
    VALUES (804, '李诚', '男', '1958-12-02', '副教授', '计算机系');
INSERT INTO TEACHER(TNO, TNAME, TSEX, TBIRTHDAY, PROF, DEPART)
    VALUES (856, '张旭', '男', '1969-03-12', '讲师', '电子工程系');
INSERT INTO TEACHER(TNO, TNAME, TSEX, TBIRTHDAY, PROF, DEPART)
    VALUES (825, '王萍', '女', '1972-05-05', '助教', '计算机系');
INSERT INTO TEACHER(TNO, TNAME, TSEX, TBIRTHDAY, PROF, DEPART)
    VALUES (831, '刘冰', '女', '1977-08-14', '助教', '电子工程系');
```

（1）查询 Student 表中所有记录的 Sname、Ssex 和 Class 列。

（2）查询教师所有的单位，即不重复的 Depart 列。

（3）查询 Student 表的所有记录。

（4）查询 Score 表中成绩在 60 到 80 之间的所有记录。

（5）查询 Score 表中成绩为 85，86 或 88 的记录。

（6）查询 Student 表中"95031"班或性别为"女"的同学记录。

（7）以 Class 降序查询 Student 表的所有记录。

（8）以 Cno 升序、Degree 降序查询 Score 表的所有记录。

（9）查询"95031"班的学生人数。

（10）查询 Score 表中的最高分的学生学号和课程号。

（11）查询'3-105'号课程的平均分。

（12）查询 Score 表中至少有 5 名学生选修的并以 3 开头的课程的平均分数。

（13）查询最低分大于 70，最高分小于 90 的 Sno 列。

（14）查询所有学生的 Sname、Cno 和 Degree 列。

19.4 课后作业（85 分钟）

1. 查询所有学生的 Sno、Cname 和 Degree 列。

2. 查询所有学生的 Sname、Cname 和 Degree 列。

3. 查询"95033"班所选课程的平均分。

4. 假设使用如下命令建立了一个 grade 表：

```
create table grade(low  number(3, 0), upp  number(3), rank  char(1));
insert into grade values(90, 100, 'A');
insert into grade values(80, 89, 'B');
```

```
insert into grade values(70, 79, 'C');
insert into grade values(60, 69, 'D');
insert into grade values(0, 59, 'E');
commit;
```

现查询所有同学的 Sno、Cno 和 rank 列。

（1）查询选修"3-105"课程的成绩高于"109"号同学成绩的所有同学的记录。

（2）查询 score 中选学一门以上课程的同学中分数为非最高分成绩的记录。

（3）查询成绩高于学号为"109"、课程号为"3-105"的成绩的所有记录。

（4）查询和学号为 108 的同学同年出生的所有学生的 Sno、Sname 和 Sbirthday 列。

（5）查询"张旭"教师任课的学生成绩。

（6）查询选修某课程的同学人数多于 5 人的教师姓名。

（7）查询 95033 班和 95031 班全体学生的记录。

（8）查询存在有 85 分以上成绩的课程 Cno。

（9）查询出"计算机系"教师所教课程的成绩表。

（10）查询"计算机系"与"电子工程系"不同职称的教师的 Tname 和 Prof。

（11）查询选修编号为"3-105"课程且成绩至少高于选修编号为"3-245"的同学的 Cno、Sno 和 Degree，并按 Degree 从高到低次序排序。

（12）查询选修编号为"3-105"且成绩高于选修编号为"3-245"课程的同学的 Cno、Sno 和 Degree。

（13）查询所有教师和同学的 name、sex 和 birthday。

（14）查询所有"女"教师和"女"同学的 name、sex 和 birthday。

（15）查询成绩比该课程平均成绩低的同学的成绩表。

（16）查询所有任课教师的 Tname 和 Depart。

（17）查询所有未讲课的教师的 Tname 和 Depart。

（18）查询至少有 2 名男生的班号。

（19）查询 Student 表中不姓"王"的同学记录。

（20）查询 Student 表中每个学生的姓名和年龄。

（21）查询 Student 表中最大和最小的 Sbirthday 日期值。

（22）以班号和年龄从大到小的顺序查询 Student 表中的全部记录。

（23）查询"男"教师及其所上的课程。

（24）查询最高分同学的 Sno、Cno 和 Degree 列。

（25）查询和"李军"同性别的所有同学的 Sname。

（26）查询和"李军"同性别并同班的同学 Sname。

（27）查询所有选修"计算机导论"课程的"男"同学的成绩表。

第 20 章　Java 信息系统实战开发

学习目标：

1. 掌握和理解 Java 与后台数据库连接进行信息系统开发的方法
2. 通过案例的学习提高实际应用程序的开发能力

20.1　前言

本章实验重点

掌握 Java 连接后台数据库的基础知识。

掌握基于 CS 架构的 Java 应用程序的开发技巧和整体思路。

本章实验难点

掌握并使用 Java 连接 SQL Server2005 数据库的方法，以及 Java 信息系统的开发方法。

本章给出了全面的操作步骤，请学生按照给出的步骤独立完成实验，以达到要求的学习目标。

20.2　课堂指导（15 分钟）

20.2.1　JDBC

JDBC 是一种可用于执行 SQL 语句的 JavaAPI（Application Programming Interface，应用程序设计接口）。它由一些 Java 语言编写的类和界面组成。JDBC 为数据库应用开发人员和数据库前台工具开发人员提供了一种标准的应用程序设计接口，使开发人员可以用纯 Java 语言编写完整的数据库应用程序。

通过使用 JDBC，开发人员可以很方便地将 SQL 语句传送给几乎任何一种数据库。也就是说，开发人员可以不必写一个程序访问 Oracle，写另一个程序访问 MySQL，再写一个程序访问 SQL Server。用 JDBC 写的程序能够自动地将 SQL 语句传送给相应的数据库管理系统（DBMS）。不但如此，使用 Java 编写的应用程序可以在任何支持 Java 的平台上运行，不必在不同的平台上编写不同的应用。Java 和 JDBC 的结合可以让开发人员在开发数据库应用时真正实现"一次编写，处处运行"。

使用 JDBC 访问数据库的一般顺序如下：

（1）调用 Class.forName()方法加载驱动程序。

（2）调用 DriverManager 对象的 getConnection()方法，获得一个 Connection 对象。

（3）创建一个 Statement 对象，准备一个 SQL 语句，这个 SQL 语句可以是 Statement 对象（立即执行的语句）、PreparedStatement 语句（预编译的语句）或 CallableStatement 对象（存储过程调用的语句）。

（4）调用 executeQuery()等方法执行 SQL 语句，并将结果保存在 ResultSet 对象。或者调用 executeUpdate()等方法执行 SQL 语句，不返回 ResultSet 对象的结果。

（5）对返回的 ResultSet 对象进行显示等相应的处理。

20.2.2　CS 架构

80 年代后期，随着 PC 机能力的不断提高，特别是 Windows 图形用户界面的普及以及局域网技术的成熟，出现了一种新的应用架构，即"客户机/ 服务器"架构，如图 20-1 所示。在"客户机/ 服务器"架构中，把原来"主机/ 终端"架构中由主机承担的用户界面处理和部分业务逻辑处理任务分配给客户机（即 PC 机）处理。这种应用架构使前台客户机具有图形用户界面（GUI）及一定的交互处理能力，并能完成一些业务处理和流程控制任务。客户机通过发出 SQL 请求来得到服务器的数据服务，也可以通过调用服务器数据库中的存储过程来要求数据库完成一些业务处理。后台服务器大部分是关系型数据库管理系统，用以提供数据服务和一部分业务处理（存储过程）功能。客户机和服务器通过局域网连接，通讯协议是局域网协议（当然后来基本上都支持了 TCP/IP）。这种方式带来了当时理念上的全新冲击，首先中小企业不必购买价格高昂的大型主机，而是可以用一些性价比高的符合开放标准的数据库服务器。其次是客户端（PC 机）的图形用户界面输入方式和展现形式丰富，大大简化了系统的操作难度和对输出结果的理解难度，降低了对使用者的要求。这样便大大降低了企业构建业务系统的门槛，使得企业可以采用性价比更好的方式去构建自己的应用业务系统。这种开放式架构具有友好的用户界面、均衡的负载分配、比"主机/终端"架构有更好的处理能力伸缩性和性价比，因此当时众多企业都把自己的部门级和企业级应用构建在客户机/ 服务器的架构之上。由于这种架构中的客户端具有很强的处理能力，应用软件的大部分程序是运行在客户端上的，所以也叫做胖客户端。后来又出现了 BEA 公司和 AT&T 合作的 Tuxedo ，它标志着一种新型架构，即三层 C/S 结构。三层 C/S 结构是将应用功能分成表示层、业务逻辑层和数据层 3 个部分。

C/S 结构优点有：

（1）负载比较均衡

充分发挥客户端和服务器端的处理能力，服务器端主要提供数据服务，这是数据库服务器的特长；客户端（主要是指基于窗口的）不仅提供显示功能，也有一些本地的数据处理能力（如排序、过滤等）以及一些根据数据返回情况的流程控制能力，这种结构把客户端的资源使用得淋漓尽致，如图 20-1 所示。

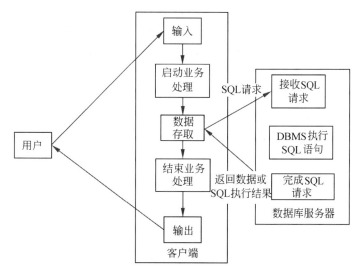

图 20-1　CS 架构

（2）数据访问效率高

由于两层 C/S 结构在逻辑结构上比三层 C/S 结构（B/S 是其中特例）少一层，数据访问直接连接到数据库，所以对于相同的任务，两层 C/S 完成的速度总比 B/S 快。由于客户程序与数据库保持持续连接，因此很容易实现数据的多次读取。

（3）界面的控制比较灵活

客户端的任何事件处理都可以访问数据库。例如即时输入合法性检查、下拉菜单的过滤、事件驱动的控制和消息的即时反馈等功能在两层 C/S 结构中都比较容易实现。

（4）技术成熟、开发工具多

两层 C/S 结构已经有十几年的历史，技术相对比较成熟，开发工具较多，同时掌握这种技术的开发人员较多。

C/S 结构缺点有：

（1）难以在 Internet 上部署。

（2）维护工作量较大。

（3）跨平台的部署困难。

C/S 结构开发方法：

（1）首先分析系统需求，整理出满足 ISO 要求的需求设计文档。

（2）将文档进行细化，整理出概要设计文档，其中包括通过需求抽象的系统 E-R（实体-关系模型）和系统各部分之间关系的 UML 图。

（3）选择合适的 C/S 结构开发工具和后台数据库 DBMS 软件，例如 Delphi、

Powerbulider、Foxpro、SQL Server 和 Oracle 等，根据步骤（2）得到的模型进行开发，得到原型系统。

（4）采用软件工程中的螺旋三式开发模式，和顾客一起对系统进行评价，修改，不断完善。

（5）测试和部署。

20.3   实战（300 分钟）

1．按照理论部分第 9 章创建 LibraryManagement 数据库中的相关数据表。

2．分别尝试使用 JDBC Driver 文件和 ODBC 驱动连接 SQL Server2005 下的数据库。

3．使用 SWT Designer 实现系统的主框架和其他框架。

根据理论部分 9.2 节中介绍的系统的其他相关需求进行系统的设计和实现，建议每两人形成一个开发小组，可以进行交叉测试和尝试敏捷软件开发模式。